牛首村

〈小説版〉

竹書房文庫

目次

序章 6
第一章 幼子——或る幼子たち 8
第二章 憧憬——或る少女 11
第三章 廃墟——ミツキ 17
第四章 父娘——雨宮奏音 37
第五章 電話——香月蓮 53
第六章 依代——雨宮奏音 58
第七章 夜行——雨宮奏音 74
第八章 虚像——雨宮奏音 82
第九章 暗闇——雨宮奏音 98
第十章 目的——雨宮奏音 118
第十一章 過去——山崎壮志 129
第十二章 願望——香月蓮 139
第十三章 海岸——雨宮奏音 147

第十四章　不実　——雨宮 奏音　153
第十五章　慟哭　——雨宮 奏音　162
第十六章　驟雨　——雨宮 奏音　168
第十七章　童歌　——雨宮 奏音　178
第十八章　同士　——倉木 将太　187
第十九章　悪夢　——雨宮 奏音　200
第二十章　奇妙　——雨宮 奏音　213
第二十一章　追憶　——三澄 実　224
第二十二章　不慮　——香月 蓮　238
第二十三章　無念　——香月 蓮　246
第二十四章　連絡　——雨宮 奏音　260
第二十五章　暗闇　——或る少女　264
第二十六章　蓮華　——雨宮 奏音　270
第二十七章　石首　——雨宮 奏音　278

第二十八章　神事　――浦田修平　285

第二十九章　落下　――雨宮奏音　295

第三十章　秘匿　――浦田修平　306

第三十一章　奈落　――雨宮奏音　319

第三十二章　姉妹　――雨宮奏音　329

第三十三章　応報　――浦田修平　340

第三十四章　此岸　――雨宮奏音　345

第三十五章　牛首　――詩音　356

終章　368

あとがき　370

牛首村〈小説版〉

序章

蒼天《そうてん》の下、残雪の山稜《さんりょう》を遠くに望む。
後ろに広がる海から吹く風は、潮の匂いを巻き上げていく。
周りをそぞろ歩く人々の顔は明るい。
楽しげに語り合いながら通り過ぎていく。
ざわめきの向こうから、見知った顔が笑顔を向けた。
素直になれず、私は背中の方へ振り返る。
そこには、紺碧《こんぺき》の海が広がっていた。
波濤《はとう》は岩にぶつかり、白い煙になって消えゆく。
飛んできた飛沫《しぶき》が、強い潮の香《か》を放つ。
空の蒼《あお》と海の碧《みどり》が溶け合う遙《はる》か彼方が揺らいでいる。
海面より高い場所に、現代の楼閣が浮き上がっていた。
潮風が強く顔を叩《たた》き、一瞬だけ目を閉じる。
瞼《まぶた》を開けると、いつしか楼閣は、人の群れへと変わっていた。

所在なく歩く人々に目を凝らす。
彼らが一斉にこちらを向いたような——気がした。
——私は開いていた手を固く握りしめた。

第一章　幼子　――或る幼子たち

大粒の雨が、降っていた。
暗い空の下、雨粒たちが弱く、強く、地面を叩《たた》いている。
屋根に当たる水滴。屋根から垂れる雨垂れ。
様々な雨音がそれぞれのリズムを刻みつつ、混じり合っていた。
まるで無数のパーカッションによる演奏のようだ。
ひとりの幼い少女が背伸びして、窓に張り付くようにその様を眺めていた。
呼気のせいか、体温のせいか、硝子《ガラス》が曇っていく。
幼子は右手の人差し指を窓に当てた。
そして、花を描いた。単純だけれど、きちんとした花だった。
横からもう一本、別の幼い腕が差し込まれる。
同じく、右手の人差し指が窓の表面をなぞる。
花の横に、蝶々《ちょうちょ》が踊っていた。
幼子は二人、笑い合う。

暖かな陽光が、降り注いでいた。

光は咲き綻《ほころ》ぶ花々の園を満遍なく照らす。

幼子が二人、花の合間を軽やかに駆け抜けていく。

豊かな木々に囲まれたその場所は、彼女らの他には誰もいない。

二人は揃《そろ》いの格好をしていた。小さな麦わら帽子に生成りのワンピース、その後ろで結ばれた蝶のようなリボン。そのリボンが風に靡《なび》いた。

手にそれぞれ純白の虫網を持ち、何かを追いかけている。

青く美しい二頭の蝶だ。

吹く風が二人の頬を撫《な》で、髪を後ろへ流した。

重なり合った笑い声と風の音が、まるでメロディのように響き合う。

幼子はそれぞれ網を振る。

ひとりは上手《うま》く蝶を捕まえた。

だが、もうひとりは蝶を潰してしまった。

後悔の中、蝶だったものを、憂いを含んだ瞳で見つめている。

その顔を、もうひとりの幼子はそっと見つめている。

夕映えの光が、辺りを照らしていた。
幼子は自分が殺した蝶の墓を作った。小さな、自分たちの握り拳くらいの石で。
気がつくと、隣にもうひとつ、同じようなお墓が出来ている。
もうひとりの幼子が作ったものだ。
先に墓を作った方が問う。
——え？　ころしちゃったの？
——だって、ひとりぼっちじゃかわいそう。
後に墓を作った方が答える。

幼子は二人並んで、二つのお墓をじっと見つめる。
風が吹く。遠くで。近くで。寂しげなハーモニーのように。
空はさらに紅《あか》さを増していく——。

第二章　憧憬　――或る少女

渋谷駅を出ると、空は薄紅《うすくれない》に色づいていた。

雑踏の中、制服姿の高校生とおぼしき少女は早足に、リズミカルに歩いていく。

開発が進み、辺りが一変した街を、彼女は迷うことなく進んでいく。

すれ違う老若男女の一部は、その凛《りん》とした姿に振り返った。

とあるビルの手前で、彼女が足を止め、視線を落とした。

アスファルトの上に、丸められたフライヤー《チラシ》が落ちている。

彼女は長い手足を少しだけ窮屈そうにしゃがんでそれを拾うと、さっとポケットに入れ、目の前のドアを潜《くぐ》る。

幾種類もの音楽がミックスされたものが、耳を打った。

そこは、沢山の楽器が充ち満ちた楽器店だ。木や金属、あるいはオイルやグリスが混じり合ったような、独特の匂い。その空気と楽器の隙間を縫いながら、少女は慣れた足どりで奥へ進む。

奥の壁や床には、ギター――アコースティック・ギターが所狭しと並んでいた。

少女の大きな瞳に光が差した。ギターを一本一本眺めながら、彼女の左足のつま先が上下している。そのテンポに合わせるように、軽く握った右拳でスカートの太股付け根辺りをリズミカルに擦《こす》っている。ギターの弦を掻《か》き鳴らす動き。多分、無意識だ。

その動きが、あるギターの前ではピタリと止まった。それは他のものより、一段高い場所に展示されていた。

瞬《まばた》きすら忘れたように、少女の視線がそのギターに釘付《くぎづ》けになる。

サンバーストと呼ばれる、木目が透けるようにぼかし塗装が入ったそれは、トラディショナルなデザインの中に、ある種の気品を感じさせる。

大好きな作曲家《コンポーザー》兼演奏家《プレイヤー》が使っているメーカーのモデルだ。この人物への憧れから音楽とギターを始めた彼女にとって、いつか手に入れたい一本だった。

いや、この子《ギター》が欲しい。この子じゃないと駄目だ、とすら思っている。以前、少しだけ弾かせてもらった。身体にしっくり収まるフィット感と、自身の全身と共振するような感覚は初めてだった。他のギターでは一度もない。

だから、このギターがいい。楽器にはまったく同じ個体がないと、人から教わった。だから、代わりはない。喉から手が出るほど欲しい。渇望に近い欲求だ。

ただし、ゼロの数が女子高生には多すぎる。父親から「少しなら助けてやるぞ」と言われたこともあるが、それはちょっと違うと思う。苦労して手に入れてこそ楽器への愛着が増すし、大事な宝物になる。とはいえ、バイトをいくら頑張ったところで、貯金はなかなか増えない。音楽を演《や》るにはお金が掛かる。

少女がため息を吐いたとき、左の目の端に人影が入る。上がった顎の高さから分かる。同じギターを見ているようだ。

欲しいのだろうか。まさか、買うのか。そんなの、厭《いや》だ。やめて欲しい。

思わず顔を向けるが、誰もいない。あるのは楽器たちだけだ。

確かに誰かがそこにいたはずだった。

自分と同じくらいの背丈の女の子だったように思う。たまにこんなことがある。視力は良いのだが、目に何か問題があるのだろうか。首を捻《ひね》っていると、右手から声が響いた。

「――お、久しぶり」

振り返ると、短髪に顎髭《あごひげ》を生やした長身痩軀《そうく》の男が立っている。

ラフなシャツにジーンズ、胸には楽器店のロゴ入りネームプレート。この店のアコースティック・ギター売り場担当の店員だ。

楽器を始めた中学の頃からの付き合いだった。

初めて店を訪ねたときに言われた言葉は、今でも覚えている。

『最初の一本？　そうだなぁ、あんまり高いのはお勧めしない。でも、ある程度いいものを使わないと、続かない。安物はそれなりの造りだから、弾きづらくてギターを持つのも厭になるんだ。特にアコギだと顕著でね。だから予算ギリギリのものを買おう。スタンドとか小物は……サービスで付けるから安心して』

そう言って、目の前でアコースティック・ギターを弾いてくれた。

スティール弦が張られた、アンプに繋《つな》いで使えるタイプで、俗に言うエレアコだ。

複雑な形にした左手の指が指板の上を動き、右手は弦を丁寧に一本一本弾いていく。音の重なり合いが共鳴するように美しく響いた。アルペジオという奏法だった。

次に右手を激しく上下させるリズミックなフレーズ——後にそれがカッティング、あるいはストラミングと呼ばれることを知った——が奏でられる。その後、滑らかで心を揺さぶるようなメロディ弾きが始まった。

弾きながら、男性店員はこんなことを口にした。

『楽器って、同じ個体がないんだよね。それぞれ響きが違う。どれも特別な一本』

以降、彼女にとってこの店員は良き相談相手になった。


「また、これ？」

店員は少女が見惚《みと》れていた楽器を見上げる。

彼女は黙ってポケットから丸められたフライヤーを取り出すと、店員に手渡した。

「棄《す》てておいて下さい」

深く、澄んだ声だった。年齢より、ずっと落ち着いたトーンだ。

真面目だね、と店員は軽口を叩《たた》きながらそれを受け取る。

「で、貯《た》まったの？」

少女が楽器を見上げてから、微《かす》かに首を振る。

「そっか。これからバイト？」

今度は首を縦に振った。頑張ってるじゃん、と店員は微笑んだ。

「でも、あんまり無理すんじゃないよ？　ちゃんと友達とも遊ばないと」

「うざ」

少女は笑いながら、短く返す。

「出た。……うざ」

店員が呆《あき》れたように少女の真似《まね》をした。

「ほんと、うざ、って言葉好きだねぇ。若者だね」

「おじさんっぽいですよ、それ」

苦笑する少女に、店員が言い返す。

「おじさんだもの。でも、うざにも種類があるからなぁ。特に、君のは」

うざ、の中に喜怒哀楽があるんだ、と自分の言葉に感心したように店員は頷《うなず》いている。

「今の、親愛のうざ、だったねぇ」

片目を閉じて、彼は親指を突き出してみせた。

少女は無言で、売り場を後にする。その背中に、店員の声が響いた。

「奏音《かのん》ちゃん、これ、売れないようにしておくから！」

振り返ると、例のギターの方を指さしながら、彼が笑っている。

（ほんと、うざ）

〝奏音〟と呼ばれた少女は、軽やかに、ステップを踏むように夕闇の中へ消えていった。

第三章　廃墟　──ミツキ

夕闇の中、何かが動いたような気がして、ミツキは背後を振り返った。

だが、何もなかった。あるのはただの木々ばかりだ。

制服のスカートの裾を翻しながら、視線を前方に戻す。

赤黒く色づく空の下、真っ黒な長方形に切り取られたように巨大な建造物がそそり立っている。地上八階建てと聞くが、一見六階程度にしか見えない。中二階構造や山の斜面に建設されたことが原因、らしい。

地元富山《とやま》県で──いや、全国でも有名な廃ホテルだ。

大きく張り出した分厚いコンクリート製の庇《ひさし》の下に、エントランスがあった。入り口のドア部分は辛うじて人ひとりが通れるくらいの幅にこじ開けられているが、その向こうは暗くてよく見えない。ホテルの正面の壁は下手くそなグラフィティで汚されていた。見上げれば窓という窓は壊され、硝子《ガラス》一枚残っていない。

かつては多くの客を迎え入れてきただろうが、今は見る影もなかった。

そのとき、全身の産毛が逆立つような気がして、ミツキは再び背後を振り返った。

だが、そこにはやはり何もない。ミツキはほっとして、離れた場所にいる友人のもとに合流した。そこでは、肩までの金髪に改造制服姿のアキナが忙しそうに立ち働いている。アキナは自撮り棒にスマートフォンと照明を取り付けながら、テスト撮影を繰り返していた。腰に巻いた黄色いカーディガンがよく似合っている。

そう、アキナは動画配信者なのだ。そして今日はここからライヴ配信を行う。急遽《きゅうきょ》、髪を金髪に染めたのも配信のためである。アキナのことを可愛いと言う視聴者は多い。だから髪やメイク、服には拘《こだ》わっている。最近では〈ピル男〉や〈ド腐れゾンビ〉〈ラジオヘッド〉〈タルピオット〉〈昼顔〉などというハンドルネームの連中が、過剰なほど外見に対する肯定的なコメントを垂れ流すせいで、アキナの行動に拍車が掛かってきていた。

（女子高生三人で、廃墟《はいきょ》かぁ）

ミツキは自分の格好を見下ろした。

高校の制服、それもニットベストの合服である。夏なのに、アキナに着てこいと言われた。正直、今は暑い。熱が籠もる。

ちらと横を見れば、もうひとりの友人は無改造の夏服だ。赤いリボンタイに紺色の指定靴下まで履いて、実に真面目としか言い様がない。

高校三年にもなって女同士で、さらに制服まで着て廃ホテルにくる侘《わび》しさに、思わずため息が漏れる。動画の生配信をするためとはいえ、空《むな》しい。女子高生の心霊スポット突撃生配信というキラーコンテンツでバズってスパチャ、沢山の視聴者から金銭の支援を受けるためだ、とアキナは鼻息を荒くしていたが、二番煎じ感が否めない企画だ。

そもそも、〈心霊スポットで行方不明になった〉〈オカルト都市伝説を追いかけて死んだ〉とネット界隈《かいわい》で騒がれた伝説の動画配信者をアキナは信奉している。

その動画配信者の足跡をなぞるが如《ごと》く、オカルト特集と銘打った初回は〝トンネル〟、第二弾は〝自殺名所の森〟へ突撃した。

巷《ちまた》では〈〝アッキーナ〟という名の動画配信者そのものが呪われた存在で、死んでも殺されても、繰り返しこの世に転生して、永遠にオカルト動画を配信しなくてはならない呪詛《じゅそ》に苦しめられている〉などとまことしやかに囁《ささや》かれている。嫌いではないが、正直馬鹿らしい話だ。

思い出してみると、アキナが動画配信を始めた理由も「私はその配信者に似とるらしいし、アキナって名前も同じじゃん！　それに乗っかるしかないやろ？」だった。

確かに二回目の配信でそれなりに視聴者数が増えた。一回目に比べ、四倍くらいになっている。ただ、オカルト特集になるとマニアのような視聴者がしたり顔のコメントを残していく。〈ジーニー〉や〈タルピオット〉だ。オカルトコンテンツは鉄板である反面、面倒くさい人間も絡んでくるのには閉口せざる得ない。

うんざりしながら、思う。もう少し女子高生らしい華やかなコンテンツで勝負はできないのか。それに大事な高校三年の夏だ。もし動画配信が炎上したら大問題だろう。学校にバレて、きっと内申が悪くなる。それ以前に、配信にかまけすぎて勉強不足で試験に落ちて東京の大学へ行けなくなったら、どうするのだ。

(でも、アキナに言ったところで聞いてくれないもんな)

近くにあった赤いシングルソファの座面を手で払うと、ミツキはすとんと腰を下ろした。もうひとりの友人も同じく隣のソファに腰掛ける。外に持ち出されたホテルの備品なのだろう。それなりに高価そうだ。庇の下にあるお陰か、薄汚れている以外に問題はない。

再びため息を吐きながら足下に目をやると、そこにはパーティグッズの仮面《マスク》がぽつんと置いてある。

牛だ。ゴム製の白地に黒い模様で、見ようによっては牛の生首にも見える。

ミツキはふと思い出して、隣の友人に訊《たず》ねた。

「ね、牛の首……って知っとる?」

友人はこちらに顔を向けた。大きな瞳が一瞬怯《おび》えたように歪《ゆが》んだ。が、すぐに首を横に振る。知らないようだ。

(考えてみたら、牛の首って言うても単にそのままの意味にしか取らんよね)

だが、友人は明らかに恐れを浮かべていた。おそらく、このシチュエーションがそうさせたのだろう。脅し甲斐《がい》がある。

手に取った牛のマスクに指を突っ込み、口部分を動かしながら、続けた。

「牛の首……って、この世で一番、おっとろしい怪談話……」

相手の顔がこわばる。嗜虐心《しぎゃくしん》を刺激するのか、なぜだか楽しくなってくる。思わせぶりに間をとってから続けた。

「……聞いた人全員が呪われて、死んどるんだって」

牛の首。

この怪談を聞いた者は震えが止まらず、三日以内に死んでしまう。怪談の作者はこのような話を作ってしまったことを後悔し、仏門へ入った。以来、子細を語ることなく、不帰の旅へ出たという――。

「嘘……。そんなの絶対嘘だし」

友人の反論に、ミツキは少し冷めてしまう。

(嘘だって知っとるけどさ)

少し前、ミツキは牛の首についてネットで調べた。

どんな内容なのか分からないところが怖い都市伝説であること。とある小説家が広めたらしいこと。大正時代の書物に同じ題名だが異なる内容の、あまり怖くない怪談話があったことを知った。

その怪談を始め、〈牛の頭を持つ女性が予言する妖怪〉の「件《くだん》」の話まで読み耽《ふけ》ったが、どれもこれもよくできた創作としか思えなかった。正直なところ、ネタが割れてしまえば、〝怖くて話せません・書けません〟的な煽《あお》りにしかならない、つまらない部類の怪談でしかない。

（でも、どうして私、そんなものを調べ始めたんだっけ？）

覚えていない。まあいいや、とさらに友人に脅しを掛けていく。

右手に嵌《は》めたままの牛のマスクを動かしながら、低い声を出した。

「ナラ、キク？　モット、スゴイノガ、アルンダヨ」

「ヤダ……やめてよ！　……ってか、何で私がそんなの……」

相手の整った顔が歪み、微かに語尾が震える。その様に快感を覚える。さらに追い打ちを掛けてやろうとしたとき、アキナが声を上げた。

「準備、手伝って！」

アキナを先頭に、廃ホテルの中へ這入《はい》り込む。

枠しか残っていない窓の向こうはすでに闇に包まれていた。周囲を照らすのは照明機材の頼りない光のみだ。少しでも影になると足下に注意しないと進めなくなる。

音を立てて、外から風が吹き込んできた。埃《ほこり》や黴《かび》が混じったような異臭が巻き上がる。

全身に鳥肌が立った。

（……なんか寒いなぁ）

ホテルは山の中腹にある。夏とはいえ、日が暮れれば一気に気温が下がった。さっきまで暑かったのに。三人共ここまで原動機付きバイク、俗に言う原チャリで来たが、帰りが不安になった。薄手のアウターと手袋では、走り出したらきっと体温を奪われる。風邪を引きかねない。

帰路の気温を気にしていると、アキナが声を上げた。

「えーっ、アンタ、顔、出さんの？」

彼女は隣を歩く友人に不満をぶつけている。とはいえ、わざとらしい口調で、言葉ほど残念がっていないのは見え見えだ。

ミツキは指摘する。

「だって、自分が言うたんちゃ、顔出しＮＧって」

友人は困った顔を浮かべた。ちらとアキナを盗み見ると、したり顔で笑っている。

（だろうね）

ミツキは腹の中で嗤《わら》った。友人がアキナより綺麗《きれい》だからだ。顔出しで動画に出たら、きっと人気が出る。アキナなど問題にならないほどに。でも、そんなことはさせないだろう。アキナは主役をゆずるつもりなど毛頭ない。もっと簡単に言えば、単に嫉妬しているだけだ。

（アキナ、ガッコじゃ、誰よりも目立っとるくらいだし）

ミツキ自身、自分の見た目だってそこそこ悪くないと思っている。第三者からの評価なのだから、間違いない。それでもアキナはミツキを含む女子生徒の大半より人の目を惹《ひ》いた。それは事実なのだ。

（だから気にせんでいたらいいのに）

気がつくと、アキナは無言でこちらを睨《にら》み付けていた。その横で友人は目を伏せたまま、黙っている。

「ミツキ！　アンタちゃ、顔、出さんなんて言わんよね？」

矛先がこちらに向いている。出るよ、アシスタントとして、と返すと、アキナは満足げに頷《うなず》いた。

三人はホテル奥の階段を上っていた。

やはり荒れている。足下には壁の破片やガラス片、塵《ごみ》が落ちていた。

すでにライヴ配信は始まっている。

「このホテルでは、経営難を苦に自殺したオーナーや、プールで溺れ死んだ小学生の霊が出ると言われているんですが……」

真剣な面持《おもも》ちでアキナが滔々《とうとう》と述べる。動画での彼女は方言を消す癖があった。とはいえ、たまに富山のイントネーションが顔を出す。

(自殺したオーナー、ねぇ)

カメラに映り込まない位置で、ミツキは苦笑を浮かべる。

オーナーがホテルのプールにあるシャワー室で首を吊《つ》った、と言われているが、実際は失踪したため廃業になった、が真相のようだ。オーナーのその後は不明のままなので死んだかどうかも分からない。小学生に関しても真偽不明な噂《うわさ》でしかない。

「見てください、この荒れ果てた状況……。一体何があったのでしょうか?」

芝居がかった口調で、アキナのレポートは続く。

(何があったの、か)

坪野鉱泉《つぼのこうせん》――正しくはホテル坪野跡地。

元々温泉付きの観光ホテルだったが、オーナーの失踪で廃業。後に別の人間が土地の所有者となったものの、バブル崩壊によってリゾート開発の話が立ち消えになった。魚津市《うおづ》へ寄付したいと申し出もしたが断られ、現在に至る。

ミツキは周りに目をやる。どこも落書きや破壊、塵で荒れ果てていた。物見遊山でやってくる人間が多い証拠だ。〝北陸最強の心霊スポット・坪野鉱泉〟と言われているからこそ、だろうか。廃業したての頃はここまでの惨状ではなかったはずだ。一説によると周辺地域の暴走族の溜《た》まり場になったことが理由だと言う。

そういえば、ここへ肝試しでやってきた人が行方不明となる事件があった。他にも訪れた女性が暴走族に襲われた。どちらもこのホテルが原因になったことは否めない。もしここが心霊スポットで有名でなければ、女性たちは夜中にこんな場所へ出かけることもなかったのだから。

(何があったの、じゃないよなぁ……)

ふと自分たちの身は安全だろうかと、ミツキは身構えた。配信に夢中なアキナは、一切そんなことは気にしていない様子だった。

ホテル内を転々としながら配信は続く。

途中で、アキナが立ち止まった。事前に決めていた段取りに沿って、ミツキはレンズに映り込まないよう、アキナの背後に控える。

「……さぁ、久々の生配信！　ただならぬ雰囲気の場所からお送りしてますが……。では改めまして……アッキーナでーす！」

アキナの名乗りに続いて、ミツキもその後ろから飛び出す。

「アシスタントのミツキでーっす！」

二人は表情を作ると同時に、両手でピースサインを作り、指先を下へ向け、胸元で左右に揺らした。

「幽霊ピース！」

このアクションは、例の〈伝説の配信者・アキナ〉がやっていたものだ。

幽霊のイメージによくある、両手をだらりと下げた状態にピースサインを足したもの、らしい。流行《はや》っているかどうかは分からない。

「さあ！」

ライヴ配信なのに編集点を作るが如く、アキナが声を上げた。そして改めて続ける。

「今日は予告通り、オカルト特集第三弾！　私アッキーナが、北陸最恐の心霊スポットと呼ばれる、坪野鉱泉からお送りしてます！」

ミツキも「してます！」と続く。少し富山のイントネーションになったかもしれない。

アキナの構えるスマートフォンの画面に、次から次へとコメントが上がっていく。二回目より反応が良い。毎度お馴染《なじ》みのハンドルネーム以外も増えている。

「お。早速のコメント、ありがとうございます！」

「……ございます！」

一瞬だが、アキナはミツキを不満げに睨み付けた。さっきと同じじゃねぇか、もっと気の利いた一言とか、視聴者へのコメントとか入れろよ、と言わんばかりだ。

思わずミツキは黙りこくってしまった。

(何をどうしろと)

元々ミツキはオカルト系にさほど興味がない。性格も冷めたタイプだと自分で思っている。こんな所へくれば、それなりに怖いが、それもこの場の状況が生み出しているものである事は重々承知している。面白いコメントなどすぐに出ようはずもないのだ。

スマートフォンの後ろで、もうひとりの友人が硬い顔のまま二人を見つめている。

「……さあ！　上へ行ってみましょう！」

その場の空気を切り替えるように声を上げたアキナは、最上階を目指してさっさと階段を上っていく。ミツキたちは、その後ろを付いていくしかなかった。

照明が、最上階に止まったままのエレベーター内部を照らす。角度のせいか、上手《うま》く光が入らない。

今はもう稼働していないため、扉は開きっぱなしになっていた。籠は最上階で止まった状態で固定されている。

アキナが、満を持してと言わんばかりの雰囲気を醸し出しつつ、口を開いた。

「さぁさぁさぁ、遂にやってきました……！　これですね、このエレベーターです！　都市伝説によると、このエレベーターが異世界に繋《つな》がっているとか……」

異世界？　馬鹿馬鹿しい。ミツキはそう思ったが、おくびにも出さない。

アキナがちらっと目配せした。

ミツキは、横にいる友人の肩を押す。

「今日はもう一人……。果敢にも、この都市伝説に挑もうという勇者がいます！」

もう一度押すが、相手は動かない。アキナは小声で「早く」と急《せ》かしてくる。

ややあって友人が画面に入っていった。おずおずといった様子だ。頭にあの牛のマスクを被《かぶ》っている。マスクの正面がミツキへ向いた。

「……何であたしなの？」

小さな声で訊《き》いてくる。この先の演出プランに対する不満だということは分かるが、敢《あ》えて無視をし、抑えた声で答えた。

「顔、映りたくないんやろ？」

今はこう答えるしかない。

アキナとミツキは、友人の手を取って、先に進ませる。

歩く度に照明が揺れた。マスクから外はどれくらい見えているのだろうか。

「何、何？　……怖い、怖い怖い。見えないってぇ」

友人の怯える様が面白くなってきた。自分にここまで嗜虐癖があるとは。笑いを堪《こら》えて先導していると、いきなり手を振り払われた。相手はカメラから外れ、マスクを取ろうとしている。

アキナが咄嗟《とっさ》にレンズを友人に向ける。彼女が何を求めているのか、すぐに察した。ミツキは友人に耳打ちする。

「ちょっと、いいの？　顔、映ってまうよ……？」

マスクから半ば覗《のぞ》いているその目がアキナのスマートフォンを捉えた。

「あ……」

慌てた様子で友人がマスクを被り直す。アキナからすれば、してやったり、だろう。映したくない顔なのだから。だが、どうしてここまで本人が顔出しを嫌がるのか分からない。前の二回でもそうだった。裏方をするからと、出演は固辞している。考えてみると普段から写真に映ることも避けていたように思う。そんなときは大体アキナが、ここにこい、笑え、もっと映《ば》えろとか、無理強《じ》いしていた。

　何か理由があるのかミツキは訊いてみたが、答えはいつも曖昧だった。

　近づいてきたアキナが、こっそり友人に話しかける。

「これ、バズったら、パフェ奢《おご》るさけ」

　友人がマスクのズレを直す。パフェなど関係ない。早くこんなことは終わらせたいという態度がありありと浮かんでいた。

（けど、ここまでしてどうしてあたしたちに付き合うとるんやろう？）

　顔を出したくないなら、配信に参加しなければいい。なのに、いつも付いてくる。

（分からんなぁー）

　ミツキの疑問を余所《よそ》に、アキナが慌ててセルフィーを構え直す。ライヴ配信だったことを忘れていたようだ。

　表情を作り直したアキナは、スマートフォンを床に置いた。膝上スカートのとき、ローアングルのシーンを入れると受けるのだ、と言っていたことを思い出す。

　アキナが高らかに宣言した。

「モォモォちゃんはこれから、異世界への旅に出ます！」

〝モォモォちゃん〟とは、もちろん牛のマスクを被った友人のことだ。アキナは嗤いを堪えながら、友人をエレベーター内に押し込んだ。ミツキもそれに従う。

怖い、やだ、と繰り返すモォモォちゃんを残し、二人は籠から出る。

そして、扉に手を掛け、左右から一気に閉じた。長い間使われていないせいかスムーズにはいかなかったが、ドアはピタリと閉まった。同時に埃が舞う。どれだけ長い間動いていなかったのか、窺《うかが》い知れる量だ。

アキナとミツキは口を揃《そろ》えて言った。

「行ってらっしゃーい！」

中から扉が叩《たた》かれている。

「無理、無理！」

自分で開ければよいと思うのだが、内部からだと扉に手を掛ける場所がないのだろう。いや、それ以前に中は真っ暗のはずだから、どうしようもないのかもしれない。

「やっぱ絶対無理ィ！　ちょっと！　開けてよッ！」

モォモォちゃんが、扉を激しく叩く。早くここから出して、と必死に繰り返している。

最初は嗤っていたものの、スマートフォンのレンズと、その向こうにある不特定多数の視聴者の存在をミツキは思い出した。

「ねぇこれってさ、イジメとか言われて炎上せん？」

アキナに向かって問いかけた。相手は平然と応《こた》える。

「いや、ないっしょ……」

目くじらを立てるのはほんの一部で、結局最終的に「ネタでした」と申告すればすべては許されると、常々アキナは口にしていた。

（そうかもしれないけれど）

ミツキが扉に視線を返したとき、不意にすべてが静かになった。

続いて、扉の向こうで何かが動く気配がする。人の気配ではない。幽《かそけ》きものだ。それも複数——。

次の瞬間、耳を劈《つんざ》くような女の絶叫が響き渡った。

虚を衝《つ》かれ、ミツキもアキナも小さく飛び上がる。

扉で隔てられた籠の中からだった。二人して扉に手を掛けるが、表面で指が滑って開かない。

内部では何かが、いや、誰かが暴れている音がする。

ようやく、少し隙間が空《あ》いた。指先を差し込み、力一杯引っ張る。全開になった籠の前で、ミツキは呆然《ぼうぜん》と立ち尽くした。

中からムッとした臭いが溢《あふ》れ出す。牧場で嗅ぐような、湿り気を帯びた獣の臭いだ。

おぼつかない照明の中、暗いエレベーター内に人が宙に浮いていた。見覚えのある制服姿、学校指定の靴下とローファー。

三方枠と呼ばれる枠の上方で顔が隠れ、空中で足が前後左右に激しく動いていた。

目の前に見える制服の腰には、白く細いものが絡み付いている。所々が赤黒く汚れていた帯か、ベルトか、紐《ひも》か。いや、どれとも違う。

赤く汚れた二本の腕が、腰を摑《つか》んでいる。

やっとの思いで上げた視線の先には、牛のマスクが見えた。

目の前に浮いているのは友人だと、ようやく脳が認識する。

友人はバンザイするかのように両腕を上げていた。両手の先には天井から伸びる、もう一本の白い腕があった。友人はその腕に必死にしがみついていた。まるで溺れる者がロープを摑むようだった。天井からの腕は、友人の手を振り払うようにくねくねと蠢《うごめ》いている。

その腕から友人の手が外れた。

同時に天井に向かって叩きつけられるように身体が浮き上がる。

途端に、破裂音のような大きな音が耳を打った。

エレベーターの籠が落ちていく。友人を入れたまま、呆気《あっけ》なく、無慈悲に。

一瞬の間を置いて、猛烈な衝撃音が下から響く。シャフト内を埃やゴミが舞い上がった。

その場にへたり込もうとしたミツキに、アキナが怒鳴った。

「下！」

二人で階段を駆け下りる。永遠とも思える時間が過ぎ、一階に辿《たど》り着いた。

息を切らした二人が見たものは、扉がひしゃげ、外側に向かって開いたエレベーターの籠の惨状だった。

恐る恐る、照明で籠の内部を照らす。友人の姿はなかった。あるのは、あのゴム製の牛マスクだけだった。友人の名を呼んでも、返事はない。

いくら探しても、その姿はどこにも見つけられなかった。


配信は強制的に終了した。

自撮り棒を片手に立ち尽くすアキナの横で、ミツキはエレベーターをぼんやりと眺めるだけだった。

消えた友人。そして――。

（あの腕は何だったの？）

籠が落ちる瞬間、腰に巻きついていた腕は外れた。

天井からの腕は、友人の爪先が食い込んでいたせいか、赤く細い傷が刻まれていたように見えた。左腕だと思う。感覚的に、そう感じた。

いや、一瞬のことだったから、見間違えかもしれない。

轟《ごう》と風が吹き込み、ミツキは思わず振り返った。だが、そこには何もない。

背後で何かが動いたような気がした。

咄嗟に籠の方へ視線を戻す。

そこには——。

第四章　父娘　——雨宮 奏音

学生たちのざわめきが遠くを過ぎゆく。

あした、うちでいっしょにしゅくだいやろうよ、やっと休みだね、夏期講習はどうする？　こんどあそびにいくね、バイトがさあ——小学生から高校生まで、様々な年齢層の子供たちの声が入り交じっていた。

まだ明るい公園のベンチに、奏音は座っていた。

小中高一貫校のせいか、終業式もみな一斉に同じ時間に行われる。

通りを歩いていく学生の群れを見やりながら、奏音は大きくひとつ伸びを打つ。

手元にはスマートフォン——ラベンダー色のケースに、蝶《ちょう》のモチーフが踊っている——があった。

画面はＤＡＷアプリが開かれ、ピアノロールが表示されていた。作曲から録音、編集まで可能なアプリだ。ギターと違い、どこでもメモ感覚で曲作りできるのがメリットであり、気に入っているポイントだ。

道行く人や公園の遊具、空に湧き上がる白い雲。人々の声、足音、ブランコの鎖が軋《きし》む音、電車の発車音、踏切の警告音——すべて奏音が作る曲のモチーフになる。

彼女は思いついたメロディを口ずさむ。

一学期終わりの開放感と高校生活最後の夏だという現実があるせいか、爽やかさの中に寂しげなイメージが浮かぶメロディラインだ。

(——これならコード進行はこうで、この音階《スケール》かな)

奏音はスマートフォンの画面上の鍵盤をタップする。

「ッツ」

左腕が痛んだ。手首から二の腕に掛けて包帯が巻かれている。

打ち込んだメロディを保存し、澄んだ蒼い空を見上げた。今日は沢山のフレーズが沸き出てくる。

バイトは休み。スーパーのタイムセールまでもう少し時間があった。買い物をしてから自宅マンションへ帰るのが、一番無駄がない。

(もうちょい、曲作ろ)

再びメロディを口ずさみながら画面の鍵盤を叩《たた》く。だが、途中からまったく違う音階へ変わっていった。

和の色が強い。日本の童歌《わらべうた》のような雰囲気だ。

奏音は我知らず、真剣な表情で画面を見つめていた。

このフレーズはどこかで聴いた覚えがある。無意識のうちに口ずさんだり、こうして鍵盤を叩いたりすることがあった。ずっと前から、繰り返し繰り返し蘇《よみがえ》ってくるように、だ。出所は思い出せない。いつか、どこかで聴いた音楽が影響しているのだろうか。

（――あ）

奏音は顔を上げ、前を向いたまま後ろに声を掛けた。

「蓮《れん》でしょ？」

奏音はさも億劫《おっくう》だと言わんばかりに、振り返った。後ろに立っていたのは、軽薄な感じの男子高校生だった。横には自転車が止めてある。

「おぉ、スゲえ。よく俺って分かったなぁ。何か、嬉《うれ》しいわ」

外見と同じく軽い口調で、蓮と呼ばれた少年が弾んだ声を上げる。

香月《こうづき》蓮。奏音のクラスメートだ。それ以上でも、それ以下でもない。悪い奴ではないことは確かだが、とにかく空気を読まない。というより、読めない。語彙力もなければデリカシーもない。根性もない。その割に奏音にしつこく言い寄ってくる。

「勘違いしないで」

奏音の少し強い口調に、蓮は小首を傾《かし》げながら横に座った。

「怪しい気配なんて、アンタに決まってんの！　バッカじゃない？」

幼い頃から、奏音は人の気配に敏感だった。皮膚感覚で伝わることもあるが、大体は音で判別する。人は、思ったよりもそれぞれが違う音を立てているのだ。それらの音が雄弁にいろいろなことを教えてくる。友人のひとりは、不機嫌だと呼吸音が少し荒い。別の友人は落ち込むと踵《かかと》を床に擦《こす》るようにして歩く。また別の友人は、嬉しいときに身体を軽く叩く。そうだ、そして蓮は――。

（蓮は、なんだか落ち着かない音がする）

自分のテンポすら乱されそうなビートだ。不躾《ぶしつけ》にこちらのテリトリーへ踏み込んできて、あっという間に居座ってきそうな音。

そんなことを考えていると、蓮が真顔でこちらを覗き込むように見つめてきた。

予想外の相手の表情を訝《いぶか》しんでいると、奏音の左腕に視線を移してぼそりと口走った。

「……どした、それ？」

何となく言いたくない。奏音は包帯の腕を隠しつつ、荷物を纏《まと》めた。

「別に何でもないし。……アンタに関係ないでしょ？」

冷たい物言いに、蓮は開きかけた口を閉じた。

「それより、勝手に近づくの、やめてくんない？」

奏音は辺りをグルリと見回した。幸いなことに、知っている顔はいない。

「変に思われるでしょ？」

「変に、って……？」

高校に入って同じクラスになってから、蓮は事あるごとに奏音に声を掛け、近づいてくる。最初は名字の雨宮《あめみや》呼びだったが、あっと言う間に、奏音になった。他の女子には名前呼びをしない。だから、周囲から「奏音と蓮は付き合っている」と思われていた。憶測で物を言うのは馬鹿げている。そんな風に反論しても、全員からスルーされた。本当に癪《しゃく》に障《さわ》る。

誤解を作った最大の原因である蓮は、今この瞬間も自分が悪いと自覚していないし、奏音の苦労をまったく分かっていない。奏音がどれだけ周囲の誤解を解く努力をしているかすらも。

「んー！　もう！」

言葉が出てこない。苛立《いらだ》つ奏音を前に、蓮はにっこり笑って、顔を近づけてくる。

「可愛い」

さっと相手を躱《かわ》して、公園を出た。おおい、待ってくれよぅ、乗せてくよぉ、と言いながら蓮が自転車に跨《また》がり、そして見事に転んだ。

「行こーよぉ」

奏音の隣に、自転車を押す蓮が並ぶ。その制服の膝は汚れていた。

「だから！　行かないし！　何で私がアンタと？」

「高校最後の夏なんだぜぇ？　俺、奏音と一緒に過ごしたいっていうか」

冷たい目で睨《にら》み付けても、蓮は我関せずとばかりに続ける。

「あ……泊まりじゃなくても、キャンプとか。日帰りキャンプ！」

「ねぇ、いい加減にしてよ……。蓮、受験は？　部活だってあんじゃないの？」

「……どうせ俺、レギュラーじゃねぇし」

最後のインハイも出られねぇからよ、と蓮が口を尖《とが》らせる。呆《あき》れた。そんなことは、頑張らない理由にならないし、言い訳としても情けない。

「そういうの普通、好きな子に言う？」

そこまで言ってから、奏音はしまったと気づいた。これじゃ、相手の好意を肯定していると思われてしまう。

恐る恐る横に視線を流せば、蓮が緩んだ顔でこちらを見つめている。

「俺、お前の前じゃ変に格好つけたくないっていうか……。まんまの自分を見てほしいし」

どれだけ前向きなのか。悪い人間ではないのは確かだが、ここまでくると呆れる。奏音はこれ見よがしに大きくため息を一つ吐いて、右を指さした。

「……ね。アンタん家、あっちだよね？」

奏音が示す方向へ蓮は顔を向けた。

「ああ、うん。そうそう。じゃこの後、俺ン家で……」

その言葉が終わる前に、奏音は駆け出す。うろたえる蓮の声が宙に響いた。

リビングダイニングに設《しつら》えられたテーブルの上に、夕食が並んでいる。

夏野菜を加えたアレンジハヤシライスに、酸味の効いた自家製ノンオイルドレッシングの掛かったサラダ。クリームチーズとマリネした焼き茄子《なす》をハムで巻いた副菜、そして麦茶だ。できるだけ父親の身体を気遣った内容にしてある。

（タイムセールの野菜があってよかったなぁ。今、高いんだよね）

奏音はテーブルの向かいをちらっと見やった。当の父親は、特に感想もないまま、目も合わさずにスプーンを動かしている。

雨宮直樹《なおき》。今年四十七歳で、大手会社の部長職を任されている。正義感や責任感が強く、真面目一辺倒なせいで、融通が利かないタイプだ。神経質な顔立ちにもそれが現れている。

だが、奏音にとって、たったひとりの親だった。母親とは幼い頃に死別している。それに母方の祖父母もすでに亡くなっている。物心つかない時期だったらしいから、どちらの顔も覚えていない。

父ひとり、娘ひとり。だから、家事はできる方がやることになっていた。仕事で忙しい父親より、学生の奏音が夕食を作ることが多いのは当然だろう。

今日は終業式で早めに帰ることができたので、缶詰のデミグラスソースと夏野菜を使って少しだけ凝ったメニュー構成にしてある。焼き茄子のマリネも然《しか》りだ。しかし、父親は何も感想を口にしない。美味《おい》しければ美味しいと言うタイプなのに。

(口に合わなかったかな？　それとも)

黙々と手と口を動かす父親の顔を盗み見る。いつもと様子が違う。会社で何かあったのだろうか。何かフォローできないかと考えたとき、テーブル脇にあった奏音のスマートフォンが震えた。

反射的に手に取ったが、父親と目が合い、そのまま元へ戻す。

食事中はテレビを見ない。同じく、スマートフォンはテーブルに置いてもいいが、緊急の連絡以外は触らない。箸《はし》の持ち方は正しく等……父親からさんざん注意されてきた。もちろん食事のときだけではない。常にマナーや立ち居振る舞いに関して教育されてきた。お陰でどんな場所でも恥をかいたことはない。ありがたいと思う反面、この年齢になるとさすがに鬱陶しいと感じることもある。

食事の手を止め、父が問うてきた。

「夏休み、どうするんだ？」

「別に……ゼミの講習もあるし」

「あぁ、そうか……今年は勝負だもんな」

　大学受験が待っている。奏音は音楽大学へ行きたかったが、父親の反対で志望校は他に決めた。作曲家、演奏家を目指しているとは言え、クラシック畑に進むわけではない。どこの大学でも音楽はやれるからと父親に説得され、諦めたのだ。

　また着信を示すバイブが鳴った。今度は父親のものだった。

　少し慌てたように手に取り、父親が手帳型ケースを開けた。光る画面を一瞥《いちべつ》し、そのままテーブルに置く。

（珍しいな）

　メールや電話の着信があっても、食事中だと無視するのが常だった。それなのに、今日はすぐ確認した。まるで誰かの連絡を待っていたみたいだ。

　再び、父親の携帯が震えた。画面を確認するや否や、サッと顔色が変わった。

「……ちょっと、すまん」

　父親がスマートフォンを持ったまま席を立つ。

「えっ」

　驚く奏音をダイニングに残し、父親が自室兼書斎に向かう。

余程重要な連絡だろうか。とはいえ、狡《ずる》いと思った。あれだけ食事中にスマートフォンを弄《いじ》るなと言っていたのに。だが、敢《あ》えては口に出さなかった。

ドアが閉まる音に続いて、中から何事か話す声が聞こえてきた。

盗み聞きするのは良くない。耳の感覚を意図的に鈍らせ、ダイニングテーブルにぽつんと独り座って父親が戻るのを待つ。そのとき、ふと思い出した。

(お父さんの焦る顔、珍しいな)

沈着冷静を絵に描いたような父親が、動揺を表すことは少ない。あるとすれば、奏音に何かあったときくらいだ。

奏音は左腕に目を落とした。この怪我《けが》を見たときも父親は異様なほど狼狽《ろうばい》していた。包帯の上からそっと触れると、まだ傷が痛む。

父親の部屋の方へ顔を上げた。まだ電話は終わっていない。待っていても無駄なようだ。背筋を正し、奏音はスプーンを取った。


先に食事を終え、奏音は自室に籠もった。

座っている机の上には勉強道具と卓上ミラーが並んでいた。目の前の壁には受験の心得やスケジュール関連のプリントが貼られている。

部屋には様々な蝶グッズが飾られていた。クッション、アクセサリーなど枚挙に暇《いとま》がない。蝶が好きという単純な理由からだ。どうして蝶を好むのか。例えば、デザイン性や神秘性に惹かれた、か。いや、それ以上に蝶や蝶柄などを目にしていると、魂の奥底をそっと触れられたような落ち着かない気持ちになる。そういった二律背反《アンチノミー》的な複雑さに魅力を感じているのではないかと自己分析している。

他には本棚、ベッド、楽器類、小さなオーディオプレイヤー、そしてCDが並んだラックがある。オーディオストリーミングやダウンロード購入が全盛の今、自分で買った物は少ない。ほとんどが父親と――死んだ母親のコレクションを譲り受けたものだ。ポップスからロック、ジャズ、クラシックまで脈絡ないチョイスだったが、趣味は良い。両親は音楽が好きだった。自分もそれを受け継いだのだろう。

そのコレクションのうち、クラシックのアルバムのタイトルに〈胎教〉とそれに類する言葉が入っているものが数枚ある。

一枚を手に取った。〈カノン〉というタイトルが載っている。作曲者はヨハン・パッヘルベル。様々なメディアで流れる機会の多い、美しい曲だ。

『奏音、これはお母さんが聴いていたCDなんだ』

CDコレクションをゆずられたとき、父親が教えてくれた。

(カノン……もしかしたら、お母さん、私の名前、ここから取ったのかな)

まだ父親には訊《き》いていない。なんとなく、母親のことを口にするのは憚《はばか》られるのではないかと常々感じていたからだ。

奏音は時折、言葉にできない寂しさを感じることがあった。自分の心の半分が欠けてしまったような、そんな空虚さを伴った寂しさだ。

父と娘、母親のいない二人だけの生活だからかもしれない。自分が幼いとき、母親と死に別れたことが、深く影響をしているのだ、と。

何とはなしにスマートフォンを手に取る。アプリを起動し、前に打ち込んだフレーズを再生した。

あの、童歌のような和風のメロディだ。合わせてハミングしながら、記憶を探る。

音階の調子としては日本的なものだ。だが、これは自分の中から出てきたものではない。それだけは分かる。やはり何かで聴いた……いや、聴かされたものだ。歌詞もあったはずだが、思い出せない。両親のCDコレクションにもなく、ネットの動画や音楽配信でも見つからなかった。

彼女は包帯の腕に視線を落とすと、傷を避けながらそっと左腕をさすった。そのとき、背後にどこか馴染《なじ》みのある気配を微《かす》かに感じ取った。

ゆっくり振り返る。

そこには開け放たれた窓と、夜風に揺れるカーテンしかない。

（……勘違いか）

椅子から立ち上がり、窓の傍《そば》に立つ。外はまっ暗だった。何も見えない。時折通り抜ける風の音が聞こえるくらいだ。窓を閉め、鍵を掛けるとカーテンを引いた。

だが、再び同じ気配が背後から伝わってくる。

（誰？）

父親ではない。この部屋には自分しかいない。左腕を庇《かば》いながら、気のせいだと自分に言い聞かせたそのときだった。

『ワタシ　ニ　ハ　キコエマセン。モウ　イチド　イッテクダサイ』

機械音声《マシンボイス》が響いた。机の上にあるスマートフォンからだった。

（なんだ、音声アシスタントか）

しかし、起動するようなワードを口にしていただろうか。

無言で携帯を見つめる中、突如ドアが叩かれた。思わず飛び上がってしまう。

「ちょっと、いいか？」

父親の声だった。

ドアを開けた瞬間、真っ先に目に入ったのは父親のただならぬ表情だった。こんな顔、見たことがない。

「奏音。あのな」

動揺を抑えるような、押し殺した声だ。

「明日から、しばらく家を空《あ》ける」

「え？　出張とか？」

父親の目が僅《わず》かに泳いだ。

「うん……」

嘘を言っているとすぐに分かった。長い間二人きりで暮らしてきたのだ。分からないはずはない。ただ、父親は意味のない嘘は吐かない。

「いつまで？」

「どうかな……。期限がないんだ。帰る目処《めど》が立ったら、連絡する」

「そっか、分かった」

ほっとした顔で、父親がダイニングへ向かう。

後を追いかけると、テーブルの上に残しておいた夕食の皿を片付けるところだった。食事はほぼ手つかずで残っている。

「……美味しくなかった？」

娘の声に、父親はゆっくり頭を振った。

「ううん。……ごめんな。食欲なくて」

タッパーの蓋を閉めながら、さも済まなそうに謝った。シンクに立ち、蛇口を捻《ひね》るとスポンジに洗剤を染み込ませる。

「珍し……じゃあ、私のも頼んじゃおかな？」

父親が食事を終えたら一緒に洗おうと、自分の食器もシンクに置いておいた。

「うん……。滲《し》みるだろうしな」

滲みる。ああ、左腕の怪我のことか。

「……ありがと」

冗談だったのに。やはり、怪我のことを気にしていたのか。

奏音は洗い物をする父親の横顔をじっと見つめた。

いつもと変わらない表情に戻っている。

（明日から、どこへ行くの）

問いかけてみたくもあったが、ぐっと言葉を飲み込んだ。

もしかしたら再婚を考えている相手がいるのかもしれない。さっきの電話はその人からで、二人で旅行へでも行くのだろうか。あるいは、再婚の報告をしに相手の実家へ行き、その後こちらへくる算段でも講じているのだろうか。

もう自分も高校三年だ。我が儘《まま》は言わない。でも、二人きりの父娘だ。隠さずに話してくれてもいいのに、と寂しい気分になる。

欠けた心の中を、冷たい風が通り抜けていくような気がした。
部屋へ戻ると、スマートフォンが震えている。
一瞬、身構えた。
画面には〈蓮〉と表示されていた。

第五章　電話　――香月 蓮

道路照明灯の下、自転車に跨《また》がった少年が目の前のマンションを見上げている。

少年――蓮はスマートフォンを耳に当て、訳の分からない歌を口ずさんでいた。

「マママ、マンショーン、ママママ、マンショーン、か、の、ん、のッ、マンショーン」

長いコールの後、相手が電話に出た。

「あ、もしもし？　きちゃった」

受話口の向こうは無言のままだ。

「あれ？　奏音、怒ってるの？」

冗談めかしてみるが、反応はない。いつもなら、この辺りで深いため息と共に『蓮、こっちも暇じゃないの』と突っ込みが入るタイミングだ。そして、奏音のマンションのすぐ下にいると伝えたら『ストーカーじゃないんだから……帰って。ゴーホーム』と命令されるパターンになる。まるで飼い犬への命令のように。

それなのに、今回は何も言わない。おかしい。

「おい、奏《か》……」

――ショウタ？

奏音の声が聞こえた。知らない名を呼んでいる。学校全体なら存在しているかもしれないが、少なくとも蓮と奏音の周りにそんな名前の奴はいない。

「は？　ショウタじゃねーって。俺、俺！　ってか、ショウタって誰よ？」

奏音は誰かと間違えている。しかも、かなり親しげな相手のようだ。雰囲気で分かる。例えば兄弟？　それはいない。父親？　そんな名前じゃない。どれも知っている。じゃあ――。

「お、おい！　ちょっ！」

焦りから声が大きくなる。また、スピーカーから声が聞こえた。

――ショウタ、きちゃだめ……。

「は？」

ショウタという奴にくるなと言っている。

まさか奏音は二股でも掛けていて、間違えてダブルブッキングをし、彼氏同士が出くわしそうになっているのか。そしてショウタという奴にくるなと言っているのか。

いや、そんなはずはない。アイツはそんな人間ではない。


——だめ。きちゃだめ。


「ちょちょ、ちょ！」

待てよ！　と言う前に、凄《すさ》まじいノイズが耳朶《じだ》を打つ。思わずスマートフォンを耳から離した。画面が暗くなっている。知らぬ間に通話は終わっていた。スリープを解除し通話履歴を見た。奏音への発信履歴は残っているが、なぜか通話時間がゼロだ。

首を捻《ひね》っていると、マンションの影に人の姿があった。白い半袖ブラウスを着た女性——奏音だった。

いつもと違う雰囲気のファッション、と言うより、別の学校の制服みたいな格好だ。傍《そば》に行こうと自転車から降りる。

「あれ？　え？　奏音？」

スタンドを立てようと、目を離した一瞬の隙に姿が消えていた。

人影を見たと思った辺りに小走りで向かったが、どこにもいない。死角になりそうな暗がりも探してみたが、さっぱりだ。

どういうことだと腕組みしていると、鼻先に悪臭が飛び込んできた。

「……ん？　何だ、この臭い」

動物園のような獣臭に、ヘドロの溜《た》まった川みたいな刺激臭が混じっている。

逃げるように自転車に戻り、改めて奏音に電話を掛けた。長いコールの後、声が返ってくる。

『もしもし。蓮？　何？　こっちも暇じゃ……』

今度はまともな、いや、奏音らしい対応だ。ほっとして、今しがたあったことを説明する。

『はあ？　蓮の電話取ったの、これだけだけど』

「でも、俺じゃない名前、呼んでたじゃん」

『何のこと？　それに今、部屋にいるし……って、アンタ、また下にいるって⁉』

ストーカーじゃないんだから！　と奏音が怒った。いつもの彼女だ。思わず笑い声が漏れる。電話の向こうで深いため息が漏れた。

「あのさ、奏音」

『……何？』

「やっぱさ、夏休みどっか行こうぜ」

『またその話？　断ったでしょ！』

帰れ、ゴーホームと繰り返す奏音の声を聞きながら、マンションの暗がりに目を向ける。

やはりそこには誰もいなかった。

『聞いてるの？　ってかさ、もう夜だよ。高校生っていってもひとりで出歩くのはよくないんだから。補導されたら内申にも響くよ？』

何だかんだ言って、奏音は優しい。こうして下らない会話にも付き合ってくれるし、口調は厳しいけれど、真剣に自分の心配もしてくれている。

嬉《うれ》しくなって、思わず歌いそうになる。

「あのさあ」

『ん？』

「奏音、好きだぜ」

また深いため息が聞こえた。

奏音とのやりとりが楽しくて、つい先ほどの不穏な出来事は蓮の頭からスポンと抜け落ちた。

三歩歩くと忘れる〝鶏《にわとり》〟――蓮の不名誉な渾名《あだな》のひとつだ。

「何だよ、奏音。照れてんのかよ？」

スピーカーの向こうから、怒気を孕《はら》んだ『ゴーホーム』が聞こえた。

第六章　依代　――雨宮 奏音

奏音の指先がタッチパネルを叩《たた》いていく。

「千五百八十円です」

レジ前に立つ、背の高い理知的な雰囲気の女性から代金を受け取り、おつりと領収証を渡す。

「ありがとうございました」

頭を下げながら、綺麗《きれい》なお客さんだな、と思った。堅い仕事に就《つ》いていそうだが、どこか陰のある表情が気にならないでもない。領収証の宛名は個人名――森田《もりた》であったが、個人事業主という雰囲気ではなかった。

（いろいろな人、いるもんな）

ざわめくカフェの店内を見回すと、ひとりの男性客の姿が目に入った。

夏だというのに目深にニット帽を被《かぶ》ったその客は、右目を掌《てのひら》で隠している。そして、残った左目で一点を凝視していた。視線の先にはたった今支払いを終えた女性客の姿があった。男はなぜか口元と身体を戦慄《わなな》かせている。

思わず身構えていると、男は掌を戻し、立ち上がった。感情のない顔で支払いを終えると、外へ出ていく。

（……何だったんだろう？）

分からない。空《あ》いたテーブルを片付けていると近くの客から呼ばれた。

奏音のバイト先はシックな内装にアメリカンダイナー的な雰囲気を足したカフェで、スタッフもモノトーンの制服を支給されている。トレーナーにデニムのエプロンだ。特製のバーガー、ケーキ、パンケーキ、珈琲が自慢である。

駅から商店街の途中にある立地のせいか、学生から老人まで客層の幅は広い。常連のような人もいれば、一見《いちげん》の客もいる。さっきの女性やおかしな男性もそのひとりだ。

（この夏までか）

大学受験が待っている。さすがにバイトと勉学を両立するのは難しい。音楽をやるにはお金が掛かるが、受験が終わるまでの辛抱だ、と割り切っていた。

テーブルの片付けをしようとレジから出る寸前、隣に同じバイトの留奈《るな》がやってくる。

「奏音ちゃん、またきたよ」

笑いながら外に人差し指を向ける。

見れば店に入ってくるのは蓮だった。夏休みだから、Tシャツにデニムという私服姿だ。

留奈は小躍りせんばかりの様子で彼に近づいていく。

「いらっしゃいませぇ、おひとりですかぁ？」

「あ、いや……あの」

蓮は戸惑いながら、こちらへ助けを求めるような視線を送ってくる。

留奈がしたり顔で振り返った。その目は、小悪魔のようだ。

「……ごゆっくりどうぞー」

留奈は蓮を席に案内すると、こちらに意味深な含み笑いを見せながら厨房《ちゅうぼう》へ消えていく。

（留奈、悪い子じゃないんだけどさぁ）

同い年とはいえ、遠慮がないのが玉に瑕《きず》だ。ため息を吐きながら、奏音は蓮に水の入ったグラスを持っていく。

「もう。店にはこないで、って言ってんじゃん……」

呆《あき》れながら見下ろしているのにも関わらず、蓮は顔を緩ませて見上げてくる。頭の中に、馬鹿っぽい犬、という言葉が浮かんだ。

「で、何にする？」

「あ。ちょ、待って」

蓮はポケットからスマートフォンを取り出した。

「おもしれーもの、見つけてさ！」

「は？」

こちらの顔も見ずに画面をタップし始める。

「ちょい待って……あと少しで休憩だから」

蓮は大きく頷《うなず》いた。やはり犬っぽかった。

ほら、と蓮はスマートフォンの画面を差し出す。

二人はカフェのテラス席に出ていた。吹き付ける風が熱い。奏音はチラ、と背後を見やった。留奈が興味津々でこちらの様子を覗《のぞ》いているような気がしたからだ。だが、気のせいだったようだ。

「これ、この動画なんだけど」

蓮の声で視線を戻す。画面は光が反射して見づらい。角度を変え、目を凝らす。

手ぶれの激しい動画だった。

ライヴ配信された動画のアーカイブだ、と蓮は言う。

〈アッキーナTV〉とロゴがあった。

薄暗い映像だ。自撮り棒を手に持ったまま走っているせいだろうか、照明やレンズの向きが暴れ、何を映しているかよく分からない。時折女子高生らしき姿が光に浮かび上がるように入る。おそらく自撮り棒を持っている人間がひとり。他にもうひとり、か。落書きだらけの壁や荒れた階段のステップが映り込むこともあった。廃墟《はいきょ》探検の配信でもしているのか。それにしては上手《うま》く映そうという努力の跡は見られず、時々慌てふためいた声が入る。

彼女たちは、階段を急いで降りている。

目的地に着いたせいか、カメラの動きが若干ゆるやかになった。

画面は上下逆の斜めになっている。奏音は首を曲げてみた。

四角いものが映っている。

その横の壁に、階数表示のランプや呼び出しボタンがあった。エレベーターホールか。

ただ、エレベーターの籠の扉は外側に向けて曲がっており、いまにもはずれそうだ。

逆さまの斜めのまま、カメラが進んでいく。

籠の内部には照明が届いていない。

撮影者たちの荒い息づかいが繰り返される中、カメラがエレベーターの入り口に近づく。

やっと光が差し込む。床に何かが落ちている。

（……何、これ？）

奏音はそれが何であるのか、すぐには分からなかった。潰れたバレーボールのようにも見えるが、もっと歪《いびつ》な形状にも感じられる。

映像の中で、彼女たちの会話が始まった。

『シオン……は？』

『何で⁉』

『ね、シオンは？　ミツキ、シオンは？』

『どういうこと⁉』

嚙《か》み合わない会話が続き、カメラがエレベーター内に入る。一本の手が伸び、床に落ちた物を拾い上げた。

そこで、それが作り物の牛の頭、白黒斑のゴムマスクだと理解できた。

どこが〝おもしれーもの〟なのか。前後の情報すらないため、判断に苦しむ。奏音は顔を上げた。

（訳が分からない）

「何これ？　アンタさぁ、暇だからって動画ばっかり見て……」

「ちょっと待って！　こっからが本番な！」

蓮は笑いながらスライドバーを左に動かし、動画を巻き戻していく。

「今、シオン、って言ってたろ？」

確かに、女子高生のひとりが〝シオン〟と口にしていた。シオンと言えば、海外の地名で〈神殿の丘〉という意味があったはずだ。だが、会話の流れから判断するに、人の名前だろう。

「多分だけど、その子が……っと、ここ、ここ」

蓮は再生ボタンをタップした。牛のマスクを被った女子高生が中央にいる。

『何、何？　……怖い、怖い怖い。見えないってぇ』

その人物は、マスクを上にずらした。

『ちょっと、いいの？　顔、映ってまうよ……？』

フレーム外から少し訛《なま》った声が入ってくる。

半分脱げかかったマスクの下から覗く両目が、カメラを捉えた。慌ててマスクを戻そうとした瞬間、蓮は停止ボタンを押す。

奏音は眉根を寄せた。蓮がこちらの顔を覗き込んでくる。彼は動画と奏音を見比べながら、にんまり口元を緩めた。

「そっくりじゃね？」

奏音はスマートフォンを手に取った。

画面の中にいる牛マスクの女子高生。その目元、口元、顎のライン。マスクのせいで目から下だけしか映っていないとは言え、確かに自分に似ている気がする。

「だろ？　で、さ」

奏音の手からスマートフォンを取り戻し、幾度かタップし、再び画面を向ける。

そこにはSNSのアプリが開かれていた。

三人の女子高生が映った画像がある。中心と、そこから向かって右に、動画に何度か出てきた顔の人物二人が笑っていた。

左側に立つのは、硬い表情の少女だ。その少女は、奏音とそっくりな顔をしていた。それどころか、左右の眉尻にポツンとある黒子《ほくろ》もまったく同じだった。

まるで鏡を見ているようだ。

違っているのは着ている制服と醸し出している雰囲気くらいだろうか。赤い細身のリボンタイに、プリーツのスカート。近隣では見たことがないデザインである。それに自分とは違い、どことなく奥ゆかしさを纏《まと》っているような気がする。

「この子、誰？」

「動画だと、エレベーターに閉じ込められた後、籠が落ちて。そんでいなくなっちゃった、って。この子、今も行方不明らしいんだよね」

そういうことではない。一応、動画の子とSNSの子が同一人物だ、と言いたいのは分かる。が、訊きたい答えがないまま、蓮は興奮して捲《まく》し立てる。

「な！　な！　これ、もう似てるってレベルじゃねぇだろ……？　どっぺる……なんちゃら？　そんな感じ？　で、この動画ってさぁ、つい最近の配信でさぁ――」

不意に蓮の声が遠くなり、視界がぼんやりしてきた。

脂汗が滲《にじ》み、足下から力が抜ける。どうしてそんな風になってしまったのか、自分でも分からない。情報が処理し切れていないせいか、それとも別に理由があるのか。

立っていられず、思わず後ろの窓に寄りかかってしまう。

動画の中の顔が脳裏に浮かんだ。

(確かに、似ている)

でも、認めたらだめだ。そんな直感が働く。暢気《のんき》にはしゃぐ蓮から目を逸《そ》らした。

硝子《ガラス》窓に自身の顔が映り込む。じっと見つめていると、全体の輪郭がグニャリと変形を始めた。人ではない何かに変化しようとしている。

変化は止まらず、いつしかそれは――。

何かの像を結ぶ寸前、内側から窓が叩かれた。我に返り、硝子の向こうを透かし見ると、留奈が立っている。

困った顔で後ろを指さし、両手の人差し指を立てて頭に持っていく。

彼女の背後で、仏頂面《ぶっちょうづら》の女性店長が腕を組んでこちらを睨《にら》み付けていた。バイト仲間の間で、怒ると怖いと有名だ。

(……あ)

店内やテラスの客が、奏音たちを冷ややかに見つめている。慌てて頭をひとつ下げ、店内へ戻った。

空気を読まない蓮が大声を張り上げる。

「奏音！　また連絡すっから！」

振り返らず、無視をする他なかった。

（……坪野鉱泉）

店長に謝罪しながら、今さっきの動画タイトルの一部を思い出す。富山県、とあった。

（だとしたら）

自分に瓜《うり》二つの少女は、富山県の坪野鉱泉という場所にいたことになる。

坪野鉱泉。富山県。繰り返しながら、奏音はテラス側の窓に顔を向ける。硝子に映った自分の顔が変化したように見えたのはなぜか。

（気のせい。目眩《めまい》みたいな感じだったし）

ふと気が付くと、窓の向こうで蓮が両手を振っている。

目線をずらすと店長が視界に入った。彼女が、顎でテラスを指し示した。

奏音はひとつため息を吐くと、蓮を追い出しに掛かった。


独りきりの夕食を終え、奏音は自室のベッドに寝転がった。バイト疲れで目を閉じる。

今日はいろいろ気になることがあった。

蓮。おかしな動画。自分にそっくりな少女。不自然な目眩、富山県、坪野鉱泉。ネットで調べてみたが、出てくるのは〈心霊スポット〉〈訪れた女性が失踪〉〈心霊スポットの呪いか？〉〈暴走族〉〈暴行事件〉などがヒットするだけだ。当然、あの動画やSNSも探してみたが、検索ワードが悪いのか出てこない。〈アッキーナTV〉でも見つからなかった。削除されたのか。もしかしたら蓮は消される前に保存していたのかもしれない。

（いったい何なんだろう）

いくら考えても答えは出ない。

急に静けさが襲ってきた。出張と言って、父親はいない。瞼を開け左腕に目を向けると、不安な気持ちが湧いてくる。立ち上がって窓の施錠を確かめ、カーテンをきちんと閉じた。

気を取り直すようにスマートフォンを取り、作曲アプリを走らせて、ファイルを開く。

あの、童歌《わらべうた》のようなメロディが再生された。

やはり記憶は蘇《よみがえ》らない。どこで聴いたメロディ・ラインだったろうか。目を閉じ、記憶を手繰《たぐ》るが、さっぱりだ。

音楽に関する記憶力は悪い方ではないと自負している。だからこそ歯痒《はがゆ》く、すっきりしない。

躍起になって思い出そうとしていると、繰り返されていたメロディが、突如崩れた。

使うべきでない音が混じる。スケール・アウトなどというレベルではない。調子外れにも程がある。さらにノイズが混じり始める。不協和音にすらならない、本当の雑音だ。

タップしても止まらず、強制終了すら受け付けない。

次第に音が大きくなっていく。近所迷惑だ。焦りながら飛び起き、ワイヤレスイヤホンに切り替えようとしたが、操作不能になっていた。

慌てたせいで、本体をベッドの上に落としてしまう。

すると、音がやんだ。

よかった、と手を伸ばした途端、機械音声が始まる。

『ヨリシロ　ヨリシロ　ヨリシロ　トハ　シンレイ　ガ　トリック……』

繰り返される音声アシスタントに、息が止まりそうになる。

ヨリシロ。依代？　シンレイとは心霊？　違う。神霊か。以前聞いたことがある。〈依り代とは神霊が降りるもの。精進潔斎した清きもの〉だと。

（なに？　いったい、なに？）

咄嗟《とっさ》にスマートフォンを摑《つか》んだものの、どうしていいか分からない。画面を確認する勇気があろうはずもない。パニックに陥り、とっさに投げてしまった。

床の上で、ぴたりと音がやむ。その先に机がある。上に載った卓上ミラーの鏡面に何かが映り込んだ。

人の顔だった。

膝から力が抜けた。意図せずベッドに腰が落ち、手を突く。

鏡面が僅《わず》かに上を向いた。誰かが押したような動きだ。強い光が目を射る。照明の反射光か。避けようと後ろに仰《の》け反《ぞ》った。

その背中に、何かが当たった。

電流が走ったように全身が硬直し、身動きが取れない。いくら頑張っても、手足が自由にならない。自らの意志も、脳からの命令も、すべてが強制遮断されている。

視界の隅で何か揺れた。机の上のミラーだった。

いつの間にか斜めを向いた鏡面に、自分の上半身の一部が映り込んでいる。

背後に、誰かいた。長い髪をしていた。

背中合わせに座っているそれが、女なのか、男なのか、まったく分からない。

項垂《うなだ》れていることだけは理解できた。

自分の荒い息づかいが響く中、ミラーから目を離せない。

身体が小刻みに震え始める。

いや。違う。震えているのは背中に付いた相手だ。それが伝わってくるのだ。

声は聞こえない。しかし、共振するかのように感情が伝わってくる。

空《むな》しさ。寂しさ。悲しさ。様々な心の欠片が綯《な》い交《ま》ぜになって、流れ込んできた。

そうだ。相手は泣いているのだ。

相手の感情が心に流れ込んできたかのように、奏音の頬に熱いものが一筋流れた。

(どうして……!?)

自分でも理解できない。

動けないまま、左の指先に冷たい感触が触れる。

指だ。何とも言いようのない気色悪さだった。背中越しの相手の指先がじわりじわり、手の下に潜り込んでくる。湿り気があった。確認しようとしても、首は僅かしか動かない。眼球だけ下げても、自分の身体しか目に入らない。

背中に悪寒が走った。左腕の傷に激痛が走る。すべての傷口に尖《とが》ったものでも突っ込まれたような痛みだ。熱い液体が手首に向かって流れていく。鉄の臭いが上ってきた。傷が開いたようだった。

後頭部を何かにぐっと摑まれる。そして、強引に正面を向かされた。

机の上のミラーがあった。

先ほどと違い、鏡面がこちらへ真っ直ぐ向いている。鏡の中、いつの間に向いたのか、奏音の右肩の上に頭がある。

相手の顔が鏡を向いている。

長い髪の間から覗いていたのは、獣の顔だった。黒いだけの目。長い鼻先。左右に突き出した黒い角のうち、向かって右の方が折れている。口元から暗い紫色の舌が伸び、奏音の首筋を掠《かす》めようとしていた。

牛――後ろに牛の頭をした人間がいる。

掌の下で蠢《うごめ》いていた何者かの手が、奏音の手を絡め取るように強く握りしめてくる。同時に右耳にヌルリとした粘膜の感触が襲った。水気を含んだ音が鼓膜を震わす。鏡の中では牛の舌先が、自分の耳穴を弄《もてあそ》んでいる。獣臭混じりの熱い息が、音を立て吹き付けられた。

舌が引き込まれる。牛の口が反芻《はんすう》するようにねっとりと動く。

何かの言葉が聞こえ、目の前が白く――。

気がつくと、ベッドから立ち上がっていた。喉の奥が痛い。思いっきり叫んだ後のような痛みだ。

（……牛）

はっと気づいて部屋中を見回すが、何もいない。奏音ただ独りだ。

左腕が痛む。目をやると、包帯が解《ほど》けて血塗《まみ》れになっていた。感触が残っている。湿った手の、強い力。そして、舌が。

右手で右耳を押さえる。

牛の頭は奏音の耳を舐《な》めた後、若い女の声で辿々《たどたど》しく一度囁《ささや》いた。

――し、おん。

しおん。シオン。坪野鉱泉にいた、自分のコピーのような女子高生の名だ。

シオン。牛。富山県。坪野鉱泉。この短期間で、自身を取り巻く何かが変わってきている。確実に。

（シオン。会わなくちゃ）

具体的な方法は思い浮かばない。だが、そうすべきだと本能が告げている。論理的思考ではない。分かっている。彼女に、シオンに会わない限り、異変は終わらないのだ。

床でスマートフォンが鳴った。

力なく拾い上げると画面に〈蓮〉と表示されていた。

第七章　夜行　――雨宮 奏音

暗い窓の外を、光が時折後ろへ飛び去っていく。

バスの乗客は少なかった。

新宿からの夜行バスに奏音は乗っていた。富山まで一番安く行ける方法だった。

通路側にある隣の席では、蓮がのんびりと寝息を立てている。

恋人同士の旅行に見られそうで厭《いや》だった。奏音は薄手のアウターの前を掻《か》き合わせながら、隣のだらしない寝顔を見つめた。

（……仕方なかった。うん、仕方なかった）

昨日、急に富山県行きを決めたせいで、一緒に行ける友人がいなかった。バイト先も自分が休むと人手が足りなくなるため、留奈は誘えない。独り旅も考えたが、知らない土地とあっては勇気が出なかった。

あの出来事があった直後、掛かってきた蓮の着信に思わず応《こた》えてしまった。誰かの声が聞きたかっただけで、特別な何かがあったわけではない。何気なく動画の詳細を聞くうちに、ポロリと「富山に行くかも」と話したのが運の尽きだったのかもしれない。

『一緒に俺が行く！　いや、何が何でも俺が行く！　俺が奏音を護《まも》る！』

そう言って譲らなかったのだ。タイムリミットの翌日午後三時までに誰かが捕まったら、蓮に連絡しなければいい、そのまま富山へ行けばいいと思っていた。だが、次の日の午前中、蓮は荷造りをした姿で奏音の自宅前に姿を現した。すでに夜行バスのチケットは押さえた、と言って。その後、なし崩し的にこうして一緒にバスに乗っている。

父親にはメールを入れておいた。行き先は某有名テーマパークに変えて、クラスメートの女子と受験前の旅行だと嘘を吐いた。自宅宛に電話などされたら、いや、突然帰ってこられたら、どうなるのか。それも男子と一緒だなんて、とても言えない。問題が起こる前に対処しておくのだ。

（でも……）

奏音はまじまじと蓮の顔を見つめ、ため息を吐いた。

この旅の目的を打ち明けたのは、バスに乗る前、バスタ新宿の待合室だった。

昨夜の出来事を正直に話した上、自分に似たシオンという少女と会わなければいけない気がすると説明した。本能というか、感覚的な直感というか——明確な理由などない。ただそうすべきだと感じたからに過ぎない、と。

一方、蓮は奏音の顔と左腕を順に見てから、苦笑いを浮かべてみせた。

「いやいや、さすがにそれはないっしょ？」

「別に信じなくてもいいけど」

シャツに隠れた左腕を引っ込めると、蓮が慌てて取り繕う。

「いや！　信じる！　奏音の言うことなら信じる。けどさ」

どさくさに紛れて身体を寄せてくる蓮から逃れて、奏音は釘《くぎ》をさした。

「ねぇ。……改めて言うけど、呼び捨てはやめてくれない？」

「何で？　一緒に旅に行く仲じゃん？」

奏音は深いため息を吐いた。

「私はあの子に……シオンに会いたいだけ。旅行じゃない。分かる？」

念を押してみたが、蓮はどこ吹く風だ。

「あのさ！　……俺、ちゃんとするよ？」

突然、真顔で話し始める。何の話か、理解できない。

「この旅行が終わったら、勉強して、お前に追いついて」

蓮は、学年で下から数えた方が早い成績だ。そして今は高校三年生の夏である。

「だからさ、俺と……」

「あのさ、蓮は家になんて言って出てきたの？」

奏音はわざと話の腰を折る。

「あ？　ああ……俺、男の子だから大丈夫。よし、飲み物買ってくる。水でいい？」

慌てたように蓮が席を立つ。はぐらかすようなわざとらしい態度は、いつもの蓮らしくなく、奏音は眉をひそめた。


（……ホント、何なんだろ）

バスの車内は消灯時間となり、非常灯の光だけが辺りを照らしていた。各席はカーテンで仕切られているが、蓮と奏音の間のカーテンは開けっ放しだ。

「閉めないで！　ほら、奏音とせっかくの旅行だし」

黙って閉めても懲りずに蓮が開けてくるので、途中で諦めた。せめて会話しなくて済むようにイヤホンで音楽を聴き始めると、彼はバッグから流行のゲーム機を取り出して、プレイを始める。モンスターを狩るゲームだ、俺は凄《すご》いんだとジェスチャーしてくるのが鬱陶しいと思っていたら、突然静かになった。寝落ちしたのだ。

（背に腹は代えられないとはいえ、なんで蓮と富山へ）

だが、お陰で見知らぬ土地へ行く不安や寂しさは感じるひまもなかった。

口元を緩めながら、再び窓の外へ視線を流した。

（やっぱ感謝しなきゃな……ん？）

奏音は目を凝らした。

窓硝子に、蓮の向こう側にある通路が映り込んでいる。カーテンが全開になっていた。締めていたはずだが、いつ開けたのか覚えがない。寝ぼけた蓮の仕業だろうか。よく見れば、通路を挟んだ隣の席のカーテンも半分ほど開いていた。

その隙間から、小学校低学年くらいの少年がこちらに笑顔を向けているのが見えた。ヘッドホンをしている。手には蓮と同じゲーム機が握られているが、車内Ｗｉ－Ｆｉで動画を見ているようだ。ボロボロの小屋の前に男女がいるものだが、映画かドラマなのだろうか。少年の奥には女性が眠っていた。多分、母親だろう。

乗車するとき、少年はこの母親らしき人物から〝りょうたろう〟〝りょうちゃん〟と呼ばれていた。母親は三十代後半くらいで少しキツい印象だが、整った顔立ちをしていた。乗車時から過保護なほど子供の世話を焼いていたように思う。息子を溺愛する母親そのものだ。奏音は少しだけ羨ましく思いながら、少年の方へ振り返る。

（眠れないのかな？）

そのとき、りょうたろうの視線が蓮の手元に注がれているのに気づいた。ゲーム機が落ちかけている。慌ててキャッチし、前の席の背もたれにあるネットに挟む。

りょうたろうに目を向けると、彼は微笑んでいた。

（ありがと）

身振り手振りで伝えると、彼も嬉《うれ》しそうだ。

奏音は蓮の頭を小突くようなふりをして見せた。りょうたろうは思わず笑い声を漏らし、しまったという顔で口を押さえる。

（可愛い子だな）

隣の母親が寝返りを打った。やはり寝顔も整っている。

りょうたろうは慌てて寝たふりを始めた。時計は午前十二時を大きく回っている。

（旅行で興奮して、夜更かししちゃってるんだろうな）

母親に見つかったらさすがに怒られると自覚しているようだ。これ見よがしに嘘の鼾《いびき》を掻きながら、手で口を拭うような動きを見せた。

下手糞《へたくそ》な寝たふりに、笑みが零《こぼ》れる。

（鼾じゃなくて、犬の唸《うな》り声だよ、それじゃ）

りょうたろうは片目を開けて、様子を伺っている。可笑《おか》しくなった奏音は思わず大きな笑い声を漏らしそうになった。咄嗟《とっさ》に手で口を塞ぐ。

りょうたろうの目がこちらを向いた。なぜか、一点を見つめて動かなくなる。

辿《たど》ってみると、こちらの左手だ。

りょうたろうは身体を起こし、ジェスチャーを始めた。自分の左手を右手で下から掴《つか》み、左右に振る。そして、両手の人差し指を立てて、頭に当てた。その顔が引き攣《つ》っている。

何を示しているのか一瞬戸惑った後、奏音はふと気づいた。窓のカーテンを閉じる。外部から時折飛び込んでくる光のことを忘れていた。カーテンを開いていては、場合によっては他の客の迷惑になる。

手を振ったのは、カーテンを引く動作。頭の角は怒られるよ、の意味だろう。教えてくれてありがとう、そう伝えようと振り返れば、りょうたろうはこちらに背中を向けて横になっている。予想通り、窓側のカーテンのことだったのだ。

（邪魔しちゃ悪いな）

腕を伸ばし、通路と蓮との間にあるカーテンを引く。

これで安心だと席に身体を沈めた。左腕が少し痛んだ。服の上からそっと触れながら、ふと想像する。もしかしたらりょうたろうはカーテンではなく、腕のことを心配してくれたのだろうか。袖口から覗く包帯を眺めた。優しい子なのだなと微笑みながら、何気なく窓の方へ顔を向ける。

（あれ？）

閉めたはずの窓側カーテンが三分の一ほど開いている。

腕か肩が当たったのか。身体を起こすと、窓に自分が映っている。ただ、何となく違和感があった。自分なのに、自分ではないように見える。

じっと見つめてみたが、違和感の正体は摑めない。
静かにカーテンを閉じ、シートに深く腰掛けて目を閉じた。
富山県に着くのは朝だ。それまで、眠らなくてはいけない。
バスのエンジン音が低く唸った。
まるで獣の声のようだった。

第八章　虚像 ―― 雨宮 奏音

遠くに望む稜線《りょうせん》は、音の波形に似ている。

ギザギザしていて、高低があるせいだ。

染みひとつない青空の下、残雪が山肌に筋を作るようにチラホラと顔を見せていた。

富山湾の海岸から見上げる立山連峰《たてやまれんぽう》は、こちらにせり出してくるような偉容を誇っている。見慣れない景色に、ここが東京ではないのだと否応なく実感させられた。

振り返れば日本海だ。

太平洋の海は黒っぽい。だから黒潮と呼ぶんだ、とは父親の言だった。でも日本海である富山の海も黒い。いや、碧《あお》が深すぎるから黒く感じる、と言い換えるべきかもしれない。だからコントラストが効いて、白い波頭が映える。

潮の香りを含んだ涼やかな風が吹いた。夜行バスの疲れが飛ぶようだ。と思ったのもつかの間、せっかくの風景を蔑《ないがし》ろにする声が響く。

「何！　この山！」

蓮だ。

「スゴくね!?　……海、広ッ！　ヤバ、富山、ヤバ！」

語彙力ゼロの言葉を発しながら、こちらに駆け寄ってくる。

周りの観光客は微笑ましげに奏音と蓮の様子を眺めていた。恋人同士だと勘違いしているのが伝わってきて、正直、いたたまれない気持ちになる。

「行こ、もういいから」

「え、どこに？」

目的地はひとつしかない。だが、蓮は駄々を捏《こ》ねる。

「せっかく富山にきたんだからさぁ。観光しようぜ」

ほら、ここ。あっちから行けるみたいだから、と左腕を引っ張る。左腕の傷が引き攣《つ》れて痛んだ。蓮の手を振り解《ほど》きながら、それもまあいいかと思ってしまう自分に驚く。東京を離れた開放感がなせる技だろうか。

「なら、さっさと行こ」

了承されると思っていなかったのか、蓮は一瞬戸惑った後、満面の笑みを見せた。


観光客の一団と一緒に、奏音と蓮は電車を降りた。乗り換えを繰り返し、ようやく魚津港に到着する。

人の流れに乗って移動していると、突然、スピーカーからアナウンスが響いた。

「何々？　……ヤバ！　走れ！　レッツ、ゴウ！」

人集《ひとだか》りする海側へ向けて蓮が走り出した。テンション上がりっぱなしの彼に、落ち着いてよと思いながら、後を追う。

着いた先の観光客の群れの中で、蓮は首を捻《ひね》っていた。

「あれ、蜃気楼《しんきろう》？」

魚津港周辺は蜃気楼で有名な観光地だ。

蜃気楼とは、陸上の風景などが遠い海上に像を結ぶ現象を言う。大気中の温度差により起こる光の屈折が原因となって起こる事象である。昔は〈大蛤《おおはまぐり》（蜃）が吐き出す気《き》が、高い建物、楼閣を描く〉と考えられていた。だから蜃気楼なのである。

この魚津の蜃気楼は季節によって、景色が逆さまに見える上位蜃気楼と、景色が伸びたり歪《ゆが》んだりする下位蜃気楼の二つに分かれる。春から夏は上位蜃気楼、冬は下位蜃気楼となる。出現時期や観測できる時間は限られており、必ず見られる物ではなかった。ただ、今日はきちんと出てくれていた。

遥《はる》か遠くに巨大な橋のようなものが浮いたように揺らいでいる。だとすると冬型になるのだろうか。しかし今は夏だ。少しおかしいような気もする。否。見分け方が分からない。

だが、どちらにせよ見られたのだから問題はない。素直に感動していると、蓮は不満げな声を上げる。

「なんかイメージと違うんだけど」

確かに想像と違う。もっと建物などが幻想的に浮かび上がるものと思い込んでいた。しかし、それは自分たちのように実際に見たことのない人間たちが勝手に作り上げたイメージに過ぎないのだろう。

(それに、こんな真夏に見られるのはレアみたいだけどなぁ)

魚津市のサイトでは〈三月下旬から六月上旬〉が時期とある。しかし夏休みに入った今でも、こうして蜃気楼を目にすることができた。幸運と言って差し支えないだろう。

「ん……。よし！　蜃気楼終了！」

もう飽きたのか、さっさとその場を離れる蓮を余所《よそ》に、奏音は海上を眺め続ける。

(あ、れ?)

橋が動いた。いや、違う。橋ではないのか。

陽炎《かげろう》のように揺らめく蜃気楼の橋は、左右に蠢《うごめ》く無数の人影で出来ていた。行く当てもなく歩く人々の列が、橋のように浮かび上がっているのだ。

目が離せない。もっと集中すれば、細かいディテールすら判別できそうだ。

満足してそこから去る観光客たちの中、奏音は蜃気楼に魅入られたが如《ごと》く動けない。背後の喧噪《けんそう》すら耳に入らなくなる。

（これが、蜃気楼）

最初に抱いていたイメージとも違う、不可思議さがあった。

海上を彷徨《さまよ》う人々は、いったいどこの何が映し出されたものなのだろう。

もしかしたら、見物客の姿なのか。だとしたら、自分の姿もあそこにあるのかもしれない。そして旅の同行者である蓮も――。

（あ、蓮）

彼の存在を思い出すと同時に、蜃気楼が動いた。

人の列が一斉にこちらを向いた、ような気がした。遠くて見えないはずの沢山の眼が、奏音を捉えている。

背後の気配が一変した。重なり合う明るい声は低い呻《うめ》きに。軽快な足音は、重く引きずるように。そして同じような音が二重に重なって聞こえる。

咄嗟《とっさ》に振り返ると、すぐ後ろに蓮が立っていた。急に後ろを向いたせいか、彼は鳩《はと》が豆鉄砲を食ったように、目をまん丸くしている。その更に後ろでは、観光客が楽しそうにぞろ歩いていた。

「おーっ、びびったぁ」

蓮はすぐに笑顔を浮かべた。その手には小ぶりのスケッチブックが握られており、黒ペンで太い文字が書かれている。

〈坪野鉱泉〉

この旅唯一の目的地の名前だった。

「これでヒッチハイクしようぜ」

蓮はニカッと笑い、奏音に顔を向けたまま浮かれた様子で後ろ歩きで離れていく。

道路を渡り、観光客用の駐車場にある車輪止めの上に腰掛け、ペンを取り出した。スケッチブックに他の書き込みを加え始めたようだった。

そこへ一台の黒いライトバンがバックで突っ込んできた。

「蓮！」

後ろ、と言う間もなく車体に軽く接触した蓮は、そのままバランスを崩して前方に転んでしまった。周囲の観光客の視線が一斉に注がれる。

「おっ……痛ぅ」

顔を顰《ひそ》める蓮に向かって、運転手が車から飛び出してきた。短髪に黒縁眼鏡をかけ、黒いジャケットとプリントTシャツ、ジーンズのラフな姿だ。年齢は三十代くらいか。

「おぉい！　何しとるがやちゃ！」

その乱暴な物言いは、ぶつけた側の態度とは思えない。

「……は？」

立ち上がりしな、蓮が怒鳴る。

「こっちの台詞だ！　馬鹿野郎！」

食ってかからんばかりに詰め寄ってくる相手が未成年だと分かったせいか、男は苦笑いを浮かべた。だが、目だけは笑っておらず、険が浮かんでいる。どことなく、周りの人間とは違う臭いを発していた。

奏音が思わず駆け寄ったが、蓮は今にも殴りかからんばかりだ。

「おい！　何笑ってるんだよ！」

気色ばむ蓮の肩に手を置き、男は軽く頭を下げる。

「悪かったな。落ち着いてくらっしゃぃ」

富山訛《なま》りのその男は、二人の顔をそれぞれ一瞥《いちべつ》し、大声で笑い始めた。


苦しそうに唸《うな》るエンジン音がシートの下から伝わってくる。

カーブの度に、車体はギシギシと不安げな音を立てた。閉め切った車内はエアコンのお陰でとても涼しい。だが、黴《かび》と煙草のような臭いが混じり込んでいた。

車は片側一車線の山道を上っていく。道幅が次第に細くなるにつれ、寂しくなっていった。

運転手は蓮を跳ねそうになった男だ。

山崎壮司《やまざきそうじ》、三十歳、やまに、やまへんのさきで山崎、と彼は名乗った。

奏音と蓮は、後部座席に並んで座っている。山崎は車をぶつけた詫《わ》びに坪野鉱泉まで乗せていってくれるという。最初の印象と違い、彼は人当たりの良いタイプだった。口調こそぶっきらぼうだが、妙な親しみやすさがあるのだ。

「好きやなぁ、お前らも。わざわざ東京から。しかし坪野鉱泉か……」

ルームミラーに映る山崎の目は、どことなく呆《あき》れた色が浮かんでいる。

「なんや、マニアってやつけ？　心霊スポットマニア」

「そうじゃないんすけどね」

隣の蓮が応じるが、どことなく言い訳じみていた。

「コイツがね、その動画の子に顔が……」

強がった言葉遣いの蓮を、奏音は強めに注意する。

「コイツ？」

「何だよ……」

気勢を削《そ》がれた蓮の目が泳ぎ始めた。

山崎は、お前ら仲ええな、と笑った後、急に車の速度を緩めた。

「お。ここ、ここ」

「え？　なんすか？」

奏音の矛先を逸《そ》らせたと言わんばかりに、蓮は前方へ身を乗り出す。

「ここも結構ヤバいって、噂《うわさ》んとこやちゃ」

ハンドルを握ったまま、山崎が顎で示した。

緩い登り坂の先に、トンネルが蒲鉾《かまぼこ》形の口を開けている。左右は草の生えた斜面で、道幅は狭い。通過できる車の高さは三メートル、の標識が左上に掲げられていた。

「――牛首《うしくび》トンネル」

山崎は低い声で教えてくれた。

県道七十四号線、富山県と石川《いしかわ》県の県境にあるトンネルで、正式名称は宮島隧道《みやじまずいどう》。トンネル内にお地蔵様がいて、血の涙を流す。噂では〈四十年以上前、友人間の金銭トラブルで殺人事件が起こった場所で、友人を殺した男が罪悪感からトンネル内で焼身自殺した。殺した側の母親もこの近くの木で首を括《くく》り自殺した。この母を可哀想に思った人々がお地蔵様を安置した。が、以降、ここは心霊スポットになった〉らしい。

おっかなびっくりで蓮が訊《き》く。

「なんで、牛首？」

「この辺りが牛首村ってとこなんよ。村で祀《まつ》っとる八坂《やさか》さんって神様が〈牛の頭を持った姿〉らしいんだ。やさかい、牛首トンネル。お地蔵さんを持ってきたのも、この村の人らしい。でも、元々トンネルの上にあったやつを移動したって言う話もあるな」

そこまで話すと、山崎は車を発進させた。

「狭いから、一度入るとUターンはできん。向こう側へ抜けて、そのまま進むから」

え、マジ？　と蓮は小さく漏らす。

入り口に近づくと向こう側の光が見える。そこまで長い距離ではないようだ。

入ってすぐ分かったが、トンネル内は心霊スポットにやってくる人間たちによってひどく荒らされていた。

入り口から少しだけ進んだところで、また車が止まる。山崎はゆっくりと後ろを振り返った。

「なあ、牛の首って知っとるか？」

「それって、このトンネルの」

奏音の答えに、彼は首を振る。蓮がおそるおそるといった様子で訊《たず》ねた。

「えっ、何すか……」

「牛の首。日本一ヤバい怪談だ」

押し殺した声で、山崎が続ける。

「なんせ、これ聞いた奴は、皆おらんくなっちまっとるって」

内心、奏音は首を傾《かし》げた。聞いた人間がいなくなっているのなら、怪談話として不備がある。それでも山崎は得意げに話を進めた。

「この先の壁に抉《えぐ》れたみたいになっとるところがあってな、そこに仏像、ほらさっきの話のお地蔵さんが祀ってあるがやちゃ。血の涙を流すお地蔵さん」

車が動き出し、ゆっくりと問題の地点に向けて近づいていく。一応身構える奏音の横で、蓮が情けない声を上げた。

「……ふはっ。その牛の首っていう話に、なんか関係あるンすか？」

山崎は無言のまま振り向きもしない。

トンネル内部の壁には赤いスプレーで落書きがされていた。薄れているが、ニコちゃんマークみたいだ。

ただし、お地蔵様はいない。抉れもない。台座らしきものやお供え物があるくらいだ。狭いトンネルの中を車はノロノロと進む。他に特に変わったことはない。

「何もないけど。お地蔵さんも」

不満げな声で蓮が山崎を見る。

「そう、何も無いんや」

断言する山崎に、蓮は食って掛かる。

「は？」

「牛の首って言うてな……。結局、内容ちゃ何も無い、って話や」

（やっぱり）

予想通りだ。少しでも警戒していた自分が可笑《おか》しくなる。

「マニアどもがお地蔵さん、壊しよる。何回置いても。罰当たりだわな。そっちが怖いわ。あ。でもな、一応地元じゃ有名な心霊スポットや。怪談めいた話はあるぞ。ここにきた車のフロントガラスに手形とか、老婆が乗り込んでくるとか。ようある話だらけやがな」

フォローのつもりか、山崎は饒舌《じょうぜつ》だ。一方、蓮はよく理解できていないようで、しきりに首を傾げている。

「え……？　どゆこと？」

山崎がヒントを与える。

「……やさかい、この話聞いた奴ちゃ、皆呪われてしもてんの。ってことはぁ……？」

「ってことは……。あ、あぁ、なるほど、そういうことか……。ん？」

やはり、蓮は何も分かっていない。

「……蓮。マジ？」

奏音の呆れ声に、山崎も反応した。

「さては兄ちゃん、頭悪ぃな……」

車の速度が上がった。出口が近づいてくるにつれ、次第に明るさが増していく。

そのとき、光溢《あふ》れる出口の横から、何かの影がゆらりと飛び出してきた。

避けようもなく、車内にいる全員が叫んだ。

路面を擦《こす》るタイヤの甲高い音が鳴ると同時に、強い衝突音と衝撃が走る。

「……今、何か、当たったやちゃ」

奏音には人だったように見えた。動物には思えなかった。ぶつかった瞬間、ボンネットからフロントガラスに向けて乗り上げ、そのままルーフを越えていった。

山崎は周囲に注意を払いながら、車外に出た。奏音たちも後に続いた。

前方。横。後ろ。車体の下。探してみるが、どこにも跳ねたものの姿がない。車のどこも凹んでいない。では見間違えだったのか。それにしてはリアルな音と感触が残っている。

「何だよ、今の」

「気味悪いっすね」

山崎と蓮は、納得がいかない様子で顔を見合わせる。当然奏音も同じだ。念のため、もう一度きた方へ振り返る。そのとき、線香の匂いがした。今しがた火を点《つ》けたばかりのような、強い香りだ。しかし周囲に煙の類いはない。

二人に訊ねても、そんな匂いはしない、と否定される。

「行こう。勘違いやったんだ」

山崎が運転席へ乗り込んだ。二人も車に戻る。

（勘違い……？）

動き出した車の後ろを、奏音は振り返る。

今しがたのできごとを反芻《はんすう》する。そうだ。飛び出してきたのは間違いなく人だ。それも制服を着た女の子だった。制服は見覚えがある。だが、どこで見たか思い出せない。

（でも、誰もいない）

車にぶつかったときの衝撃は激しく、幻だったとはとても思えない。しかし、その痕跡はない。

奏音の不安を余所《よそ》に車の窓が開く。吹き込んできた強い風が車内の空気を掻《か》き混ぜる。線香の匂いが一瞬漂い、すぐに消えた。

車は速度を上げて、緑の山道を駆け下りていった。

どれくらい車に揺られているのだろう。土地勘がないせいで、現在地が分からない。

奏音はスマートフォンのマップアプリを起動させ、先ほどのトンネルの名を打ち込んだ。

宮島隧道。確かに富山県と石川県の県境に出てくる。

（……さっきの、何だったんだろう）

不意に思い出す。飛び出してきたあれは、本当に勘違いだったのだろうか。場所が場所だけに、嫌な妄想が浮かびそうになる。

（考えない、考えない）

スマートフォンに目を戻す。経路に追加する形で〈坪野鉱泉〉と入れてみた。

「あ」

「どうした？」

山崎が振り返りもせず、声を掛けてくる。

「あの、凄《すご》い遠回りしていますよね？」

マップ上で言えば、出発点である蜃気楼を見た魚津港から坪野鉱泉へは、南東の方向、山側へ進むのが最短距離だ。二十分もあれば着く。ところが、宮島隧道は西側へ大きく逸れた位置にある。坪野鉱泉へストレートに向かうルートには絶対に入らない。完全な回り道で、行く意味がなかった。

バレたか、と山崎は呵々大笑《かかたいしょう》した。

「だって、お前らが心霊スポットマニアやて思うたさかいちゃ。どうせなら車でしか行けんところに連れていこうってな」

間違えたわけじゃないぞ、とまた笑い声を上げる。

「はあ」

こちらは坪野鉱泉に行くことが最大の目的だ。心霊スポット巡りなんて要《い》らない。乗せてくれたことに感謝しているが、相談もなく勝手に行動を決められるのは迷惑でしかない。

多くの時間をロスしたことに渋い顔をする奏音に、蓮が親指を立ててこう言った。

「急がば回れ！　楽しいからいいじゃん」

ついさっきのことすら忘れているような彼に、奏音は思わず深いため息を吐いた。

第九章　暗闇　――雨宮 奏音

フロントガラスの向こう、見上げた先に廃ホテルが佇《たたず》んでいた。

「お、見えてきた」

山崎がハンドル片手に指さす。

「え、あれっすか」

「ああ、あれだ」

日当たりの関係か、黒々とそそり立っているように感じる。奏音が目を奪われているとぐん、とハンドルが切られた。上り坂が終わり、一瞬平坦な道になる。途中、複数のお墓が通り過ぎていった。

「これ以上は車で行けんな。ここから歩きだ」

ホテルへ通じているであろう道の入り口に、車は止まる。そこにはフェンスの門があり、行く手を遮っていた。フェンスの手前右手側に一、二台なら余裕で駐車ができそうな広さの空《あ》き地がある。

左を見上げると、背の高い叢《くさむら》の向こうに坪野鉱泉の姿が浮かんでいる。

先頭に立って歩く山崎を二人は追った。


「夏ちゃ日が長うて、結構結構」

荒れ気味の道の途中、汗だくで山崎はうそぶく。

（寄り道しなきゃ、もっと早かったのに）

内心で文句を言いながら、奏音は空を見上げた。晴れ渡った夏の空は、徐々に色づき始めている。横では蓮が、蚊に食われただの、喉が渇いただの、遠いだの、ひとりで騒ぎ続けていた。

「あれ？」

奏音は道の脇に誰かがいるのに気づいた。道端にある石造りの小さな祠《ほこら》の前に、老婆がしゃがみ込んでいる。

一心不乱に手を合わせているようだ。後ろを通り過ぎるとき、思わず足を止めた。一瞬、挨拶をしようか考えたが、祈りの邪魔になりそうなので控えた。

（お参りにくる人、いるんだ）

坪野鉱泉に来る途中に人家が点在していた。ならば、そこの住民なのだろうか。祠までの道すがら、自転車や車、オートバイには出会わなかったから老婆は歩いてきたことになる。

(この祠、結構年代ものだなぁ)

観察すると、祠の中は二体一対の小ぶりの石仏が納められている。向かって右側は苔《こけ》むした普通のお地蔵様だが、左は首がなくなっていた。

ふと見れば、老婆の右側、少し離れたところに子供の拳大をした石が落ちている。まん丸なそれは、表面に凹凸があった。

お地蔵様の頭部らしい。祠の中の石仏のものだろう。

(放置していていいの?)

当然の疑問を抱く中、そのお地蔵様の頭に手が伸びてきて、さっと拾い上げた。

老婆かと思い、その背中へ目を向けるが、今も両手を合わせたまま動いていない。よくよく考えてみれば、祠の前から精一杯手を伸ばしても、拾える距離ではない。

何気なく、祠内部へ目をやれば、そこには首の揃《そろ》った二体のお地蔵様が鎮座している。

老婆が直したのか。それとも落ちた首も、首のないお地蔵様も見間違えだったのか。訝《いぶか》しむ奏音を呼ぶ声がした。

「おーい」

先の方で蓮が大きく手を振っている。奏音は慌ててその場を後にした。

足を速めつつ追いかけながら、なんとなく振り返った。

老婆がしゃがんだままこちらを向いていた。縮んだ紙風船のような、しわだらけの顔。

その後ろから、もうひとつ顔が覗《のぞ》いている。どちらも似た面相だ。

（あれ？　二人いたの？）

さっきは独りだったが、後からやってきたのだろうか。何となく気になった。立ち止まり、目を凝らそうとしたとき、また蓮の声が響く。

「おーい、何やってんだよお！」

「……待って！」

返事をしてからもう一度だけ、老婆を見やった。やはり、独りで熱心に手を合わせているだけだった。


「おおっ、動画のまんまじゃん！」

興奮しているのは蓮だ。

下手くそな落書きのようなグラフィティ。張り出したコンクリートの庇《ひさし》は、薄汚れている。周囲では夏草が激しく自己主張していた。草のない地面にいくつか水溜《た》まりが残っている。夕立か何かでこの周辺だけ雨が降っていたのかもしれない。

玄関からエントランスへの入り口には、黄色い立ち入り禁止のテープや板などで封じてある。だが、何人もの人間に踏み越えられてきたせいか、弛《ゆる》みが目立っていた。板には人ひとりが通れるほどの隙間が開けられている。隙間の向こうは真っ暗に見えた。外との光量差のせいだろうか。奏音は身を固くする。

見まごうことなき廃墟《はいきょ》、廃ホテルだ。

(ここに、シオンがいたんだ)

シオン。自分に似た少女が牛のマスクを残していなくなった——少しだけ緊張してしまう。だが、蓮は傍若無人にホテルに近づいていった。

対して、山崎はその場から動かず、煙草を取り出した。蓮が振り返る。

「あれ？　山崎さん、入らないんすか？」

不思議そうに見ている彼の問いに対し、山崎は煙を吐き出しながら、気怠《けだる》そうに応じる。

「いいちゃ。俺は。待っとってやるさかい、行ってこい。二人で」

「とか言ってぇ。怖いんじゃ……」

山崎がじろりと蓮を睨《にら》む。

「若いとき、さんざんきとるわ。二人でよろしゅうやってこいや」

微妙な顔を浮かべた蓮は、肩に掛けたサコッシュから細身の懐中電灯を取り出しつつ、隙間から中を照らした。

「……あ、言うとくけど、心霊スポットっつっても何もないぞ。あんま期待すんな」

「ええー、そうなんすか？」

蓮と山崎はじゃれ合うようにやりとりをしている。

相手にしていては時間の無駄だと言わんばかりに、奏音は廃ホテルの中へ這入《はい》り込んだ。

「え、おい待てって」

蓮が慌てて追いかけてきた。

黴《かび》や埃《ほこり》の臭いが下から吹き上がってくる。

上へ向かう階段はさほど暗くない。割れた硝子《ガラス》窓から差し込む光のお陰だ。周囲は落書き、塵《ごみ》、モラルのない客が暴れ回った跡だらけだった。

「こりゃ、ヤベェ連中の溜まり場だな」

よくあの女子高生たちは夜にここへきたもんだ、と蓮は感心した声を上げる。

坪野鉱泉は暴走族のたまり場で、やってきた若い女性は襲われるという説があった。実際、女性が危害を加えられた事件の記録も残っている。さらに失踪事件も起こっていた。

これら数々の事件やトラブルから、人が集まらないように、現在は廃ホテル周辺には鉄板の壁が設置されている。それでも侵入者は後を絶たないらしい。当然、内部へ入るルートは残されていた。山崎が案内したのもその道だ。そこを通りながら、きっとシオンたちもここから這入ったのだと奏音は確信した。

が、やはり危険への不安は拭えない。奏音は蓮に問いかけてみる。

「暴走族、まだいるのかな？」

「そりゃ、いるだろ」

「護《まも》ってくれる、って言ったよね？」

「おう！」

任せろと言わんばかりにガッツポーズを見せるが、その顔は少し引き攣《つ》っている。幽霊より怖いな、と蓮が小さく呟《つぶや》くのを奏音は聞き逃さなかった。

「一階エレベーター前、スルーしてきちゃったの、失敗、だったかな」

荒い息の下、奏音の途切れ途切れの言葉に蓮は首を振った。彼も肩で息をしている。

「いいんじゃね？　シオンが閉じ込められたとこからで。でも、今、何階だよ？」

薄暗い階段の踊り場で、二人は一息ついていた。

動画ではシオンは最上階のエレベーターに閉じ込められており、まずそこを目指そうとした。だが、現在自分たちが何階にいるのか分からない。階段の壁に階数表示がなく、さらに落書きだらけのせいだ。

「少し休めよ。俺、上見てくるから」

「ありがと」

奏音の声を背中に、蓮は階段を数段飛ばすように駆け上っていく。

(待ってるだけ、ってのもな。あ、そうだ)

奏音はスマートフォンを取り出した。蓮から送られた動画を再生する。

『幽霊ピース！』

女子高生二人が、おかしなポーズで挨拶をしていた。

『さあ！　今日は予告通り、オカルト特集第三弾！　私アッキーナが、北陸最恐の心霊スポットと呼ばれる、坪野鉱泉からお送りしてます！』

画面をタップし、一時停止させる。

(これ……)

動画内の背景にある落書きと、目の前のそれが一致する。

気味の悪い、流血を思わせる悪趣味なものだ。見間違えではない。この後、階段を一階分だけ上り、それからエレベーター前へ行っている。となれば、目的地は近い。

「蓮！　蓮ー！」

蓮を呼ぶが、声が届かないのか反応がない。戻るのを待つか。スマートフォンの時計はすでに夕刻を表示している。暗くなる前に探索を終えたい。

奏音はひとりで階段を上り、フロア内部へ続く入り口の前で、もう一度蓮を呼んだ。返事がない。すでに中に入ったのか。それとも屋上まで出たのか。

確認するにはどちらにせよ、フロアに入る必要があった。

意を決し、奏音は足を踏み出した。


辛うじてフロア内に夕日が差し込んでいるものの、焼け石に水だ。やはり薄暗い。探しながら進んでみたが、蓮はいない。いつしか、エレベーター前に辿《たど》り着いた。

もう一度動画をチェックする。

『さぁさぁさぁ、遂にやってきました……！　これですね、このエレベーターです！　都市伝説によると、このエレベーターが異世界に繋《つな》がっているとか……』

目の前にあるエレベーター乗り口は、真新しいベニヤ板で閉じられ、進入禁止のテープまで張られていた。動画内にそのようなものは一切ない。だとすれば、この動画配信の後、誰かが入って、補修したことになる。

早送りし、先を見る。

『何、何？　……怖い、怖い怖い。見えないってぇ』

マスクの下から見える、シオンの顔。やはり自分に似ている。

（ここから、中へ）

奏音はテープの上から腕を伸ばし、指先でベニヤ板に触れる。再生中のスマートフォンから、シオンの悲鳴に近い訴えが響く。

『やっぱ絶対無理ィ！　ちょっと！　開けてよッ！』

動画内でドアが叩《たた》かれる音がするやいなや、シンクロするように板の振動が指に伝わる。気のせいではない。確かにベニヤ板が何者かによって内側から叩かれている。

思わず見上げると、上部に隙間があった。

（誰かいる――この中に）

シオンかもしれない。奏音は動画を止め、スマートフォンをポケットにしまうと、黄色いテープを剝がしにかかった。思ったより手間取った。次に板の隙間に指を掛けるが、ガッチリ固定されていた。身体全体で力を込めると徐々に動き始め、スペースができた。改めて両手を突っ込み、こじ開けるように手前に引っ張る。板の上半分が下方へずれ、大きな隙間が空いた。上半身を入れ、覗き込めるくらいの幅だ。

迷うことなく中に顔を突っ込んだ。不意を突くように、強い風が吹き上がってくる。鼻を覆わんばかりの汚臭を含んだ風だった。

中は真っ暗闇だった。エレベーターの籠もなければ、人の姿もない。

気づくと、板を叩くような音はやんでいた。代わりに吹き荒《すさ》ぶ風音が泣くように反響している。シャフト内を吹く風が、板を揺らして音を立てていたのか。ガッカリしながら、もう一度下を覗き込む。身体ごと吸い込まれそうな闇がそこにあった。

(ここを、落ちた)

エレベーターはシャフト内を落下し、程なくして一階へ叩きつけられた。視線を上げる。やはり上も真っ黒で何も見えない。再度、目を下へ向けた。

この高さを落下したら、どれほどの衝撃があるのだろうか。

風の反響音は続く。奏音はじっと、穴の奥を覗き続けた。

突然、暗い穴の底に、ポチりと白い点が現れた。錯覚かと思ったが、それは次第に膨らむように大きくなっていく。

そして、卵形のような形になり、その中に三つの黒丸が現れた。黒丸は次第に両の目、口——人の顔に変化していく。それも知っている顔、自分にそっくりな——。

(シオン?)

気づいた途端、顔は消えた。ただ黒い闇のみがあるだけだ。まさか、彼女は穴の底にいるのだろうか。

もっとよく見ようと体を乗り出した瞬間、頭上から冷たい気配が降ってくる。素早く顔を上げた。白いものが垂れ下がっている。

腕だ。

白い肌の左腕。細い。女のもの。

何とも言いがたい、懐かしさを感じた。自然と両腕を頭上に伸ばす。駄目だ、と頭では分かっている。しかし、止められない。

上から伸びてきた腕は奏音の左腕を絡め取った。その指先が前腕に食い込む。

声なき悲鳴を上げる奏音の脳裏に忌まわしい記憶がフラッシュバックした。

──夏休みに入る直前だった。

夜、独りの食事を終えた後だ。父の帰りを待ちながら自室でスマートフォンを弄《いじ》っていると、窓のカーテンが揺れるのが目に入った。生温《なまぬる》く湿った風が部屋に吹き込む。窓を開けた覚えはない。付けていたはずのエアコンはいつの間にかオフになっていた。タイマーも掛けていない。首を傾《かし》げる中、じわりと汗が滲《にじ》む。

窓を閉めようと立ち上がった。

カーテンに手を掛けた瞬間、布地を押しのけるように何かが飛び込んできた。白く細い何かだ。咄嗟《とっさ》に身を捩《よじ》る。

ギタースタンドが身体に当たり、アコースティック・ギターが音を立てて倒れた。挟んでいたピックが弾《はじ》けたように飛んだのが、印象に残っている。

足下が縺《もつ》れ、尻餅をついた。

顔を上げると、すぐそこに白い手のようなものが迫っていた。

払いのけようと両手を突き出すと、その手がこちらの左腕に絡み付いてくる。声を上げながら力一杯腕を引いた。

激痛が走る。

白い手はもがくように蠢《うごめ》きながら、カーテンの向こうへ消えていった。

呆然《ぼうぜん》としたまま、床に座り込む。

痛む左腕を握った右手がベタ付いた。右掌《みぎて》をゆっくり顔の前に持っていくと、赤い液体が広がっていた。鉄の臭いが鼻を突く。

視線を落とすと、左腕の手首から前腕に掛けて広い範囲が真っ赤に染まっている。その下に、細く、長く、深い四本の爪痕のような傷が残されていた。

エアコンが唸《うな》り出す。ノロノロ立ち上がり、恐る恐る窓を確かめると、きちんと閉められ、施錠されていた——。

必死にシャフトから遠ざかる。まとわりつく腕を強引に振り払い、包帯の上から傷を押さえた。

白い腕は消えた。痛みと混乱に、思わずしゃがみ込む。

シャフト内から吹き上がる風は轟々《ごうごう》と獣のように唸りを上げ、ベニヤ板を揺らした。見上げても隙間の向こうはただの闇しかない。

(ここにいては駄目だ)

奏音はエレベーター前から逃げ出し、階段を駆け上がった。

「蓮！」

いるなら、きっとまだ屋上だ。もし降りてきているなら、彼の性格上、自分を探しにきていないとおかしい。

階段を上った先の突き当たり、屋外へ出るドアを体当たりするように開ける。

強い夕日が目を刺して、一瞬視界が白くなる。焼き付きが起きたように目が眩《くら》んだ。ぼやける視界の中、建物の縁に立つ、蓮の後ろ姿を見つける。

大声で呼ぶが、相手はなかなかこちらを向かない。

息が止まりそうになった。まさか、あのシャフト内で見た腕が、蓮に何かをしているのか。

獣の体臭と草の匂い、糞尿《ふんにょう》、腐臭が混じり合ったような悪臭を含んだ強い風が顔を叩いた。

「蓮！　何してるのッ！」

風に抗《あらが》うように走り、彼の背中に辿り着く。

奏音の心配を余所に、相手は暢気《のんき》に振り返った。

「……いや、別に？」

ほっとしたこちらの顔を見て、蓮が首を傾げる。

「なあ、さっき、屋上きた？」

一度もここへは上がっていない。正直に答えるが、相手の目に疑念が宿っていた。

「えー。なんかさ、さっき、奏音がきたなーって、思って。でも後ろ向けなくてさ」

「なんで？」

「……おしっこしてたから。ここから地面に向かって」

蓮の視線が下の方へ向かう。

「バッカじゃない！」

「でも奏音、俺のこと心配してたよね？」

図星を指されて、言葉が出てこない。いや、それより大事なことがある。

「ねぇ！　動画のエレベーター見つけた！」

蓮が目を剝《む》く。

「マジか！」

今しがたあったことを説明すると、彼は奏音の左腕を摑《つか》んだ。

「痛っ」

「大丈夫なのかよ」

珍しく真顔だ。さっきまでの頼りなさが嘘のようだ。いつもと違う彼の表情に無言のままその場に立ち尽くす。

「あ。ごめん」

「……何が？」

蓮の言葉に首を傾げる。

「手、洗ってない」

慌てて左腕を引っ込める。蓮は頬を緩めた。いつの間にか奏音の緊張は解けていた。

「もう！　ほら、下へ行こう。エレベーターが落ちたところ、一階でしょ？　そこ、確かめないと……」

「だって、エレベーターんトコ、下から顔が見えて、上から腕って……」

正直、平気だとはとても言えない。でも、多分二人なら我慢できる。

奏音は、何気なく遠くへ視線を流す。眼下には、黒々とした木々の波と、その向こうで黄金色に輝く海原が広がっていた。

「大丈夫。蓮、早く行こう」

二人は屋上を後にした。


一階の薄暗いエレベーター乗り口前で、二人は無言で固まっていた。

動画で見るより、ひどい有様だったからだ。

強い力が加わったのか、扉は外へ向け曲がって飛び出している。その合間から歪《いびつ》に変形した籠が覗いていた。

ここも立ち入り禁止のテープが張られているが、そんなものがなくても、一見して危険であることが伝わってくる惨状だった。

「これ……助かんねぇだろ。普通……」

睨む奏音に蓮が肩をすくめてみせる。

「わりぃけどさ」

「まだ見つかってないんでしょ⁉　行方不明だ、って！」

「まあ、それもネットの噂《うわさ》だし」

「でもきっと生きてる……」

自分でも、何故ここまでシオンの生存を信じたいのか分からない。ただ自身に似ただけの相手だ。もし亡くなっているのなら、この話はここで終わりになるだけでしかない。しかし、どうしても会わなくてはならない気持ちは強まっていく。だから、生きていて欲しかった。生きていることにしたかった。

「……だよな」

奏音はテープを潜《くぐ》り抜けると、迷うことなく中に入った。

「おい、マジか」

幾分、引き気味の蓮の声が聞こえたが、相手にしていられない。

内部は埃っぽく、上下から潰されたようにひしゃげている。床部分は大きくへこみ、微妙に歩きづらい。

正面の壁に鏡がある。エレベーター内に据え付けてあったものだ。表面は埃が覆い、輝きを失っている。落下の衝撃で巻き上げられたものだろうか。よく割れなかったものだと、何気なく指先で表面をなぞった。指の跡で線ができた。

指の跡。汚れた鏡。何となく覚えがある。

（汚れた……曇った、硝子？）

紗《しゃ》の掛かった記憶の片隅に、湿気で曇った硝子が浮かぶ。小さな手から伸びた幼い指が、曇り硝子の表面をなぞっていく。

それは花の絵になった。

(そうだ、こうして)

目の前で埃に汚れている鏡に、同じような花を描く。高校生だから、もう少し上手《うま》くなっている。線に迷いがない。代わりに、いつの、何の記憶なのか具体的に浮かばず、惑ってしまう。

「おい、もう行こうぜ。誰もいやしない」

外から蓮が声を掛けてくる。

「うん……あ」

脳裏に、もうひとつの絵の記憶が浮かんだ。

花の隣に、簡素な蝶々《ちょうちょ》が寄り添うように描かれていた。

描いたのは自分か、それとも別の人間だったのか。蝶々のモチーフは大好きだから、自分だったかもしれない。しかし——靄《もや》が掛かったかのように、思い出せない。

外へ出る寸前、もう一度だけ鏡を振り返る。

足が止まった。

汚れた鏡に描いた花の横に、蝶々の絵が増えていた。

「い、る、の?」

口から言葉が突いて出る。

「し、おん。しおん。シオン、でしょ?」

なぜ、シオンが関係しているのか。ここにいない人間なのに。理由なんて浮かばない。ただ、その鏡に蝶々を残したのは、シオンだという確信があった。

鏡に駆け寄ろうとしたとき、大音量で音声アシスタントが始まる。

『ヨリシロ ヨリシロ ヨリシロ トハ、シンレイ ガ トリック……』

慌ててスマートフォンを手に取る。すぐ近くで鋭い音が響いた。

顔を上げると鏡に、蜘蛛《くも》の巣のようなひび割れが広がっている。まるで描かれた蝶を捕らえるかのようだ。

割れた鏡面に分割されたように映った自分の顔が、ひどく歪《ゆが》み、何かに変容していくように思えた。思わず悲鳴が漏れる。

「おい! 大丈夫か!」

駆け寄ってきた蓮に、外へ引っ張り出された。

周囲に獣臭が満ちる。どこからか強い視線を、何者かの気配を感じる。

「出よう」

蓮に引きずられるようにして、奏音はエントランスを出ていく。

シオン。

――あの、私にそっくりな子は、どこへ行ったのか。

第十章　目的　――雨宮 奏音

日が落ちた山道を山崎の車は下っていく。

後部座席で、奏音と蓮は無言で揺られていた。
（シオン）
動画の舞台は調べたものの、異様な出来事に襲われた。その上、彼女はいなかった。当然と言うべきか。それとも行方不明という情報がデマなのか。あるいは、すでにこの世には――。

「山崎さん！」

沈黙に耐えられなかったのか、蓮が大声を張り上げる。

「さっき、俺らのこと、見捨てて帰ろうとしてたでしょ？」

「あ？　そんなことねぇちゃ」

ぶっきらぼうに返す山崎が、ルームミラー越しに蓮を睨《にら》み付ける。

ただ、廃ホテルを出たとき、近くに山崎はいなかった。車の所かと戻ってみれば、彼は先に運転席に乗り込んでいた。すでに発進する寸前だったように思う。合流したときの彼は明らかに何かに怯《おび》えていた。何度も繰り返し背後――ホテルの上の方を気にしていた。

（まさかこの人も、何かを見たのか）

なら、自分に起こったことをすべて話すべきか。いや、今はまだ早い。さっき、蓮と話し合ったではないか。あそこでのことは、まだ教えないでおくことを。もし、気持ち悪がられたり、馬鹿にされたりしてこの先の協力を頼んだときに断られると困る。自分たちの都合で利用するようだが、大人の機動力は必要だ。ただ単に、動画に映っていた子が自分にそっくりで、確かめに行こうという馬鹿げた旅だと思わせておくべきだろう。

何かに追い立てられるように、車は次第に速度を速めていく。奏音は後ろを眺めた。廃ホテルは夜に紛れ、影も形も見えなくなっていた。

魚津市の中心を少し外れたところに、そのビルはあった。

夜の帳《とばり》の中、年季の入った外観を見せている。一階には服や小物が並ぶテナントが数店入る、所謂《いわゆる》商業ビルだ。

だが、ビルに入って一番目を引くのは、中央を貫くエレベーターだった。

透明のチューブ状になったシャフト内部を上下するタイプで、左右一本ずつ、計二本設置されている。乗っている人が丸見えになっていたが、奏音はさっきの出来事を思い出してしまい、全身が粟立《あわだ》ちそうになった。

他へ視線を向けると、一階の一部は椅子やテーブルがある休憩スペースになっていた。買い物客のためのものだろう。ここに座れば、上下するエレベーターを眺められるはずだ。

「こっち。乗って」

山崎がエレベーターの扉の前に立つ。後を追いつつ蓮がシャフトを見上げながら「何だか、こう、アレですねぇ」と訳の分からない口をきいた。苦笑する山崎の足下を見れば、乗り場の前には立派な大理石の敷石が嵌《は》められている。年季は入っているものの、それなりにお金を掛けて建設されたビルなのかもしれないと想像できた。

微《かす》かに軋《きし》むエレベーターが五階で止まる。降りた目の前にドアが現れた。〈山崎不動産・山崎環境整備〉——硝子《ガラス》部分に白文字で大きく書いてある。山崎はコンビニのレジ袋をガサガサ言わせながら鍵を開け、ドアを開いた。

「俺が気まぐれに構えとるオフィスや。ま、入れよ」

照明が点《つ》けられた。恐る恐る中に入ると、雑然とした事務所がそこにあった。煙草と加齢臭が混じったような臭いが漂っていて、奏音は顔を顰《しか》めてしまう。

蓮が感嘆の声を上げた。

「へぇ、山崎さんって、案外ちゃんとした人だったんすね」

「何だよ、ちゃんとした、って」

　山崎は苦笑交じりに返した。応接用らしき二人掛けソファから、雑誌や作業服を無造作に近くのデスクに放り投げる。

「遠慮せんと、座れ」

　言葉に従うように、無遠慮に蓮が腰掛ける。奏音は彼から少し身を離すように腰を下ろしながら、ふと考えた。

（オフィスって、気まぐれで構えられるんだっけ？）

　こんなビルに会社を持てるのなら、山崎という人物は思ったより資産家なのかもしれない。あるいは何か大きなバックが付いているのだろうか。

「お前ら金ねぇんやろ？　ここ泊まれ。そして、これ、食え」

　目の前の応接机に載っているものを気にせず、山崎はレジ袋の中身をぶちまけた。総菜パン、おむすび、コンビニスイーツ、飲み物が食べきれないほど出てきた。

「何から何まですいません！　んじゃ、遠慮なく」

　真っ先に蓮が手を出した。

「ほら、ねぇちゃんも」

　促され、奏音もおむすびをひとつ手に取る。

（お金、ないわけじゃないけれど）

人の厚意を無にすることは出来ない。申し出をありがたく受け入れた。

食べ物を頬張る二人を満足げに眺めてから、山崎は窓際に歩いていく。そこで煙草に百円ライターで火を点け、大きく吸い込んだ。

「……あのよ」

煙を吐き出しながら、山崎が振り返る。

なんふか？　と口いっぱいに食べ物を詰め込んだ蓮が返事をする。

「今日、何かなかったか？」

「何か？　何かって、何すか？」

次のパンに手を出しながら、蓮は鸚鵡《おうむ》返しに答える。

「そうだな。不思議なこと、とか」

山崎の目が、奏音を捉えた。何か言いたげだ。その間に蓮が割って入る。

「山崎さん、自分で言ってたじゃないすか、何も無いから期待すんなって。……え、あれ？　ちょっ。あれれ？」

話を誤魔化そうというのか、蓮がおどけたように言い返した。奏音は蓮にちらと視線を流して、頷《うなず》いて見せる。察したのか、彼が静かになった。

「……実は」

廃ホテル内での出来事を、奏音は包み隠さず話した。

「そうか」

山崎は三本目の煙草に火を点け、口を開いた。

「俺も、おかしなもん、見た」

そう言うと、山崎は自分が見たことを話し始めた──。


──奏音たちを見送り、ホテルの真下で待機していたときだ。

どのくらい経《た》ったときか、蓮が屋上に現れ、立ち小便を始めた。

風に乗って飛沫《ひまつ》がこちらにきそうな気がして、怒鳴りつけた。蓮は反省の色が見えない
謝罪をしながら、何度も後ろを振り返っていた。何だ、何かあるのか、それとも連れの子
がやってきたのかと訝《いぶか》しんでいると、蓮はそのまま屋上から消えた。

アイツ、と憤りかけたとき、急に足下に振動が伝わってきた。

自分からほど近い水溜《た》まりの水面が、大きく揺らいでいた。

表面の乱れが収まると、そこへ何かが映り込む。

すぐ傍《そば》にあるホテル、坪野鉱泉の姿だった。屋上の縁で何かが動き、それがす、と落ち
てくる。咄嗟《とっさ》に見上げるが、何もない。

コンクリを詰めたドラム缶が落ちたような激しい音がして、地面が揺れた。水溜まりに

視線を下げる。赤く染まった水が一瞬で泥水に戻る。揺れが止まった水面に、再びホテルの影が差す。屋上でまた何かが動いた。今度はそれが人影だと理解できた。直にホテルを見たが、誰もいない。もちろん、蓮でもなかった。

目を戻すと、水溜まりにはまだ人の形をした黒い影が映っている。

一体どういうことか、山崎は水溜まりを凝視した。

人影が、ぽん、と屋上から身を投げた。

思わず顔を上げる。空中には何もない。再び、地面を揺らす震えと共に、大きな音が耳を打った。水溜まりが大きく波打ち、また赤く濁った。

やがて、静かになった水の表面は元の色に戻った。やはり建物と人影が映っている。

再び影が身を投げた。今度は水面から目を逸《そ》らさなかった。

頭から落下してくるそれは、金髪の若い女だった。地面に激突する瞬間、水が跳ね、大きく波を立てる。

水溜まりの中でだけ、見える女なのか。自分が何を見たのか、信じられなかった。

確かめるため、もう一度視線を落とした。

廃ホテルから落ちるそれは、高校の制服を身に着けているように見えた。一瞬のことだから、自信はない。だが、そう目に映った。

再び水面が大きく、激しく揺れた。水が足下で跳ねる。

魅入られたように、水溜まりの中で繰り返される落下を見つめ続けるうちに、意識が遠くなった。

気がつくと、車に乗り込み、エンジンをかけていた。いつの間にこの距離を移動していたのか、覚えがない。急に怖気《おじけ》づいてしまう。そのままここから、坪野鉱泉から離れようとしたとき——。

「お前らがきたんだ」

何本目か分からなくなった煙草を灰皿で揉《も》み消しながら、山崎は二人に視線を戻した。

(だから、あのとき、あんな感じだったんだ)

やっと合点がいった。

「山崎さん、ちょっと。この動画を見てくれませんか？」

奏音の申し出に、彼はゆっくりと頷いた。

アキナの動画を見終えた山崎は深いため息を吐く。

「こいつはびっくりだな」

「でしょ？　でしょ？　で、コイツがどうしてもついてきて欲しいって」

「……蓮」

山崎は含み笑いを漏らし、奏音を見つめた。

「あ、ごめん」

「で、このシオンって子をどうしても見つけたいのか？」

無言で頷くと、彼は腕組みをして天井を仰ぎ見た。

「他に手がかり的な物ちゃ、何かないのか？」

「あるある！　あります！　これ」

蓮は素っ頓狂な声を出して、自身のスマートフォンをタップし、差し出した。

アキナのＳＮＳからスクリーンショットした画像だ。

数枚、まだ見たことがないものが混じっている。シオンの他、配信主のアキナや他の女子生徒、男子生徒が写っていた。楽しそうな高校生活に見えるが、シオンだけ少し陰がある表情を浮かべている。そのシオンの傍らに立つ男子は、どことなく目を引く雰囲気を持っていた。大人しげな顔立ちだが、芯が一本通っている印象だ。

「このアキナって子のアカウント辿《たど》ったら出てきたんす！　ね？　やっぱ似てるっしょ、これも！」

蓮の見せる画像のシオンは、どれも硬い表情だ。笑顔も引き攣《つ》って見える。

その中の一枚に、山崎の目が鋭くなった。

「これ、雨晴海岸じゃねぇか？」

「あまはらし？　え？」

訊《き》き返す蓮を無視して、山崎は画面を拡大していく。砂浜の上に組み上げられたような奇妙な岩があった。

「ああ、やっぱり。これ、義経岩《よしつねいわ》だ」

義経岩。奏音は聞き覚えがあった。富山について調べているとき、観光地で出てきた名だ。鎌倉幕府初代将軍である兄の源頼朝《みなもとのよりとも》から追われ、悲劇の最期を迎えた義経の伝説絡みの大岩だ。

「俺、この辺の高校、行っとったさかいな……ん？」

ピンチする山崎の指が止まる。彼の顔が少しばかり青ざめて見えた。

「コイツの着てる制服」

繰り返し飛び降りしてたアレが着ていたのに似ている、そう山崎は呻《うめ》く。

「て言うか、この写真の女子高生に似とる」

彼が指したのは、配信者のアキナだった。

「それに……これ、たぶん俺の母校の、今の制服や」

シオンやその近くにいる男子生徒を見比べながら、山崎が頷く。在校時のデザインではなかったことで、今の今まで気づかなかったらしい。

「マジっすか？」

「そこ、連れていって下さい！」

二人の勢いに押されるように、山崎は頷いた。

「とりあえず、明日な。今日は帰る。戸締まりは頼むな」

事務所を出る山崎は振り返ると、蓮に向け片目を閉じ、右手を挙げた。

「夏だけど、風邪引くなちゃ」

「はい！」

どうしてなのか、蓮はひときわ元気に返事をした。

そこで初めて、蓮と二人きりで泊まるのだと自覚する。

思わず彼から距離を取った。

第十一章 過去 ――山崎 壮志

透明チューブのエレベーターを降り、山崎はビルの外へ出た。

夜空には星が瞬いていた。日中の熱気が僅《わず》かに残っているが、すぐに消え去りそうだ。

ライトバンを置いている駐車場とは真逆の方向へ進んだ。五分も歩かないうちに、シャッター付きの貸しガレージに着く。

手慣れた様子でシャッターを開けた。中には、高級そうな黒塗りの外車が駐《と》めてあった。

暗がりの中、運転席のドアを開け、するりと滑り込むように座る。

ポケットから取り出したスマートフォンは二つあった。そのうちのひとつに着信が入る。

「はい、ええ。重々承知しています……」

丁寧な言葉遣いに、訛《なま》りはない。

「では、またこちらから……」

通話を切ると、一度大きく息を吐き、今度は自分から電話を掛けた。数コールの後に、相手が出る。

「おい。ああ？ 今日から何日か事務所は使うなよ。客がきてる。で……」

先ほどとは違い、ぞんざいな口調だ。

「分かったな？」

乱暴に通話を切り、スマートフォンを助手席に投げる。その画面に表示された時刻は、午後十時を大きく回っていた。

山崎は煙草を咥《くわ》え、高級ライターで火を点《つ》けた。炎の照り返しが、暗がりの中に赤く顔を浮かび上がらせる。

（クソ。どいつもこいつも）

山崎壮志は、反社会的な生業《なりわい》に就いている。不動産や環境整備は、所謂《いわゆる》フロント企業だ。上から「やれ」と言われた。金もそこから出ている。そうじゃなければ、三十そこそこで会社など興《おこ》せないだろう。

（しかし、今日はおかしなことばかりだ）

トンネルでは人を跳ねたと思ったが、誰もいなかった。死にかけていたり、死んでいたりしたら処理しなくてはならなかっただろう。隠れ蓑《みの》であるが、環境整備という名のノウハウがあるからやれないことはない。が、面倒事に変わりはない。だから相手が消えたのは幸いだった。警察沙汰になると困る。叩《たた》かれて、他に埃《ほこり》が出ないと言い切れない商売なのだから。

坪野鉱泉での一件も、未《いま》だに信じられない。いくら目《ま》の当たりにしたからと言って、本当だと思うのは避けたい。こんな生業だ。あんなものが本当にいる、あるのなら、きっと自分はこれから嫌なモノを沢山見る羽目になる。決して信じてはいけない。

一方で、奏音という少女の話も気になる。どうしてアイツはそんな目に遭《あ》うのか。あの少女自身に問題があるのか、それとも他に理由があるのか。考えても答えは出ない。

（——しかし、あの餓鬼ども）

東京からきた高校生二人。たまたま通りがかった観光地で、男の方にリアバンパーをぶつけた。あんな所に座り込んでいる奴が悪いのだが、普段なら見落とすことはない。運転には気を付けている。警察絡みのトラブルを起こしたときの面倒が身に染みているからだ。

なぜあのとき、気づかなかったのか。それは、その直前の出来事に起因する。

駐車しようとシフトレバーをバックに入れたとき、フロントぎりぎりを掠《かす》めるように歩く二人組がいた。同じような背格好で、似たような服を着ていたと思う。少し間違えれば接触してもおかしくない距離だったので、一瞬頭に血が上りかけた。しかしグッと我慢して、アクセルを軽く踏んだとき、後部に衝撃が走ったのだ。運転席から降りる瞬間には件《くだん》の二人組は消えていた。

接触事故の後、高校生たちをノリで拾ってやったが、ふと、売り飛ばしてやろうかと思ったことは否めない。性別年齢問わず、人間には使い道や商品価値はあるのだから。

親兄弟の存在や、ある程度のパーソナルな情報を引き出してやるべく、わざと遠回りしてやった。親との関係が希薄、あるいは親がいない子供なら、行方不明になっても問題になりにくい。警察への届け出も遅くなり、発覚が遅れる。

しかし、この数年で異常なほど防犯カメラが増えた。それに坪野鉱泉絡みの行方不明事件以降、警察のチェックが厳しくなった。だから、現在こういった商売は難しいと言えば、難しい。足が着けばアウトだ。ハイリスク・ローリターンでしかない。とはいえ一応、どんなことにも抜け道やルートはある。日本海が近いのはメリットだ。ついこの前も若い女二人でよいシノギをさせてもらった。山梨からきていた根無し草の女たちだった。

だが、今回は途中でやめた。

(あいつら、何か気になったんだよな)

まず、蓮という少年は、自分と似た匂いがした。

と言っても、中学からひどく荒れていた自分とは違う。ただ、何となく根本的な部分でシンパシーを感じていた。どこか、何かが欠けた感じというのか。

奏音は奏音で、自分の母親を思い出させる。

顔が似ているわけでも、雰囲気が近いわけでもない。母親はあんなに整った容姿ではなかった。性格もクズだ。真面目で快活な奏音とは真逆だろう。それでも何かが母親を思わせた。

思えば、だらしない母親だった。祖父母の代から富山県で育った母は、中卒で水商売に入り、そのまま水が低い方へ流れるように堕落していった。自分の父親が誰なのかは今も知らない。母親の傍《そば》にはいつも男がいたが、そのどれでもないことだけは確かだ。

そういえば、小学生だった頃のある日、ゴミで足の踏み場もないアパートの食卓に、山のようなコンビニ飯やパンが積み上げられた。わざわざ買ってきたのだと母親は自慢げだった。

『これ食べてて。ママ、ちょっこし出かけてくるさかい』

そう言ってふらっと出ていくと、二度と帰ってこなかった。

後の記憶は途切れ途切れで曖昧だ。思い出そうとして浮かぶのは、腐ったパンを頬張っていたり、割り箸《ばし》を囓《かじ》っていたり、タオルの角を吸っていたりする場面しかない。

気がつくと、児童養護施設の一室に座っていた。両手を見ると、全部の指にガーゼや包帯が巻かれている。手足すべての爪がなくなっていた。自ら喰《く》い千切ったらしいのだが、自覚はない。

後で聞いたが、発見されたときの自分は、腰に太いロープが巻かれ、どこかへ固定されていたようだ。アパートの外に出るな、声を上げて助けを求めるなと命じられていた記憶も薄らある。虐待による、洗脳状態に近かったのだろうか。

母親がいなくなる前後の記憶も虫食いのように欠落しているのでハッキリとは覚えてい

ない。特に七歳前後は綺麗《きれい》さっぱり消えている。同時に母親が憎いという感情は抜け落ちているので、何も感じない。探そう、殺してやろう、と思ったこともない。

ただ、たまに脈絡なく頭に浮かぶ母親の顔と言葉がある。

『たけちゃんたちがいなかったらなぁ。ママ、幸せになれるんだけどなぁ』

困ったように眉を下げながら、何度も繰り返す。気になるのは〝たち〟と言う複数形の表現だ。自分には兄弟姉妹がいたのかもしれないが、今となっては知りようがない。

母親の失踪後はもちろん施設での生活になった。その後はお定まりのコースを辿《たど》り、今に至る。特段何も思うことはない。

苦笑を浮かべ、ふと明日のことを思い出す。

(雨晴《あまはらし》海岸近くの母校、ね)

母校だなんて嘘だ。あんなまともそうな餓鬼どもが通う所など、自分が入れるはずがない。高校に進学することなく施設から逃げ出したから、学歴は中卒だ。

しかし、あの奏音という子は、どうしてそこまでして富山くんだりまで出向いてきたのか。いなくなった子が自分に似ている、それだけで探しにくるなど正気の沙汰ではない。一種異様な執着だ。普通なら捨て置いても良い案件だろう。そんな風に考える反面、何とかして探してやりたい気もしていた。自分のネットワークを使えば、発見は早い。でも、そんなことをあの二人は望むだろうか。

（真っ当なやり方で、協力できることはしてやろう）

そんなことを考えた途端、吹き出してしまう。真っ当とは自分らしくない。自らの人生に対する感傷か、それとも単なる共感からか。否、それはない。そんな殊勝な性格ではないことは、自身が十分に理解している。

ひとしきり笑った後、ある結論に思い至った。

（……俺の代わりなんだな）

普通の人生を、自分の代わりにあの二人に歩んでもらいたい。だから、力を貸してやりたくなったのだ。我ながらあり得ない感傷的な思考だったが、紛《まご》うことなき本心でもあった。こんな短い付き合いでも、そう思ってしまったのだから仕方がない。

（最初は売り飛ばそうとしていたがな）

山崎は肩を揺らし、小さく呟《つぶや》いた。

「けど、蓮の野郎、今晩は上手くいかんやろうなぁ」

富山訛りが戻っていた。

苦笑いのまま、スタートボタンを押す。低い音を立てて、エンジンが唸《うな》りを上げた。高級な外車ならではの、低域のエンジン音はやはり素晴らしい。

（世間の流行ちゃグレードの高いミニバンだけど、俺はこっちが好きや）

このシノギを続けるに当たって、時には外見にも気を遣わなくてはならない。面子《メンツ》の問題で、できる限りランクの高いものを揃《そろ》え、身に着けたり使ったりした方がよいのだ。

逆を言えば、その辺りにいそうな人間の格好をすれば、相手を油断させられる。だから、普段は普通のライトバンを使う。

(明日もボロ車にアイツらを乗せてやらんにゃな)

山崎の車はガレージを出た。シャッターを閉めると自宅マンションを目指す。

ハンドルを握りながら、独り言を吐いた。

「――俺を殺してくれ」

独りになるとよく出る。

散々悪事を繰り返してきたことへの贖罪《しょくざい》からではない。ただこの世から消えたいだけなのだ。

死んだら何も考えなくていい。ただの終わりで、楽になれる。だから死にたい気持ちを常々頭の隅に置いている。でも、自殺はしたくない。首を吊《つ》ったり、動脈を切ったり、電車に飛び込んだり、高所から飛び落りたりなど、とてもじゃないがおっかなくて出来ない。この生業に就いている者は、基本的に全員臆病なのだ。どうせなら、他人の手で、最短の痛みで冥土《めいど》に送って欲しい。

(痛てぇのは、嫌だ。でも)

脳裏に、あの坪野の、水溜《た》まりの中で繰り返し落ちる女子高生の姿が浮かぶ。

（もしあれが、自殺でもした奴だとしたら）

死んでもすべてがなくなることにならない。死はすべて無に帰すことではないことになる。それなら、殺されても心の平安は訪れないのか。

（いや、あれは幻覚。幻。だから、人間死んだら、そこで終わり）

となると、やはり誰かに自分を殺して欲しい。

何度目かの「殺してくれ」を発したときだったか。突然、車内に悪臭が満ちた。養豚場のような、汚い公衆便所のような、腐った血のような。

信号止まりで確かめたが、臭いの発生源はない。首を捻《ひね》りながら再びアクセルを踏んだ瞬間、車がエンストした。衝撃でロックしたシートベルトが腹に食い込み、想像以上の強い痛みが走った。腹が千切れそうだ。

顔を顰《しか》めながら後続車がきていないか、咄嗟《とっさ》にルームミラーを覗《のぞ》く。

後部座席に、黒々とした何かがいた。

歪《ゆが》んだ丸い影か。いや、何かが違う。

瞬間的に振り返るが、何もいない。空席だ。

（……まさかな）

ミラーに映ったものは、長い髪の女に見えた。それも――ほんの少し奏音に似ていた。

一瞬のことだ、見間違え、勘違いだ、本当に今日は何なんだ、阿呆《あほ》らしいと山崎はエンジンを掛け直す。幸い、後ろから車は一台もきていなかった。
ハンドルを握り直し、アクセルを踏む。スムーズに車体が動き出す。
山崎の車は、暗い魚津市を滑るように走っていった。

第十二章　願望　――香月 蓮

蓮は山崎の事務所が入ったビルの外にいた。

テナントの営業時間が終わり、ビル内はまっ暗だ。

通りを眺めれば、暗いし、人はいないし、静かだ。東京と真逆だなと、蓮は思った。

近くにあった自販機でペットボトルのコーラを買う。その左頬が真っ赤に腫《は》れている。

「……ッツ」

山崎が出ていった後の事務所で、奏音といい雰囲気になった、と思ったのは自分だけだった。調子に乗ったのが運の尽き。鋭い平手打ちが飛んできた。遠慮は一切なし、全力のビンタだった。

その後、バツが悪くなり外に出てきたのだ。

キャップを開けてコーラを流し込む。頬の内側が切れているようで沁《し》みた。

通りに置かれたバス停のベンチに座り、空を見上げる。今まで見たことがないくらい星が瞬いていた。

「明日は晴れだ」

シオンが見つかればいいなと、満天の星に願う。

奏音が笑ってくれて、幸せなら、それが一番いい。


蓮が奏音を意識したのは、高等部に上がったときだ。

二人が通う学校は、小等部から高等部まで一貫の私立校だった。所謂《いわゆる》、名門校だ。そんな学校に金で入れられた蓮は、学校にいるのが苦痛でしかなかった。

初等部の頃から勉強はしない。スポーツにも本気になれず、結果が出ない。当然、常にベンチウォーマーになる。周りのクラスメートたちとはそれなりに仲が良かったが、彼らの言動の端々からどこか見下されているような気がしていた。

中等部の後半になると休み時間は独りでいることが増えた。放課後は部活に顔を出すことも減ってしまう。成績のこともあり、家に戻っても居心地が悪いので、外へ出た。それが駄目なら、部屋に引き籠もる。

そんな鬱屈した生活の中、高等部に上がったとき、奏音を見つけた。

稲妻に打たれたような衝撃だった。

一目惚《ぼ》れなどという言葉では足りない。理屈でもなく、この出会いは運命だと思った。

「俺は奏音と結婚して、子供を作って、幸せな家庭を作る」

本気でそう考えた。

蓮の家は、幸せな家庭ではなかった。

父親は利己主義の我利我利亡者。

母親は、蓮を残して出ていった。物心がつく前だ。金だけは持っている父親が、親権を無理矢理奪い取ったらしい。蓮を跡取りにするためだと後に知った。

離婚理由は、きわめて馬鹿馬鹿しいものだった。

『蓮の顔は、自分に似ていない。頭も悪い。本当に自分の子か？』

父親の疑いから始まった諍《いさか》いだ。顔はともかく、まだ幼児の知能に関して何が言えるのだ。今の時代、ＤＮＡ鑑定など調べる方法はいくらでもあるというのに、父は何もしなかった。単なる母への不満としか考えられない。

両親の争いが激化した結果、母親が追い出された。元々東京出身ではない母親は、実家のある北陸地方へ戻るしかなかった。

それから数年後だった。

お前の母親が死んだ、と父親から告げられた。

確か、七つになる前だったはずだ。写真一枚もなく、朧気《おぼろげ》なイメージしかない母親のこととて、幼い自分には大きな衝撃だった。

ショックが大きかったせいか、その辺りの記憶が虫食い状態のように欠落している。

その後、小等部卒業間際、父親から預金通帳を投げるように渡された。名義は蓮のもので、沢山のゼロが並んでいた。母親は離婚で渡された金をすべて、蓮のために貯《た》めていたようだ。馬鹿な女だと父親は吐き捨て、せせら笑った。

この瞬間、蓮の心の中の大事なものが失われた。二度と戻らない類いのものだった。

その後、父親は再婚しなかった。母親への愛情が残っていたからではなく、女は面倒臭いから、らしい。父親が付き合っていた女性は沢山いた。全員、面倒臭くない女だった。

こんな父親の元で、蓮は育った。

当てつけにわざと勉強をせず、成績を落とした。スポーツも手を抜いて、出来ない振りをした。野放図な人間を演じてみせたのだ。頭が良くて金儲《もう》けが得意な父親に似ても似つかない、お前とは親子ではないのだ、という明らかな意思表示として。

それでも父親は蓮を跡取りにすることに執着した。訳は知らない。蓮からすれば、さっさと再婚して優秀な子供を作れよ、と言いたいところだ。しかし、父親は蓮に『おまえは香月の跡取りだ。そこを重々考えろ』と繰り返した。もちろん、そんなつもりはなく、蓮は分かりやすい反抗を続けている。

そんな生き方をしてきた蓮だったが、奏音に対する気持ちだけは本気だった。運命と感じてから、ずっとぶれずに今に至る。

運命。蓮は富山の星空の下、改めて思い返す。

（俺、どうして奏音に惹《ひ》かれたんだっけ？　運命だって思ったんだっけ？）

見た目はもちろんだが、それだけではない。彼女が纏《まと》っている凛《りん》とした空気が他の人間と違っていた。特別な存在だと感じたのだ。

そして、奏音も幼い頃に母親を亡くしていたことを後から知った。そこにシンパシーを感じたとき、蓮の中で奏音はこの世で一番大事な女性になった。

だから、奏音にはいつも笑っていて欲しい。

（でもなあ）

左の頬をそっと指先で触れる。熱を持って、痛みが引かない。本気の抵抗だった証拠だ。急ぎすぎた。この旅行がターニングポイントだと気負いすぎた。レアなチャンスとはいえ、大失敗だ。本気でヘコんでしまう。

（山崎のおっさんも、頑張れって言ってくれたんだけどな）

考えてみれば、山崎も何となく自分に近いタイプの雰囲気がする。外見はもちろん違うが、時折見せる表情や立ち居振る舞いからそんな印象を受けた。

再びコーラを飲む。今度は痛みがない。さっきの奏音を思い出す。怒っていたけれど、悲しそうだった。あんな顔をさせたのは、自分だ。

「殺してくれねぇかな……」

蓮はぽそっ、と真剣な顔で呟《つぶや》いた。

十四になったくらいから癖になっている独り言だ。奏音と出会ってからはそれほど出なくなったが、一人になると自然に漏れる。

原因は、父親の言葉だった。

『お前じゃなければ良かったのに』

どうやら、自分には兄か姉がいたようだ。詳しくは知らない。母の死で記憶が飛んでいることと、積極的に真相を聞かなかったことが原因だ。その子が死んでしまったから、出来の悪いお前を跡継ぎにせざるを得ないのだ、と父親は蔑んだ目で睨《にら》み付けてきた。売り言葉に買い言葉で、蓮は言い返した。

『誰が作ってくれって言ったよ？　お前がお母さんと結婚さえしなければ、あの人は幸せだった、今も笑えていたんだ、俺じゃない方がいいなら、殺せよ。殺してくれよ。それから新しくおまえの餓鬼を作ればいいだろう！　おまえそっくりな餓鬼を！』

蓮の言葉に対し、父親はフン、と鼻を鳴らして家を出ていった。喧嘩《けんか》にもならなかった。それからは放任主義に拍車が掛かり、代わりに蓮の口癖は「殺してくれ」になった。これは他者――父親に向けられた言葉だ。父親が手を下せ、蓮という忌《い》み子《ご》の生産責任を取れ、である。ところがいつしか父親以外でも構わない、誰でもいいから自分を殺して欲しいと願うようになった。〝生きるのが面倒、ダルい〟という、捨て鉢な思考とも言えた。

ただ、今は本気で殺されたい訳ではない。奏音がいる。彼女が生きてくれているだけで、毎日が光り輝いて見える。単純な人間だと自嘲するが、実際そうなのだから仕方がない。

だが同時に、誰かが殺してくれるなら、それも悪くないなと心のどこかで思う。死んだらこの世の柵《しがらみ》は消える。それに、亡くなった母親にあの世で会えるかもしれない。

二律背反《にりつはいはん》だが、どちらも本気だ。

(俺が死んだら、奏音は泣くだろうか?)

泣かない気もする。いや、多分泣かない。でも、自分の死後、彼女が蓮という人間がいたことを少しでも思い出してくれるならいい。そして馬鹿な奴だったなと、笑い話にしてくれてもいい。奏音が笑ってくれるのなら本望だ。——いや。自分の死を引きずって生きるかもしれない。それは駄目だ。

ふと、母親のことが頭に浮かんだ。

(お母さん、か)

目を閉じても、面影は浮かばない。でも、綺麗《きれい》な人だったはずだ。例えば、そう。違うかもしれないけれど、奏音のような。

(俺はマザコンなんかな……)

ベンチから立ち上がり、ビルを見上げる。五階の明かりはまだ点《つ》いていた。奏音はまだ起きているのか。出ていった自分を心配してくれているのだろうか。

(真剣に謝れば、許してくれるかな)

残りのコーラを一気にあおったとき、ビルの屋上に目が留まった。人の形をした何かがいた。スカートを穿《は》いた女性のような。

むせた瞬間、それはいなくなった。

不意に山崎の話を思い出す。

廃ホテルから水溜《た》まりに繰り返し落ちてくる、アキナに似ているという女子高生の話だ。

(……勘違いだ、うん)

蓮はペットボトルをゴミ箱に棄《す》て、正面出入り口の硝子《ガラス》に顔を映した。何度か口を開け閉めし、瞬きを繰り返す。腫れているが、頬の痛みはだいぶ薄れてきている。笑ってみた。いつもの〝へらへらした蓮〟の顔がそこにあった。

改めて裏の通用口へ向かう。ドアを開けようとしたとき、背後から強い風が吹き、臭いがした。動物園のような獣じみた悪臭だった。

釣られるように蓮は振り返ったが、そこには静かな夜の街があるだけだった。

第十三章　海岸　――雨宮 奏音

潮風が奏音の髪を嬲《なぶ》っていく。

晴天の下、仲睦《むつ》まじい恋人たちや家族連れが、岩の多い海岸で思い思いに過ごしている。

海の向こうは立山連峰がそそり立っていた。雄大な景色だ。

奏音たちは、山崎のライトバンで雨晴海岸へやってきた。

思ったより波は高く、岩場で高い波頭が崩れる様は、邦画の冒頭でみかける映画会社のロゴを思い出させる。

海上には目立つ岩があった。が、あれは義経岩ではない。

振り返ると、線路からほど近い場所に特徴的な岩屋らしきものがある。なんとなく人が積み上げたような形に見える。

そこが義経岩である。

兄、源義経が奥州《おうしゅう》に落ち延びるさいに雨宿りをした場所、という伝承の地だ。海岸の名前もここが語源であるようだが、実は江戸時代に付けられたらしい。

見上げると、岩上に祠《ほこら》が祀《まつ》ってあった。義経社《よしつねしゃ》である。

頰を微《かす》かに腫《は》らした蓮が、義経岩をスマートフォンの写真と見比べては、目をしばたたかせている。

「……ホントだ。奏音見てみろよ。ほら」

奏音は液晶画面を一瞥《いちべつ》して、義経岩へ視線を戻した。

シオンとその友人らしき一同が写った画像。その背後にこの岩があった。

この近くの高校らしいから、きっと皆で遊びにやってきたのだ。

調べて見ればここからほど近い場所にいくつか高校があった。ＪＲ氷見《ひみ》線を始めとした海岸までのアクセスもあるので、もしかしたらシオンたちにはお馴染《なじ》みの場所なのかもしれない。そんな風に考えていると、山崎さんに見せてくる、と蓮が走って行く。

奏音は海岸沿いをつぶさに眺めた。

夏休みのせいか、高校生くらいの子たちも多いが、画像にある顔はひとつもない。

後ろでは蓮と山崎が砂浜に降りる階段に並んで座り込んでいた。山崎は蓮の頰を見て、大笑いしている。

（……ほんと、馬鹿）

呆《あき》れた奏音の視線に気づいた山崎が立ち上がる。

「おおい、俺、ちょっこし用事があるからさ。昼くらいに迎えにくるわ」

そう言って、線路に続く階段を駆け上がっていく。見送る蓮が、急にこちらを振り返った。

　奏音は昨日のことを思い出し、視線を逸《そ》らす。

「あ」

　海の向こう、遠い水平線に何かがぽつりと浮いているのが視界に入った。目を凝らす。

　蜃気楼《しんきろう》のように揺らぐそれは、ブイや船ではない。

　人の形をしている。

　あれだけ遠くなのに、どうしてそれが分かるのか。いや、それ以前の問題で、水面に立てるのはなぜだ。

　疑問が渦巻く中、奏音はそれから目を離せないでいた。しだいに、相手の輪郭がはっきりと見えてくる。

　顔立ちが見て取れた瞬間、思わず息を呑《の》んだ。

（わ、たし？）

　海上にいるものは、自分の顔をしていた。

　ふらふらと勝手に足が波打ち際へと向かう。どうしても、あの傍《そば》に行かなくてはいけない。絶対に。頭に紗《しゃ》が掛かったようだ。訳の分からない衝動が身体を突き動かす。

　波が爪先を洗いそうになったそのとき、猛烈な勢いで人影が真横を通り過ぎた。

　若い男だった。

波を掻《か》き分けるように両腕を動かしながら、男が猛然と突き進む。

その口から「シオン！」と絞り出すような叫びが漏れた。

奏音の足は、急に止まった。

一体、何が起こっているのか。考えが追いつかない。戸惑う奏音の横を、また誰かが追い抜いていく。

蓮だった。

「おい！　お前何して……⁉　バッカ野郎！」

蓮は男に摑《つか》みかかり、浜へ引き戻そうとしている。

「……何だよ、お前！　離せ！」

男に突き飛ばされ、蓮は波の中へ転ぶ。

「シオン、シオン、シオン、シオン！」

繰り返す男にずぶ濡《ぬ》れの蓮が再び飛びかかった。揉《も》み合う二人を眺めるうち、奏音は我に返る。どうにか止めなくてはと海に飛び込もうとしたとき、蓮がくるな！　と叫んだ。

「シオン！」

沖に向かって男が悲痛な声を上げる。蓮はお構いなしに相手の肩を強く揺らした。

「おい！　おい！　やめろって！」

二人はもんどり打つように倒れ、波間に消える。ややあって、共に水中から立ち上がった。男は呆然《ぼうぜん》としている。

大きく肩を上下させながら、蓮は男を浜に引っ張りあげる。ようやく辿《たど》り着いた砂浜に、二人は膝を突いた。

「……お前、何してんだよ？」

荒い息の下から蓮は男に訊《たず》ねた。

「……見えたんだ。海の……向こうに」

海の向こう。まさか。奏音は二人の間に割って入った。

「何？　その、海の向こうって……!?」

男が奏音を見上げた。唇がわなわなと震え、目が大きく見開かれる。

「――シオン」

男は立ち上がるや否や、濡れた身体のまま奏音を抱きしめた。潮の香が鼻を突く。

突然のことに狼狽《ろうばい》した奏音が短く声を上げながら抵抗していると、男の後ろから蓮が飛びかかった。

「ちょっ、お前！　何してんだよ！」

引き剝がされた男は蓮の胸ぐらを摑み、睨《にら》み付ける。

「お前、何、邪魔しとるがやちゃ」

「ああ？」

一触即発の雰囲気の中、奏音は気づいた。

「蓮、この人！」

「……ああ、だよな。まさかと思ったけどよ」

蓮は男に目を釘付《くぎづ》けにしたまま、認めた。この男の顔を、奏音と蓮は知っている。シオンたちが義経岩の前で撮った写真の中にいた顔だ。そう、シオンの傍にいた男子高生である。

その彼が泣きそうな声を上げながら、奏音に腕を伸ばしてくる。

「シオン……シオン！」

気を削《そ》がれた蓮が、男から手を離す。

「いいから、落ち着けよ」

蓮が男の肩に手を置くと、相手は急に黙り込んだ。

奏音の鼻腔《びこう》に再び潮の匂いが強く香った。濡れた服が風で冷たくなり始めている。先ほど抱きしめられた感触が蘇《よみがえ》り、顔が熱くなった。

火照《ほて》った頬を、風が嬲る。奏音は思い出したように、海の向こうへ顔を向けた。

いつの間にか、海上の人影は消えていた。

第十四章　不実　――　雨宮 奏音

山間を通る涼しい風に、奏音は身体を震わせた。

まだ服が濡《ぬ》れているのだ。見上げると、木々の間から青い空が覗《のぞ》く。

繰り返し「荷物を持つよ」と言う蓮を躱《かわ》しつつ、ちらと横へ視線を流す。

隣には、あのシオンを知る男が並んで歩いている。

彼の名前は、倉木将太《くらきしょうた》。

自分たちと同じ高校三年生だが、蓮より大人びた雰囲気があった。着ている服はフーディーにジーンズ、スニーカー。そこにボディバッグを身に着けている。年相応の格好なのだが、どこか地に足が付いた安心感を醸し出していた。

名前を聞いた途端、なぜか蓮が「ショウタ？　なんか聞いた名前だなあ。……ま、いっか。ヨロシク頼むわ、ショータ！」と反応していた。

蓮の馴《な》れ馴れしさに面食らったようで、将太は態度を硬化させている。

改めて将太に事情を聞いて、やっと「シオンを探しに雨晴海岸にきた」のだと教えてくれた。

彼はシオンやあの動画に映っていた配信者たちのクラスメートらしい。彼の物言いや行動から察するに、シオンとかなり親しい関係だと分かる。

(間違えられて、抱きしめられたし)

彼はシオンにいつも同じようなことをしているのだろうか。奏音はちらと横目で将太を見た。全体的に線の細い印象だが、男らしさを感じさせる顔立ちだ。

「いや、助かったちゃ。こんな姿じゃ電車にも乗れない」

まだ潮の香りが漂う将太が、二人に頭を下げる。

「いやいや、やっぱ車って便利だよな。な、奏音」

「うん。山崎さん、ここまで送ってくれたもんね」

騒動の後、戻ってきた山崎を加えて四人で話した。事情を知った将太が、是非連れていきたい場所があると申し出てくれたが、電車で移動後、バスを乗り継ぐような距離だと言う。ずぶ濡れの身体で公共機関を利用するのは心苦しい。悩む三人を見かねて、山崎が近くまで送ってくれたのだ。

「しかし、なんでまた、あんな無茶をしたんだよ?」

蓮の問いに、将太は困ったような顔で答えた。

「……海の上に、シオンが立ってるのが見えてさ。あり得んことなんやけど。どうしてもそこに行かなきゃ、って。それしか考えられんくなって」

「ふうん……そっか。でも、見間違えとかじゃねぇの？」

首を振った後、将太は奏音の方をちらりと見た。

正直驚きを隠せなかった。遠い海面に立つ自分そっくりな姿を、彼も見ていたことに、だ。しかも、それは奏音ではなくシオンだと明言されたに等しい。彼女と関わりの深い彼だからこそ、間違いないはずだ。

「どっちにしても、ムボーな行動だわ」

「うん。確かに。止めてくれてありがとう」

将太が軽く頭を下げる。素直なその言動に、奏音と蓮は顔を見合わせた。

彼は後ろを振り返り、残念そうに言った。

「本当なら山崎さんもきて欲しかったけれど。後でシートを濡らしたお詫《わ》びと、お礼もしたかったし」

「遠慮するって言ってたから。いいんだよ、大人には大人の事情があんだろ？　ま、俺が連絡先交換してっから。また、改めて、な」

蓮の軽口に、そうか、と将太は頷《うなず》き、少し歩を早めた。

蟬《せみ》の鳴く声が遠くから聞こえてくるなか、うら寂しい畦道《あぜみち》を進む。道に僅《わず》かな傾斜が掛かりだした頃、左手に、大きな家が見えてきた。昭和に建てられたような雰囲気がある。

「ここだよ。あっちから回っていこう」

将太の後を付いていく。棚田をグルリと迂回《うかい》するように登った先が入り口だった。鬱蒼《うっそう》とした庭木に囲まれ、旧家然とした佇《たたず》まいだ。全体的に黒々とした色合いで、威圧感が漂う。何となく、外からの侵入を拒むような空気を纏《まと》っていた。同時に、どこか懐かしくもある。日本人の郷愁に訴える外観だからかもしれない。

「ここ。シオンの家。電話しておいたから」

「へぇ、ここが……」

気の抜けた声で返事する蓮に将太は微笑み、慣れた様子で玄関へ歩いていく。

連れていきたい場所がシオンの家と車内で聞いていたため、さほど驚きはない。だが、やはり気後れするのは否めない。

「そんときの電話でさ、東京からシオンを探しにきた人たちだ、ひとりはシオンにそっくりだ、って言うたら、小母《おば》さん――あ、シオンのお母さんな、いろいろ訊《き》いてきてさ。どんな人らか、とか」

将太の説明に奏音と蓮は互いに顔を見合わせた。自分たちがいかに胡散臭《うさんくさ》い来訪者なのかを改めて自覚したのだ。

おずおずと蓮が将太に訊《たず》ねる。

「……大丈夫か？　まあ、俺たち、もうきちゃってるけど」

「小母さん、会いたいって言うとったぞ」

重そうな引き戸の横に、インターフォンのボタンがあった。将太がそれを押そうとしたとき、奥から人の足音が響いた。どことなく急《せ》いた様子だ。音を立てて戸が開いた。目の前に、中年の女性が立っている。

奏音ははっとした。少し疲れた顔をしているが、なぜか見覚えがある。この優しげな瞳と柔らかな雰囲気。朧気《おぼろげ》な記憶だが、確かに知っている。

「――奏音」

自分の名を呼ぶその声を聞いた途端、思考が停止した。この人は――。

「奏音、ごめんなさい」

優しく抱き寄せられたとき、明らかに覚えのある感覚が蘇《よみがえ》った。ずっと昔、こうされたことが幾度もあった。

抱きしめながら謝り続ける女性の肩越しに、見知った姿を見つける。

どうしてここにいるのか、理解が追いつかない。

「――お父さん」

上がり框《かまち》に父親が立っている。父は硬い顔で小さく頷いた。

広い家の中央、古びた座敷に奏音は座っていた。

テーブルを挟んだ向こうには父親と、あの女性が並んで座っている。蓮と将太はいない。父親から遠慮して欲しいと頼まれたからだ。

明かりは点《つ》いているが、何となく部屋中が薄暗い。外はまだ夏の日差しが残っているものの、室内には届いていないようだった。

落ち着かない雰囲気の中、父親が一枚の写真をテーブルに置いた。

花が咲き零《こぼ》れる庭。そこに設《しつら》えられたカーゴ状のブランコに、そっくりな顔をした幼子が二人、満面の笑みで並んで乗っていた。全体的に少し古い感じがする写真だった。

「これは?」

「――お前は、双子として産まれたんだ」

父親の声はあくまで静かだったが、予想だにしていない答えに、奏音は混乱した。

「双子――私が」

まだ信じられない。こっちがお前だ、と父親が向かって左側を指す。

「こっちが、妹だ」

右側の幼子を指す。

「この子が……いなくなった」

誰に言うともなく吐き出された奏音の言葉に、父親が深く頷く。

「そうだ――シオン、お前の妹だ」

シオン。あの動画に出ていた、自分にそっくりな――それが、妹。

ならば鏡に映したように同じ顔なのも合点がいく。だが、心の整理が追いつかない。

父親が写真を裏返す。裏書きがあった。

〈奏音　詩音　四歳の春〉

詩音。詩の音と書くのか。最初から知っていたかのように腑《ふ》に落ちた。そして、父親の横にいる人は――。奏音は女性を見つめた。相手は赤くなった目で、じっと見返してくる。

「お前の、お母さんだ」

父の声に思わず目を逸《そ》らした。込み上げてくる激情を抑え、顔を伏せたまま誰にともなく訊いた。

「……死んだんじゃ、なかったの？」

語尾が震えているのが自分でも分かる。

「ごめんなさい」

女性――母親が謝るが、そちらを直視できない。

「お母さんは、詩音とここで暮らしていたんだ。でも、この前電話を貰《もら》って、詩音がいなくなったって、聞いてな。お父さん、それで――」

電話。父親が出張へ行くと告げた日のことを思い出す。あの電話は、富山――この人からだったのか。

（やっぱり、嘘吐いていたんだ）

ショックを隠そうとしたが、無理な相談だった。

幼い頃、双子の妹と離ればなれにされ、母親は死んだと聞かされた。だが、母親は生きていて、妹と暮らしていた。父親は常に母親と連絡を取れる状態にあったのだ。

「それでな、お父さん、詩音を……お前の妹を探し始めたんだ」

父親曰《いわ》く、妹は有名らしい心霊スポットで行方不明になった。奏音には悪いと思いながら、嘘を吐いて、こっちへきた。でも、いくら頑張っても有益な情報はなく、手がかりすら見つからず進展がない。一応、警察には届けたが、当てになるかも分からない状態だ――重ねられる父親の言葉は、妹の一大事を告げている。それは理解できる。しかし、すべてが空虚な言い訳にしか思えない。

そもそも、それぞれの理由も一切語られない。何か、まだ隠しごとがあるのだろうか。

両親をまともに見ることはできず、膝の横にある畳の目に視線を落としながら訊く。

「ねぇ、お父さん。どういうこと？」

「すまん……言えない」

「どうして？」

「言えば、きっと……」

「きっと？」

言い淀《よど》む父親を庇《かば》うように、母親の声が割り込んでくる。

「ごめんなさい、奏音」

言葉は嗚咽《おえつ》に変わった。顔を上げると、震える母親の肩を父親が抱いている。

自分だけが蚊帳《かや》の外なのか。抑えきれない感情に、涙が溢《あふ》れそうになる。

奏音は立ち上がり、座布団を蹴って廊下へ走り出た。

「奏音……！」

追いかけてくる父親の声に耳を塞ぎ、奏音はその場から逃れた。

第十五章　慟哭　――雨宮 奏音

長い廊下を駆け抜け、奏音は玄関から外に飛び出した。

門から外へ出ようとしたとき、後ろから蓮の声が聞こえた。

はっとして振り返ると。将太が首を振りながら蓮の腕を摑むのがわかった。

蓮の顔を見た瞬間、声を上げて泣きそうになった。こんな顔を彼に見せたくない。奏音は身を翻した。

「奏音！」

繰り返される蓮の呼びかけが遠ざかっていった。


どこをどう走っただろうか。

鬱蒼《うっそう》とした木々に挟まれた細い道に出た。周囲に人の気配はない。誰もいないような場所を無意識に選んでいたのかもしれなかった。

もう走れない。足が鉛のように重い。

大声で泣き喚《わめ》く。だが、状況が変わるはずもない。

ただ、遠くへ行きたい。あの家から可能な限り離れたい。しゃくり上げながら、大きく呼吸を繰り返し、少しずつ前へ進む。

短い間に起こった出来事を反芻《はんすう》してみるが、やはり驚きと同時に疎外感は拭えなかった。

（お父さんも……あの人も）

素直にお母さん、とは呼べなかった。事情ははっきりしないものの、自分からすれば、両親に裏切られたとしか思えなかった。

不意に鳥の声が四方八方から降り注ぐ。聞いたことがない、でも綺麗《きれい》な声だった。

見上げると、頭上を沢山の木々が覆っている。

知らず知らずに森へ迷い込んでいた。いつの間にこんな場所へきたのだろう。立ち止まり、きた道を振り返る。

でも、戻りたくない。奏音は前方に目を向け、そちらへ進み始めた。


暗いはずの森の奥に、光が差し込んでいた。

足早に近づくと、ぱっと開けた場所に出る。すう、と風が吹き抜けた。

見上げると、蒼《あお》い空が広がっている。

野原と言って差し支えない広さがあるそこは、燦々《さんさん》と降り注ぐ柔らかな太陽光に照らされ、地表から覗《のぞ》く岩や草花たちが弾《はじ》けるように輝いていた。

（さっきより太陽が高い――ううん、季節そのものが違う）

くるりと周りを見渡す。外界から遮断するかのように、背の高い沢山の木々が壁のようにそそり立っている。

俗世から隔絶された花園がそこにあった。

花の合間を蝶《ちょう》たちがふわりふわりと飛んでいく。

まるで春の風景だ。穏やかな空気に、鬱屈とした感情が薄れていく。

（……でも）

この風景は、確かに記憶にある。いつのことだっただろうか。森。野原。空。太陽。岩。草花。蝶。少なくとも東京ではない。

舞い踊る色とりどりの蝶々。虫取り網を手に、ここを誰かと走り回った――。

割れた鏡の欠片のように分断された情景が、徐々に繋《つな》ぎ合わされていく。

（――ああ、そうだ）

自分の横にいたのは、さっき見せられた写真の幼子だ。ふらふらと引き寄せられるようにそこに向かう。

草の隙間にある物を見つけ、ゆっくりとしゃがみ込んだ。薄い土盛りの上に、子供の拳くらいの石を載せた物が二つあった。石に汚れはなく、まるでついさっき作られたようだ。

これは、墓だ。

何を埋葬したのか、分かる。下に埋められているのは蝶だ。


——え？ ころしちゃったの？

——だって、ひとりぼっちじゃかわいそう。


自分が言ったのはどっちだったか。そうだ。もうひとりと——詩音と一緒に蝶を捕って、誤って潰してしまった。そして、無事だった蝶を詩音が殺して、土に埋めた。妹曰《いわ》く、独りぼっちじゃ可哀想だから。

夕映えの中の景色が蘇《よみがえ》ってくる。

（それだけだった？ その後——）

そうだ。お墓から顔を上げ、振り返ったとき、目の前に誰かが立っていた。

夕日を背にして顔は見えなかったけれど、若い女の人だった。

確か、ひとりぼっちじゃかわいそう、の言葉の後だ。

「そう、そうよね」

肯定の言の葉と共に、唐突に現れた。

長い黒髪に、整った顔。サイズの合わない着物を着た女性だった。

「かわいそうよね……？」

反論を許さない空気を纏《まと》った女性は、独りぼっちじゃ可哀想ではないか？　そう繰り返し問いかけてくる。奏音も、詩音も言葉が出てこない。

女の腕が伸びてくる。その手がどちらかの幼子の右手を取り、歩き出す。もうひとりの幼子が、連れ去られそうになっている子の空《あ》いた手を摑み、引き留める。

「だめ、いっちゃだめ！」

どっちがどっちだったか。自分が女に引っ張られたような気もする。だが、詩音を助けようと手を伸ばしたような気もする。どちらの立場だったのか思い出せない。

ささやかな抵抗に、女は振り返る。

そのとき、息を呑《の》んだ。

濃い影の輪郭は、人のものではなくなっていたからだ。

髪の毛の合間から、短い毛で覆われた獣のような顔が覗いている。

そして、毛髪を押し除《の》けるように、黒い角が一対、左右に広がるように生えていた。

向かって左の角が折れ、少し短く――。

そこで記憶が途切れた。

（……あれは、なんだったの？）

あまりに突拍子も無い光景だ。

あの女は何だったのか。それに、幼い二人のどちらが自分かすら、ハッキリしない。まるで映画のワンシーンを観客の立場で見ているかのようだ。否、二つの視点が混じり合ったような感覚もある。例えるなら、自分と詩音、両方が見つめた光景、か。

（白日夢みたい。でも……）

蘇った感覚は生々しい。夢や幻とは思えない。

そして牛の顔、東京の自室で見た――。

渦巻く疑念の中、ふと見上げた空が薄く色づき始めている。

鳥の声は烏《からす》の鳴き声に変わっていた。生暖かく湿った風が渦巻いては通り過ぎていく。

見る間に分厚い雲が流れてきて、頭上に垂れ込めた。

海鳴りのような遠雷が聞こえたかと思うと、大きな雨粒が地面に落ちる。

それはたちまち奏音を叩《たた》き潰すかのような豪雨となった。

第十六章　驟雨　――雨宮 奏音

森から抜けるまで、どれ程迷ったか。

奏音がようやく帰り道を見つけたのは、日が暮れかけた頃だった。空には雲が広がり、強い雨が続いている。夕立ですぐに止《や》むだろうという予想は裏切られた。

全身ずぶ濡《ぬ》れで薄暗がりの中を歩く。夏とはいえ、身体が冷えてくる。体温が奪われたせいか、足が上手《うま》く動かず、前に進まない。

容赦なく降り注ぐ雨の中、何度も後ろを振り返った。あの記憶の中の女が追いかけてくるような気がしてならなかった。

詩音の――妹の家に通じる畦道《あぜみち》へ出たとき、ようやく人心地《ひとごこち》がついた。

そのとき、遠くにぼうと明るく浮き上がる赤い傘に気づく。

（もしかして、蓮？）

ほんの少し足に力が戻った。彼の名を呼ぼうとしたとき、その赤が揺れた。

傘の下にあったのはあの女《ひと》――母親の姿だった。奏音に向かって、足早に近づいてくる。手にはもう一本の傘とタオルを持っていた。

相手は何も言わず、手にした傘をそっと差しかけてきた。さっとよけたが、しつこく傘を寄せてくる。

「……うざ」

思わず口から出る。しまった、と思った。ちらと相手の顔を盗み見る。

そこには悲しみや辛《つら》さではなく、安堵《あんど》の色があった。

よく見れば、差し出された腕、いや、全身はすっかり濡れている。足下は泥で真っ黒だ。

「——奏音」

少し震えているが、優しい声だった。母親は無理矢理こちらに傘を持たせ、髪や顔をタオルで包み込むように拭いてくれる。

視線が合った。真っ赤に泣き腫《は》らした目をしていた。

母親が奏音を強く抱き寄せる。

「よかった。ホントに、よかった」

母親の身体も奏音と同じく冷え切っていた。なのに、胸の真ん中が熱くなる。

湧き出す感情が堰《せ》き止められない。奏音は子供のように、声を上げて泣いた。

遠くから、父親と蓮、将太たちの声が聞こえる。ああ、彼らも探していたのだ。

いつしか雨がやんでいた。奏音は、小さな声で謝った。

「……ごめんなさい。おかあさん」

「ここが、詩音の部屋」

母親に連れられ、奏音は妹の部屋へ入った。一見して、目が丸くなった。

机やベッド、カーテン、本棚、CDラック——配置を含め、どれも奏音の部屋と同じだったからだ。

「お前の部屋に似ているだろう?」

先に入っていた父親が振り返りながら目を細める。言葉もなく頷《うなず》く奏音の右手には、あの姉妹——幼い日の奏音と詩音の写真が握られていた。

左腕はあの四本の傷が露《あら》わになっている。雨に濡れた包帯の換えはなかった。荷物を山崎の所へ置いてきたせいだ。

「ごめんなさい。包帯、ストックがないの」

そう謝った後、母親が微笑む。

「やっぱり誂《あつら》えたみたいにピッタリ」

借りた詩音の服は、まるで測ったようにジャストサイズだ。おまけに自分が買うようなデザインだった。部屋の趣味といい、姉妹の血を感じざるを得ない。

奏音たちが幼い頃、この家に両親と姉妹、母方の祖父母含めて皆で暮らしていたらしい。

だとすると、将太に連れてこられたときに感じた懐かしさにも合点がいく。

部屋を見回しながら、独り言のように口を開く。

「私、何となく知っていたのかも」

父親が訝《いぶか》しむような顔を浮かべた。

「ずっと、何か足りない気がしてた」

奏音の独白に、両親が顔を見合わせる。何を言っているのか分からないと言った表情だ。

自分自身、今日まで双子だという自覚はなかった。だから、ときどき湧き起こる喪失感や、何かが足りないような欠落感は、母親がいないせいだと思っていた。しかし、富山に
――いや、この部屋に入ってやっと分かった。

(足りなかったのは、詩音だったんだ)

奏音はベッドに腰を下ろした。近くにあったクッションは蝶《ちょう》のデザインが織り込まれていた。自分の部屋のような錯覚を覚える。

目を閉じると、また幼い頃の記憶の断片が蘇《よみがえ》ってきた。

強弱の変わる雨音。溶け合うリズム。背伸びして覗《のぞ》いた外の景色。曇った硝子《ガラス》窓。

誰かとそこに描いた、花と蝶。

横にいたのは、詩音だったのではないか。

そうだ。この家、この窓だった。あの頃、自分たちは曇った硝子に絵を描くことが楽しくて仕方がなかった。だから、比較的背が届きやすいこの窓を使っていた。だが、過度な湿度の日か、寒い日でないと硝子は曇らない。呼気を当てて曇らせる術《すべ》を覚えたが、すぐに絵は消えてしまう。業を煮やした二人は父親の机からフェルトペンを無断で持ち出した。油性だったおかげで、硝子面に線は引けた。喜んでいたら、当然母親に叱られた。でも、誰かが〝いいでない。楽しそうな絵や〟と助け船を出してくれた。あれは誰だっただろう。

（……いろいろ、思い出してきたな）

奏音は立ち上がり、窓辺に近づいた。硝子の一部を隠すように、布が貼られている。うん、ここだったな、と布の端を指で摘まみ、そっと外した。

硝子面に、ペンで描かれた花と蝶々が薄く残っている。

「え。残ってたの？」

思わず声を出し、驚いた。

「——その窓」

母親の声に、奏音は振り返る。

「あの子、どうしても拭き取っちゃ嫌だって」

嗚咽を押さえながらの告白に、奏音は自身の記憶に確信を得た。

「やっぱり、記憶違いじゃない。詩音だったんだ」

窓に指を伸ばしたとき、隣にいたのは詩音。私の——妹。

手にした写真に目を落としながら、奏音は両親に訊《たず》ねる。

「ねぇ、私たちはどうして離ればなれになったの？」

途端に、部屋の中がしんと静まりかえった。父親が一呼吸置いた。そして、奏音をまっすぐに見据え、口を開く。

「四歳のとき、お前は一度行方不明になってな」

「私が？」

父親が頷いた。感情を抑えた低い声で続ける。

「何日も探し回って。結局、ボロボロのお前を連れ帰ってきたのは詩音だった」

行方不明。連れ帰ったのは詩音。突如、奏音の脳裏に記憶の欠片が浮かび上がる。

薄暗い玄関。隣にいるのは、幼い子。多分、詩音だ。私はひどく疲れていて、いろいろなところが痛くて、泣きじゃくりながら手を引かれていた。

目眩《めまい》を起こしたように、奏音は再びベッドに腰掛けた。父親がその前にしゃがみ込み、話を続ける。

「いなくなった日な——」

奏音は詩音と外に出かけていた。穏やかな春の日、昼食後だ。まだ四歳。両親は二人から決して目を離すことはなかった。

だが、その日に限って来客や仕事関係で僅《わず》かな空白の時間が出来てしまった。いつものように庭で遊んでいるからと、大人たちは油断しきっていた。

気がつくと、二人がいなくなっていた。家族全員、血の気が引いた。思い当たる場所を皆で探したが、どこにもいない。

日が暮れかけ、警察に届け出ようとしたそのとき、詩音だけが戻ってきた。

泣きじゃくる詩音に訊ねるものの、四歳児からは要領を得ない答えしか返ってこない。何とか分かったのは「ふたりでちょうちょとりにいった」「もり」「ちょうちょのおはか」「こわいおんなのひとがいた」「かのんちゃんは、そのひとにつれてかれた」だった。

すぐに誘拐事件として、警察に届け出た。詩音は女の容姿に関して、怖いとしか言わなかった。皆で捜索するが、時間だけが過ぎていく。

幾日も過ぎたある日の朝、詩音が裸足で玄関から飛び出していった。

大人たちが後を追いかけると、門の向こうから奏音の手を引いた詩音が姿を現した。

もちろん、その日も父親や警察、消防団の人間が日も明けぬうちから探し回っていたのだが、家の周辺で奏音を見た者は誰もいない。一体どこにいたのだと騒然となった。

戻ってきた奏音は泥だらけで服はボロボロ、見えている場所は生傷だらけだった。

健康状態は悪くなく、女の子として考え得る最悪な事態に遭《あ》っていないようだったが、代わりに記憶の欠落があった。例えば、自分の家族を見ても知らない人に対する態度を取った。覚えていた言葉も失われ、赤ちゃん返りすら起こしていた。だが、母親に甘えることはなく、女性そのものに対し、異常なほど怯《おび》えた。その奏音の様子を見た詩音はいつも泣いた。まるで奏音が抱く恐怖心に共振するが如《ごと》く――。

奏音は唖然《あぜん》とした。あの森で見た記憶の答え合わせはできたが、それ以外の取り戻した記憶の欠片にすらないものが多い。

「だから、今日もお前を心配したんだぞ」

立ち上がった父親と母親が頷き合う。

「あの日みたいに、帰ってこなかったらどうしようって。今、詩音も……」

俯《うつむ》いた母親は込み上げる感情を堪《こら》えた後、奏音が戻ってきて良かった、と漏らした。

父親はその肩を抱き、奏音に向き直った。

「実はな、こっちにきた日、お母さんと話していたんだ。富山に奏音を呼んで、すべて話をしよう、って」

ところが、奏音から友人と旅行に出かけると連絡が入り、諦めざるを得なかった。どのタイミングで奏音を呼び寄せるか相談していた矢先、将太から〝詩音に似た子を連れていく〟と電話がかかってきた。話を聞いて、両親はすぐにピンときた。奏音はこの富山にきている。それも、詩音を探すために、と。

「……男の子と一緒とは聞いていなかったが。今はまあいい。ほら、母さん」

仏頂面《ぶっちょうづら》の父親が促す。母親が奏音の前に膝を揃《そろ》え、その手を取った。

「あのね。あなたなら、分かるんでない？　詩音がどうしてるか、どこにいるか」

奏音は戸惑いを隠せなかった。詩音の行方を探しにきたのはその通りだ。しかし、結局何の情報も得られず、結果、将太に導かれてここにきた。

「お母さん、私には分からなかったんだよ」

「ううん。そんなことないはず。だって……」

そのとき、奏音の耳に低い旋律が届いた。


――どこのこ、……のこ、……んのこ……。


低く、高く、うねるような音の波が途切れ途切れに伝わってくる。

それは地を這《は》うような歌声だった。

奏音は目を見開いた。

（これって）

記憶にあった、あのメロディだ。アプリで打ち込み、幾度聞き直しても正体不明だった、あの童歌《わらべうた》のような旋律だった。

思わずベッドから立ち上がる。

「奏音？」

歌に引き寄せられるように、部屋を出る。

母親の制止を振り切り、歌の元へ急いだ。

第十七章　童歌　――雨宮 奏音

頼りない明かりの下、長い廊下を奏音は進む。

――どこのこ……かのこ……く……のこ……。


線香と黴《かび》の饐《す》えた臭いが強まり、歌声の明瞭さも増していく。

行き止まりに黒光りする木戸があった。無遠慮だと自覚しつつ、手が勝手に戸を開ける。

設《しつら》えられた介護用ベッドが真っ先に目に飛び込んできた。

霞《かす》む蛍光灯の光の下、畳敷きの和室の中央に、そのベッドはあった。膨らむ掛け布団の中に、虚《うつ》ろな目の老女が仰向けに寝ている。

廊下とはまた違い、部屋の中は異様な臭気に溢《あふ》れていた。これまで嗅いだことがない、鼻腔《びこう》にこびりつくようなねっとりとした悪臭だ。同時に強い線香の香りも感じた。


――むっつかぞえのななつまえ　ゆんべのあのこは、どこへやら……。

微《かす》かに動く老女の口から、追い求めていたメロディが漏れ出している。

（この人は誰なんだろう？）

普通に考えれば、この家の住人だ。だとすれば、血の繋《つな》がった人間、例えば祖母なのかもしれない。しかし確証はない。所々、まだ記憶がないのだ。

止まることがない老女の口は、延々と歌を紡ぎ続ける。

追い求めていた答えそのものを聴いているはずなのだが、さらに疑問が増えていく。一体何の歌なのか、どうして自分がこれを覚えていたのか、だ。

ヒントがないかと部屋を見回す。見慣れないものが沢山あった。

部屋の奥に掛けられた古びた掛け軸には、恐ろしげな仏様の姿が描いてある。二対四本の腕それぞれに剣や玉のような物を持っており、頭には左右に伸びた角があった。いや、頭頂部にある牛の首からも角が生えている。こちらも二対四本だ。

絵の下に〈牛頭天王《ごずてんのう》〉と文字が書かれていた。

近くの棚にも、荒々しく彫られたこけしのような木像が二つ置いてあった。片方は人のような頭で、もう片方は角がある。何となく、坪野鉱泉の祠《ほこら》にあったお地蔵様に似ている。

また無造作に祀《まつ》られた護符や札、額縁には文様の中に〈神〉〈双〉〈童〉〈忌〉〈召〉らしき文字が読み取れた。いや、もしかしたら図形なだけで、文字ではないのかもしれない。

掛け軸の傍《そば》や棚には香炉や香皿《こうざら》があり、渦巻くように煙を上げている。老女の口は動き続ける。煙とメロディが混じり合うように揺らいでいる。

知りたい。この歌のすべてを。自然と奏音の足はベッドへ向かう。

枕元に跪《ひざまず》き、その顔を覗《のぞ》き込んだ。

「お婆ちゃん……？」

できるだけ優しい声で語りかけるが、反応はない。濁ったような瞳は、黒ずんだ天井を見つめたまま、微動だにしない。瞬《まばた》きすら忘れているようだ。

——おもかげふたつ　かげほうし……。

「あの、その歌」

臆しながらも再び奏音が訊《たず》ねた瞬間、背後に誰かが立つ気配がした。

振り返ると、大柄で禿頭《はげあたま》の老人が立っている。グレーの作務衣《さむえ》を身に着けていた。

「悪いが、出てってもらえんか？　……タエコはあまり体調がすぐれんがや」

背が高く、分厚い体の老人は、押し殺した低い声で退出を促してくる。その老人の肩越しに、両親が暗い顔をしているのが見えた。

「ごめんなさい」

素直に頭を下げると、不意に歌がやんだ。

「……かのん、やろ？」

柔らかな声が呼ぶ。振り返ると老女が奏音の顔を見つめていた。

どうして自分の名を知っているのか。やはりこの人は自分の祖母なのか。戸惑いながら首を縦に振れば、相手は微かに頷《うなず》いた。

「くると、思うとった」

「どうして？」

奏音の疑問に、老女は薄く微笑んだ。

「だって、しおんが、呼んどるもの」

しおん。妹のことを言っているのか。

「あの、それはどういう……？」

「……今度ちゃ、あんたが探してやる番ね」

そこまで言うと、その目が奏音の後ろに立つ老人に向く。

「あんた、自分の孫に何てこと言うが……。私ちゃ大丈夫ちゃ……」

自分の孫？　この人が祖父なのか。では、ベッドの人は？　老人を見上げるが、相手は視線を外し、苦虫を嚙《か》み潰したような顔を浮かべる。

説明を求めようと目を戻せば、老女はすでに寝息を立てていた。

「あの、えっと」

傍らの祖父らしき人物へ声を掛けてみるが、反応は芳しくない。引き絞るように真一文字に結んだ口から、一切声は漏れてこなかった。

「お義父《とう》さん、すみません」

部屋に入ってきた父親が、奏音を部屋から連れ出す。戸が閉じる瞬間に見えた老人の背中は、ひどく黒っぽく見えた。


「奏音、こっち」

母親が廊下の先に立って呼ぶ。座敷に入ると、父親からテーブルの前に座るように言われた。膝を揃《そろ》え、顔を上げる。両親は顔を見合わせて頷き合う。父親が口を開いた。

「奏音。あの人たちは、お母さんの親――お前のお祖父ちゃんとお祖母ちゃんだ。覚えているか？　どうだ？」

奏音は首を振る。突然蘇《よみがえ》った記憶が多すぎる。詩音のことや、自分がいなくなったときのこと。そして、謎の女性のこと。加えて短い間にいろいろなことが起こりすぎて、頭の整理が追いつかない。しかし、母方の祖父母も生きていたのか。

「覚えてない……」

「そうか……いろいろ、あったからな」

口にせずとも、顔に出ているのだろう。父親はすぐに察してくれた。

「なら、今日は早めに寝た方がいい。休め」

父親の気遣いはありがたいが、このまま眠れるはずもない。気になることが多すぎる。頭と心のキャパシティがいっぱいいっぱいになりかけているが、聞けるのなら無理にでも聞いておきたい。

「ね、お父さん。どうしてこの家に私たちは暮らしていたの？」

父親は一瞬、母親の顔に目をやってから、奏音に向き直った。

「……そうだな。お父さんが若いときのことだ」


――父親の直樹《なおき》は関西の大学を卒業後、東京で就職した。仕事が面白くなってきた頃、新規事業で富山支店に転勤を申し渡された。

そこで出会ったのが、現地採用の女性社員の風歌《ふうか》だ。直樹の三歳年下で、いつしか二人は恋仲となり、結婚を決めた。

その際、会社の借り上げたアパートを退去し、風歌の実家で同居を決めた。

義父母の実《みのる》と妙子《たえこ》は、直樹によくしてくれる。

実は無愛想だが芯の通った人間で、妙子はおっとりとした優しい人だった。

娘である風歌は、実が三十七、妙子が三十四の頃に授かった子であり、時代を考えると高齢出産だった。さらに、風歌には双子の姉がいたが、幼い頃に亡くなっており、そのせいもあって大事に育てられた子でもあった。それを自覚しているからこそ、親孝行をしたいと風歌は直樹に頼んだ。事情を知る直樹は二つ返事で同居を快諾したのだ。

結婚から二年ほどして、娘が二人産まれた。

奏音、詩音の双子の姉妹だった——。

「お父さんとお母さんもだが、お祖父ちゃんお祖母ちゃんもとても喜んだんだぞ。それこそ、目に入れても痛くないってくらいだ」

相好を崩す父親の横で、母親が頷いている。

「みのるお祖父ちゃんと、たえこお祖母ちゃん、なんだね？」

祖父母の名前を噛みしめるように、奏音は口にする。

「うん。誠実の実で実。妙なる子で妙子」

母親が漢字を教えてくれた。名が体を表しているのかなと何となく思う。

ただ、疑問は残っている。

「でも、どうして私とお父さんだけ東京へ行って、詩音とお母さんは富山に残ったの？それも、離婚までして」

両親は離婚し、姉妹はそれぞれの姓になっていた。

奏音は父方の雨宮、詩音は母方の三澄《みすみ》だ。雨宮奏音と三澄詩音。ついさっき、この家へ戻ったとき、父親から聞かされた。

至極当然の問いに、母親が口を開いた。

「奏音、行方知れずだったあなたが戻ってきたとき、お祖母ちゃんが勧めたの」

――奏音と詩音、離れればなれに育てて、お互い姉妹がおることを忘れさせた方がいい。

「え?」

「お祖母ちゃんが言うには、二人揃うて暮らすと、またおんなじようなことが起きる。それだけじゃなくて、次はもっとひどいことになるかもしれん。少なくとも、二人が大人になるまで引き離した方がいい、って」

母親が理由を言いかけたとき、座敷の襖《ふすま》が荒々しく開けられた。

奏音の祖父、実が立っていた。

「風歌」

ただ名を呼んだだけなのに、これ以上話すなと言うのが伝わってくる。母親が目を伏せた。祖父が奏音を見下ろしたまま、命令のような言葉を短く口にした。

「お前も、訊《き》くな」

しんと静まりかえる座敷を、祖父が後にする。荒々しい足音が遠ざかっていった。残された父親と母親は、口を噤《つぐ》んだまま奏音の顔を見つめる。

これ以上はもう何も話してくれないだろう。諦めて立ち上がろうとした奏音に、母親が何かを思い出したように言った。

「お友達と将太君、離れに泊まってもろうたから。奏音は、詩音の部屋で眠るやろう?」

蓮と将太の存在を忘れていた。奏音は父親の顔を盗み見る。

父親は口をへの字に曲げ、こちらを睨《にら》んでいた。

第十八章　同士　――倉木 将太

将太はうんざりしていた。

いつもは静かなはずの離れが、やけに騒がしい。その原因は、目の前に座って文句を並べている、蓮という奴のせいだ。

「お前なぁ！　奏音が行方不明になりかけただろ！」

「あんとき、お前を止められるのはただひとり、俺だけやったやろ？　あそこで止めんでどうする。お前、あんな状況で追いかけて欲しいと思うか？　それにもう謝っただろうが」

先ほどから何度も繰り返される水掛け論には飽き飽きしている。

あの、奏音という詩音そっくりの女子高生――詩音の母親曰《いわ》く、詩音の双子の姉――が家から飛び出したのは、丁度縁側から玄関へ蓮と二人で移動していた最中のことだった。

彼女が真っ赤な目をしていた理由は予想がつく。その様子から独りにしてあげるべきだ、と将太は判断した。人の目が届かない場所で思う存分泣けば、冷静さを取り戻すはずだ。そもそも冷静さを欠いた人間にはどんな言葉も届かない。それに時薬という言葉もある。

加えて、自分と同じ十七歳。もう大人に近い年齢なのだから、大丈夫だと思ったことも否めない。

ところが、詩音の母親や父親がひどく狼狽《うろた》えている姿を見て、尋常な状態ではないと察した。聞けば、奏音は幼い頃に行方不明になったことがあるらしい。妹である詩音も、今は行方知れずの状況だ。

正直、奏音を見逃したのは失敗だと自覚している。だから皆に謝った。だが、蓮はしつこく責めてくる。将太も言い返した。

「そもそもな、俺だって今日、教えられるまで、詩音が双子だって知らなかったんだ」

言い訳がましいが、本当だ。もしその事実を知っていたら、雨晴海岸で奏音に抱きつくこともなかった……かもしれない。しかし、あのときの精神状況を振り返ると、結果は変わらなかった可能性も高い。抱きしめた感触が蘇《よみがえ》り、耳が熱くなる。

そんな将太の心中に気づかないまま、蓮は捲《まく》し立てる。

「でもな、もし奏音に何かあったらどうすんだよ！　無事だったからよかったけどな、一歩間違えたらとんでもないことになってたぞ！」

奏音、奏音――。こいつは他人の気持ちなんてどうでもいいタイプか。怒りを抑えて、将太は静かに返す。

「俺だって詩音が心配なんだ。お前だけやて思うなちゃ」

将太の発する静かな憤りに気圧《けお》されたのか、蓮は口を噤《つぐ》んだ。諍《いさか》いは一時休戦となり、二人の間に気詰まりな空気が流れる。

天井を見上げ、将太は恋人の名を心の中で呼んだ。

(詩音――)

小学一年の頃、将太は彼女に初めて出会った。同じクラスだったが、活発だった将太に比べ、詩音は大人しい少女だった。本当に仲の良い数名といる以外は、本を読んだり、ノートに何かを書いたりしているような子だった。

だから、まったく接点はなかった。だがある日、下校時に将太は自宅の鍵をなくした。両親は共働きで、兄弟はいない。連絡手段も考えつかず、さりとて誰かに頼ることもしなかった。両親に怒られるのが怖かったのだ。

半べそを掻《か》きながら地面にへばり付くように探していると、誰かが自分の名を呼んだ。詩音だった。真っ赤な夕焼け空だったから、たぶん習い事からの帰る途中だろう。最初は〝帰れ〟〝あっち行け〟と繰り返したが、詩音はうんと言わない。根負けして事情を打ち明けたところ、彼女は一緒になって探してくれた。それこそ、両手両足を泥だらけにしながら、将太を励ましつつ、だ。

鍵は見つからなかった。

日が暮れる頃、戻ってこない詩音を、彼女の母親が迎えにきた。そのとき、詩音の母親に送ってもらって自宅へ戻り、正直に親に話した。当然怒られたが、それは親に心配をかけたことに対してだった。

この日を境に、将太は詩音に一目置いた。それが恋心に変わるのは、もう少し時間が経《た》ってからだ。また、どういう訳か詩音の母親に〝あの子と仲良くしてあげてね、気にかけてあげてね〟と頼まれた。これがきっかけでいつしか家族ぐるみの付き合いに発展した。この〝気にかけてあげて〟を将太は〝護《まも》ってあげてね〟と同義語だと感じた。だから空手を習い、多少のことなら動じない胆力と膂力《りょりょく》を物にした。すべては詩音を護るためだった。

詩音に告白したのは高校一年のときだ。

答えはオーケーだったが、未《いま》だ清い交際だった。

しかし、高校三年の今、詩音は行方不明となった。

クラスメートのアキナたちが配信した動画を見つけたが、異様なものだった。すぐにアキナたちに連絡を取ったが捕まらない。家にも行ったが二人とも行方知れずで、どちらの家族からも警察には捜索願を出したと突き放された。手がかりもないまま連日詩音を探し回ったが、いっこうに見つからない。苦悩する中、アキナとミツキの安否を知った。それでも詩音の行方は分からない。

詩音の家族と将太は毎日、詩音を探し回った。しかし、手がかりすら見つからない。

そんなとき、東京からきたという中年の男が詩音宅に出入りを始めた。それが詩音の父親だと知らされたのは今日だ。それも奏音たちを連れてきた後だった。父親とは死別したと詩音から聞いていたため、寝耳に水であったことは否めない。さらに、詩音は双子の姉妹で妹であること、事情があって家族はバラバラに暮らしている事実を知って驚きを隠せなかった。

波乱の人生を詩音は歩んでいたのか。将太は、自分がいかに平穏な暮らしを送っていたのか痛感した。そして、詩音を取り戻すと、決意を強くした。離ればなれだったお父さんとお姉さんに会わせなくてはならない。それが自分の為《な》すべき使命だとすら思った。

(しかし、いったい詩音はどこへ)

まさか、アキナたちのように——厭《いや》な予感に顔をしかめる。将太の様子に反応したのか、蓮が睨《にら》み付けてくる。

「おい、奏音は俺のだからな」

「……え?」

どういう話の流れでそんな結論に行き着くのか、皆目見当が付かない。この蓮という男、素直なだけなのか、それとも単なる馬鹿なのか。思考パターンが読めない。

「分かった?」

「ああ、分かった。分かった」

投げやりな将太の返事に安心したのか、蓮は隅にあった来客用の布団を敷き始めた。思わず深いため息を吐くと、彼が振り返った。

「……どした？　この世の終わりみたいな顔して」

　さっきまでやり合っていたとは思えない言葉に、思わず笑みが零《こぼ》れる。

「何だよ、笑って。せっかく俺が心配を……」

「済まない。うん。そうだな。ちょっと聞いてくれるか？」

　蓮は将太と向き合う形で、布団の上に胡座《あぐら》をかいた。

「毎朝……目が覚めて、うんざりするんだ」

　蓮は首を傾《かし》げ、何も言わない。ただ黙って耳を傾けてくれている、のだろうか。構わず、話を続ける。

「あぁ、詩音がおらん世界が現実やった、って。だけど、まだどっかその辺におる気がして……。時々さ、あいつが夢に出てくんだ。当たり前みたいに……」

　不意に蓮がどさりと後ろに倒れた。布団に寝転がっている。将太も、仰向けになって天井を眺めた。蓮が訊いてくる。

「……あのさ、お前も動画見たわけ？」

「ああ。あのアキナとミツキってのはな、スクールカースト的に上の人間なんや。詩音はアキナに無理矢理、動画配信に付き合わされとった。何度も断っとったみたいなんやけどな」

「ああ、そういう連中っているな」

「やろ？ 今回の坪野鉱泉も詩音ちゃ行きたくないって言うとった。けど、アキナは詩音を脅した。クラスにおった詩音の音楽仲間の子を虐《いじ》めていいがけ？ って」

「ひでえな。でも、詩音も音楽やるのか。奏音も作曲とかやってんだよな」

将太はまじまじと蓮を見た。

「さすが、双子なんかな。趣味が同じってのは」

「かもな」

二人は笑い合う。だが、すぐに将太の顔から笑いが消えた。

「詩音が坪野に行く日、俺は知らなかったんだ。ケータイ、繋《つな》がらんなって思うて、心配して、この家に掛けたら、逆に訊《き》かれた。詩音を知らんかって」

「そんで、どうした？」

「これはアキナたちだと思って慌ててネットをチェックしたら、すでに配信ちゃ終わっとった。アーカイブで見たら、とにかくおかしな映像があって……。ああ、もうこれは、って」

蓮は黙っている。

「うんざりするんだ。本当に。なあ、俺、ヤバいかな？」

「そんなことないんじゃね？」

上半身を起こした蓮が、将太を見下ろしながら訊く。

「なあ、お前、詩音が死んだとか思ってんの？」

見透かされたような指摘に、返す言葉が見当たらない。黙ったまま将太は起き上がった。外から虫の声が聞こえる。背を丸め、頭を掻きむしった。

「おい。将太」

お前から、将太に呼び方が変わった。蓮の方を向く。彼は腕組みをして睨み付けてくる。

「お前な、詩音がこの世にいない、なんて思うなよ」

「でも、あんな動画を見たら……」

「阿呆《あほ》か。相手の無事を信じて、そこから行動するのが男だろ」

将太は頷《うなず》いた。

「な？　男ってのはな、相手が幸せだったら自分も幸せなもんだ。だから、相手の幸せを願うためにも、そんなネガティヴなこと考えんなって」

将太は感嘆のため息を吐いた。さっきまでの印象は返上してやらなくてはいけない。

「お前、変で嫌な奴だけど、何か、いい奴だな」

「おい。お前、言ってること、めちゃくちゃだぞ？　そこは素直にいい奴って言えや」

二人は屈託なく笑い合った。

「なあ、蓮」

将太も相手を名前で呼ぶ。相手は別に嫌がる素振りを見せなかった。

「蓮、お前も、奏音の幸せを願うとる？」

「――ああ、当たり前だろ」

一瞬言葉に詰まった後、蓮の目が暗くなった。将太は眉をひそめる。

「何かあんのか？」

「いや。ほら、死んだはずのお母さんも生きてて、妹もいて。じーさん、ばーさんもいて詩音が戻ってきたら、奏音は幸せだろ？」

――俺とは違ってたんだ奏音は、と蓮は呟《つぶや》くように言った。

「何やちゃ？　違うって」

「ああ、いいのいいの。しかし、将太。何でお前ここにいる訳？」

「え？　何のことだ？」

「お前、自分ンち、近くにあんだろ？」

「あのなぁ、ここ誰ん家やて思うとる？　俺の彼女の家だぞ？」

「それがどうしたよ？　ああ？」

「家族同士の付き合いもあるし！　それに毎日捜索してるから、泊まらせてもらってるんだ。大体な、お前ら連れてきたのも俺やし。おまけに詩音のお父さんから、一緒に泊まってお前を見ておけ、監視しておけ……ってか、お前こそ彼氏でもねぇ癖に……」

話の途中、蓮は布団の上を後ろにでんぐり返って、大の字になった。

「な、この離れ。何だか新しいけど、何なの？」

誤魔化すような問いに、将太は真面目に応じた。

「ああ、少し前かな。俺らが高校に上がったくらいに、急に建ててさ」

「え、何で？　この家って、家族が増える予定あんの？」

言われてみて、将太は初めて疑問を抱いた。確かにこの家に住む人間は多くない。詩音、詩音の母親、詩音の祖父母の四人だ。母屋は広く、部屋が余っている。

「例えばさ、奏音と父親が戻ってくるとか」

将太の予想に蓮は首を振る。

「それでも母屋で事足りるんじゃね？　見ただけで分かるわ。部屋数あんだろ」

「なら、詩音のために新しい部屋を作ってやったとか？」

「おい。ここ、できたのいつだよ？　それから詩音は使ったか？」

そうだ。高校一年のときだ。今も詩音は使っていない。これまで幾度か泊まったことはあったが、考えてみると自分以外に使った形跡はあまりない。

離れは大人が三、四人泊まれそうな和室が二つある。トイレと風呂も一応付いている。

そして、すべての出入り口に厳重な鍵が取り付けられていた。どういう訳か、外部からのみ施錠可能な鍵も別途設置されている。

まるで離れ全体を座敷牢《ざしきろう》としても使えそうな構造だ。加えて、離れからは母屋が見づらい位置にあるが、母屋から離れは丸見えである。人の出入りを監視出来ないこともない。どれも改めて考えると、不自然極まりないことだらけだ。

思わず口を突いて出る。

「——ここ、何のための離れだ？」

「将太が知らねぇなら知らねーよ。お陰で俺は泊まれるけど」

不意に静寂が訪れた。重い空気が部屋を支配する。沈黙を破るように、蓮が声を上げた。

「……お前なら、何て言う？」

脈絡のない問いに対し、答えに窮す。黙っていると、焦《じ》れたように蓮は言葉を重ねた。

「ほら、奏音。奏音になんて言ってやりゃいいんだよ、こんなとき」

「……さっきの台詞でいいやろ？　お母さんと妹が生きていて良かったな、お前に幸せになって欲しい、って。だから俺も詩音を探す、とか」

一瞬口ごもった後、蓮が頷いた。

「そうだな。相手が幸せなら、いいんだ」

「やっぱ、お前、嫌で変な奴だけど、でも、いい奴だな」

照れたのか、蓮は仰向けのまま右手の親指を立てた。

「ところで、あの山崎さんって誰？　どういう知り合いなんだよ」

「さあ？　何者なんだろ？」

のんびりした答えに、将太は面食らう。

「おいおい。お前、泊めてもろうたり色々してもろうたりしたんやろ？　そんなんで大丈夫かよ……。何かちょっとこし怪しくねぇか？　優し過ぎるっつうか……」

外見はその辺りにいそうな普通の男だが、目の奥に険というか陰を感じる。ああいうタイプは裏の顔を持っていそうだ。だが、蓮は暢気《のんき》な口ぶりで返してきた。

「確かに！　……あの怪しさもいいわぁ。俺、あんなオッサンなら、なってもいいと初めて思ったわ」

彼の言葉に笑みで返しながら、将太はふと思う。

(俺は、蓮と山崎さん、何とのう根っこが似とるて思うんだよな)

口には出さず、畳の上にごろりと横になる。天井を向いたまま口を開いた。

「あ、そ。……お前、なんか幸せそうだな」

起き上がり、その顔を上から覗《のぞ》き込んだ蓮が笑みを浮かべる。

「お、分かってんじゃん……。確かに俺、どっちかっつうと、やすらぎ系だしな」

将太は吹き出しそうになりながら、わざとらしく賛辞を送る。

「うん、癒し系な。俺ぁお前みてえになりてぇよ……」

「だろ？　なれなれ。俺になれ」

蓮の軽口に、久しぶりに気が楽になる。最近は、常に気を張っていた。

思わずトロトロと眠りに落ちそうになったとき、蓮のスマートフォンが鳴った。

「お。山崎さんだ」

噂《うわさ》をすれば影だ、と将太はまた笑った。

第十九章　悪夢　――雨宮 奏音

見上げる蛍光灯のノイズがやけに耳につく。

詩音のベッドに横になった奏音は、深いため息を吐いた。

寝間着のサイズはピッタリだった。改めて思ったが、漂う空気の匂いも　自分の部屋にとてもよく似ている。

ついさっき、蓮から電話があった。興奮気味の口調で『山崎さんが』と言っていたが、支離滅裂というのか、話があちらこちらへ飛び、肝心の用件が分からない。山崎が『情報を持っていて』、それは〝坪野〟に関すること、だけは分かった。どうも蓮自身がそこまで話を理解していないらしい。何にせよ、明日一度山崎に会うしかない。

時計を見るとすでに午前零時になろうとしていた。

立ち上がり、常夜灯に切り替える。ふと思い出し、布で隠された窓の方に顔を向けた。

（詩音）

二人で描いた拙《つたな》い落書きは今もそこに残っている。

考えてみれば、この悪戯《いたずら》を許してくれたのは祖母の妙子だったような気がする。今と違って、まだ元気だった――いや、皆が幸せだった頃だ。

(早く、詩音を見つけないと)

富山へきたのは元より詩音に会うためだった。事情を知った今は、妹を無事に連れ戻すという目的に切り替わった。幼い頃、詩音が自分を見つけてくれたように、今度は自分が詩音を取り戻すのだという強い信念に変わったとも言える。

ベッドに横たわり、奏音は橙色《だいだい》に照らされた薄暗い天井を見つめる。

唐突に、左腕に鈍い痛みがあった。かさぶたになった細長い傷を右手の指で辿《たど》ると、少しベタベタした感触があった。出血しているか体液が滲《にじ》み出しているのだろう。濡《ぬ》れた指先を鼻に近づけると、鉄の匂いがした。

(……あれは、何だったのだろう)

東京の自宅に現れた白い腕のことを思い出す。そして、坪野鉱泉で見た白い顔と腕。振り返ってみると、腕はあの夜に現れたものにそっくりだった。

それに、詩音がいなくなったのは、あの廃ホテルなのだ。急に鳥肌が立つ。

「――詩音」

怖気《おじけ》を振り払うように、直に口に出してみる。もちろん返事はない。

妹はどこにいるのだろうか。辛《つら》い目に遭《あ》っていないだろうか。もう一度、呼びかけるように詩音の名を口に出してみたが、当然何も起きなかった。

『あのね。あなたなら、分かるんでない？　詩音がどうしてるか、どこにいるか』

母親の言葉を思い出す。もしそんなことが分かるのなら、超能力者だ。

(私にはそんな力、ないよ)

腕がシーツに触れないよう右へ寝返りを打ち、目を閉じたときだった。

背中に何かの感触が貼り付いた。

相手のほの温かい体温が、身体の揺れが、寝巻きを通して伝わってくる。

東京の自宅での一件が頭に浮かぶ。

まさか、またあの牛の頭をしたものか。狼狽《うろた》えながら身構えると、嗚咽《おえつ》が耳に届いた。

このままベッドから飛び出し、逃げ出してしまいたい。しかし、どうしても確かめずにいられない。矛盾した衝動に駆られるものの、直接振り返る勇気はなかった。

背中側へ左手を伸ばした。指先に相手の手の感触があった。同じように横向きで寝ているのか。

が、すぐに避けられる。

ベッドが軋《きし》み、マットレスが動いた。後ろにいる何者かが起き上がり、ベッドの端に座ったようだった。

続いて聞こえてきた啜《すす》り泣きの声が奏音の心を揺さぶる。恐れはいつしか哀《あわ》れみへと変わり、心が和《な》いでいく。

そっと身体を起こし、ゆっくりと後ろを振り返った。

常夜灯の光の中に、丸まった黒い背中が浮き上がっていた。

だが、頭が歪《いびつ》だ。大きい。左右に伸びた角がチラチラ見える。後ろから見て右側の角が折れていた。

後ろ姿のせいか、牛のマスクらしきものを被《かぶ》っているのだと理解するまで、時間が掛かった。マスクと言ってもアキナの動画にあったようなものとは違う。リアルだ。やはり自分の部屋で見た牛の首をした何者かを思い出す。

こんな異様な状況なのに頭の中は静かだった。

目の前に座る者の正体に関して、確信めいた予想が強まっていく。

後ろから相手の頭に両手を添える。掌《てのひら》にゴワゴワした、短い毛の感触と震えが伝わってきた。ああ、そうか。やはり、泣いているのだ。

「——詩音」

呼びかけに相手は否定も肯定もしない。

「取るよ」

マスクをゆっくりと上げる。中から長い髪の毛が束になって滑り落ちてきた。仄《ほの》かな明かりの中でも毛先が痛んでいるのが分かった。全体的に艶もなく、脂や泥で汚れている。

牛のマスクを完全に脱がし、横に置く。だが、相手は振り向かない。

「詩音。こっち向いて」

返事はなく、ただ、身を震わせている。奏音は後ろからそっと相手の頬に手を伸ばした。指先が冷たく濡れた。

「詩音」

こちらへ引き寄せるように、ゆっくりと身体を回させる。

顔を隠す長い髪を、指で掻《か》き分けた。

「詩《し》……」

息が止まりそうになった。

現れた顔は、詩音ではなかった。

知らない女の顔がそこにあった。

女は一重で、切れ長の目をしている。たちまち全身の産毛が逆立った。喉が貼り付いたようにひりひりと痛む。

奏音は必死の思いで声を絞り出す。

「だ、れ？」

応《こた》えはなく。女は空虚な目をどこかへ向けている。

（……この目、どこかで）

記憶にある。いつ、どこで見たのか。いや、それ以前にこの人は誰なのだ。

女は億劫《おっくう》そうに顔を上げ、奏音の顔を目に捉えた。

途端に、こめかみの辺りが圧迫される。相手は何もしていないのに、脳に直接指を突っ込まれ、無遠慮に掻き回されているような感覚に陥った。

（なに、こ、れ）

意識がどうにかなりそうだ。暗くなった視界のなかに、音のない情景の断片が浮かんでは消え、消えては浮かぶを繰り返し始めた。

蒼天《そうてん》。昭和の家並み。集落。正装した神主。風に揺れる旗、幟《のぼり》。並べられた神具。箱組の神輿《みこし》らしき物体。至る所に点在する家紋のようなもの。象形文字のようで、そうではないような。頭が大きく、左右の目が横へ張り出した四足歩行の動物か。牛を想起させるマーク。

祀《まつ》りの風景だ。神社の境内の一段高い場所に座る二人の幼子。

蝶《ちょう》柄の着物姿、派手な化粧を施した稚児《ちご》らしき女の子は、眉間に縦になった瞳のような模様が描かれている。その横に、白装束の似たような年格好の女の子が並ぶ。二人の顔はとてもよく似ている。豪奢《ごうしゃ》な蝶柄の着物を着た子はとても嬉《うれ》しそうで、粗末な白装束の子は仏頂面《ぶっちょうづら》だ。

そこで場面が転換した。

日の暮れた集落。古い家の座敷。転がる御神酒《おみき》の瓶。中央に、分厚い布団が四組。端の左右に大人の男と女がそれぞれひとりずつ寝ている。中央には、幼子が二人。蝶柄と白装束を着ていたあの子らだ。蝶の子は化粧をまだ落としていない。四人は親子の雰囲気があった。

夜が深まった頃、左右にいた両親らしき男女が起き上がる。女の方が、何かを持ってきた。角付きの牛頭の皮だ。中に何か仕込まれているのか、被り物のようになっている。

女は泣きながら蝶柄の子の頭に、牛の頭を被せていく。しかし、その子は薬でも盛られたようにぴくりともしない。隣の白装束の子も同様だ。

被せ終えると、女は蝶柄の子の布団を整え、最後に一度だけ頬ずりした。そして、男女は部屋を出ると、出入り口に施錠をしたようだった。

ややあって、白装束の子が不意に起き上がる。左右を見回し、隣の子の顔をボンヤリ眺めている。牛の頭を脱がし、自分で被った。頭を奪ったことを隠したいのか、蝶柄の子の布団をずり上げ、顔まで覆う。その後、部屋の中を歩き回ったり、踊るように跳ね回ったりしている。それでも蝶柄の子は起きない。すっぽり布団に入って眠り続ける。

白装束の子が何かに気づいたのか、慌てて布団に戻る。鍵が開かれ、誰かが入ってきた。大人の男三人だ。初老ひとり、中年ひとり、最後のひとりは青年だ。老人が布団の子たちを指さして首を捻《ひね》っている。左右が違うぞ、と言わんばかりだ。中年が牛を被った方を指さし、若い男が掛け布団ごと持ち上げる。女の子は手足を動かし、抵抗する。男共は互いに顔を見合わせた。驚きの表情だ。中年は初老の男に何ごとか訊《たず》ねてから青年に指示を出す。青年は布団を簀《す》巻きのようにして、女の子の自由を奪った。中年が部屋の外へ出ていき、青年が布団を抱えて、その後を追いかける。最後に続く初老の男は老人は舌舐《な》めずりをしそうな表情を浮かべていた。入れ替わるように座敷へ戻ってきた先ほどの男女が、独り残った子を見て泣き崩れる。

また場面が変わる。

夜の神社に沢山の手提げランプや松明《たいまつ》の光が揺れていた。

女の子をさらった男たちが、神主に土下座をしている。神主は鷹揚《おうよう》に頷《うなず》く。神輿状になった箱が開かれた。中には鎖の付いた足環《あしわ》が入っている。牛の頭を被った白装束の幼子の足に環が嵌《は》められ、そのまま押し込まれる。女の子をさらってきた青年の他、他の男が三人加わり、神輿が担がれた。神輿の前側を担当する男の片手には手提げランプがある。

他にも同じように担がれた神輿が数基あった。乗せられた子はどれも牛の頭を被り、蝶柄の着物を着ていた。白装束なのは、三人の男が連れてきた、あの女の子だけだ。

杖《つえ》を手にした神主を先頭に、初老の男と複数の神輿、しんがりに中年の男が連なる。周囲に明かりや鐘などの鳴り物を手にした人間が付き従った。

参加者全員の目が、炎の照り返しで粘っこく光っている。

行列がゆっくり動き始める。鳴り物が叩《たた》かれ始めた。音は聞こえないが、やかましいだろうことは伝わってくる。高揚した参加者は大きな口を開けて、何かを歌っていた。

狂乱の行列は神社を出る。牛の頭を被った幼子らの神輿は、何かに捧《ささ》げられるように、何度か高々と掲げられた。

緩い傾斜になった暗い山道を、行列は上下に揺れながら進む。遠目に見ると、さながら巨大で黒い芋虫のようだ。

集落が遠ざかるにつれ、ひとつ、またひとつとランプや松明の光が離れていく。白装束の子は何度となく暴れ、その度に殴りつけられた。大人しくなるまで、繰り返し、執拗に。

集落を見下ろす峠にきた。このときになると、神主と神輿を担ぐ男たちくらいしか残っていない。

神輿が降ろされた。目の前には小さな地蔵が二体納められた石の祠《ほこら》がある。地蔵の片方は牛のような角が生えていた。神主が杖で地面に線を引くように何事か行う。境界線を描いているようにも見える。そして神主は集落に戻っていく。残る男たちは、緊張が解けた様子で煙草をくゆらせ始めた。男たちがよそ見をしているとき、角の生えた地蔵の首がポロリと落ちた。件《くだん》の白装束の女の子のすぐ傍《そば》に転がってくる。その子は力なく首を手に取った。最後の力を振り絞るかのように男たちに向け、首を投げつけようとしたが、気づかれそうになって慌てて懐へ隠した――。

唐突にイメージの奔流が途切れ、視界が戻る。奏音は思わずベッドに手を突いた。そこにはあの見知らぬ女の手があった。何か丸い物を握っている。子供の拳くらいのそれは、角らしきものが彫り込まれた地蔵の首だった。

そう。今しがた見た、女の子が隠した首だ。

顔を上げる。女の切れ長の目が、弓のように細まっていた。嗤《わら》っているのか。いや、泣いているのかもしれない。

地蔵の首を持った女の手が、奏音の眉間に押しつけられる。

再び頭の中を掻き回されるように目眩《めまい》が起こり、新たな情景が始まる。

一服を終えた男たちの手で神輿は担がれた。峠道から森の方へ入っていく。

強い風。ざわめく森。得体の知れない鳥の声。

今度は音が途切れ途切れに聞こえた。

神輿は森の奥に入っていく。松明に照らされた祠が現れた。大人数名なら入れそうな大きさがあった。後ろは斜面になっており、そこに貼り付くように建てられている。

正面に大きな観音開きの格子戸が付いていた。大人の背丈以上の高さがあった。戸は鉄製で、祀りで散見された家紋のようなものが描かれた札が貼られている。

格子戸を封じていた鎖と鍵が取り払われた。

耳障りな音を立てて戸は大きく開かれた。

奥に向かって横穴が続いている。斜面に元々あった洞窟のようだ。その洞窟入り口を封じるように祠を建てたのだろうか。

初老の男が白装束の女の子を軽くこづいて、嗤《わら》った。

「いいやろう。――ことは、神主さんにも赦《ゆる》してもろうた」

「だな。けど、今回ちゃ、タエコと――を間違えたせいで、楽しみが減った」

中年の男がさも残念そうに白装束の幼子を眺める。目に淫靡《いんび》な光があった。

「早う終わらせましょうよ」

若い男の言葉に、中年の男はやれやれといった様子で、女の子に近づく。そして、牛の皮の上から、頭を強く殴りつけた。

暗転。

光が目を差す。松明の頼りない光の下、地面に転がされた幼子の周りに、男たちがたむろしている。壁面に影が揺れた。すでに祠の入り口は見えない。横穴、いや、洞窟の奥と言った方がふさわしいだろう。

他の子供たちの姿はない。初老の男は全身から力が抜けている白装束の女の子を持ち上げた。足の鎖はいつの間にか外されていた。見れば洞窟のどん詰まりには垂直の縦穴が開いている。横に鉄製の蓋が置かれていた。

「――アヤコ、ありがとうな」

場違いな感謝の言葉とは裏腹に、男は興味を失ったが如《ごと》く、容赦なく幼子を穴に投げ込んだ。まるでゴミを投げ棄《す》てるかのようだった。

落とされた子の叫びが聞こえたが、男たちは穴に蓋をすると後ろも見ずに歩き出す――。

気がつくと、奏音は叫んでいた。我知らず涙が頬を伝い、止まらない。

自分は詩音の部屋にいて、ベッドに座っていると分かっている。だが、感情のコントロールが効かず、喉が張り裂けんばかりに叫び続けてしまう。叫ぶのをやめたら、自分自身が消えてしまいそうな感覚すらあった。

遠くから足音が近づいてくる。激しく扉が開かれた。

そこに立っているのは両親だった。

「奏音！」

母親に抱きしめられる。確かな体温と感触に、全身から力が抜けた。母親の肩越しに心配そうな父親の姿が見える。

「どうした⁉」

真剣な顔で訊ねる父親の姿を見ているうちに、さっきまでそこにいたあの女のことを思い出す。

母親から身を剝がし、周囲を見回した。女の姿はどこにもない。

奏音は掠《かす》れた声で訊ねた。

「――ねぇ、お母さん」

「どうしたの?」

「お祖母ちゃんの名前は妙子、だよね?」

「そうだけど……。突然、何?」

「アヤコ、って誰?」

母親の身体が固くなったのがすぐに分かった。

今思えば、あのお地蔵様が並んでいた祠に覚えがあった。坪野だ。ホテルに行く途中の道で見た。しかし、自分が最後に見た時、両方とも首は揃《そろ》っていた。

だとすれば別の場所なのだろうか。分からない。

男の言葉が、頭の中でリフレインする。

『だな。けど、今回ちゃ、タエコと――を間違えたせいで、楽しみが減った』

『アヤコ、ありがとうな』

タエコ。妙子。私のお祖母ちゃん。ならば、アヤコは――。

第二十章　奇妙　――雨宮 奏音

煌々《こうこう》と明かりが灯《とも》った座敷は、重苦しい空気に満ちていた。

まだ日も明けやらぬ時間にも関わらず、卓の前には奏音の他、両親と祖父が座っている。

祖父を呼んできたのは、母親だ。

「――そうけ。そんなことが」

深いため息の後、祖父は奏音の目を覗《のぞ》き込むように見つめた。

詩音の部屋での出来事を包み隠さず打ち明けた。それが良いことか、悪いことなのかは分からないが、そうすべきだと思ったからだ。

立ち上がった祖父は、全員にこいと命じた。両親の方を振り返ると、小さく頷《うなず》いている。

ついていった先は、祖母――妙子の眠る部屋だった。

蛍光灯を点《つ》け、祖父が小さな額を持ってくる。

「これ、見てくれ」

奏音の前に差し出されたそれには、セピア色に染まった古い写真が塡《は》め込まれていた。

切れ長の目をした、黒髪でショートボブの美しい女性が写っている。

見覚えのある顔だ。

写真の女性は笑っているのにも関わらず、どこか暗い目をしている。

「これは妙子。お祖母ちゃんの若い頃や」

全員の目が、眠る祖母に注がれた。

若かりし頃の面影は今も残っている。それに、どことなく母、風歌にも似ていた。同時に、ある仮説が奏音の頭を支配する。

祖父は額の裏板を外し、何かを取り出した。二つ折りになっている。

開くと、モノクロームの写真だった。

小学校に上がる前くらいのそっくりの顔をした少女が二人、写っている。

ピントが甘いのか、全体的にボンヤリしていた。ただ、なぜか片方の少女の目が、こちらを睨《にら》み付けているように思えて仕方がない。写真の上では笑っているのに、どうしてもそう感じてしまう。

思わず写真から目を逸《そ》らした。両親も同じだったのか、別の方向を見て、顔を顰《しか》めている。

「これは妙子と、その妹、アヤコや」

奏音は息を呑《の》んだ。仮説が確信に変わっていく。

もう一度写真に目を落とす。

先ほど見た幻視の中にいた、白装束の幼子の顔をしていた。

祖父はちらと奏音に視線を送ると、空中に指で文字を書く。

「タエコは妙なる子、アヤコは奇《く》しくもの奇に、子」

〝妙〟は不可思議なほど優れている、美しい、〝奇〟は普通とは違っている、珍しいという意味がある、と教えてくれた後、祖父は一呼吸置いて、呟《つぶや》くように口を開いた。

「妙子も、双子だったんだ」

「お祖母ちゃんたちも、双子？」

念を押すように、祖父に確かめる。

「ああ――私もそうやった」

祖母だけでなく、祖父も双子とは。両親は驚いてすらいない。すでに知っていたようだ。

祖父は天井を見上げた後、意を決したように奏音の方へ向き直る。

「奏音。今から話すことを、まず聞いてくれ」


――祖父・実と祖母・妙子は富山県内のある集落に生まれた。

実は妙子の三つ年上で、言わば幼なじみであった。

この集落の住民は、双子が産まれる確率がひどく高かった。親同士が双子の場合、子を成せば、確実に双子が産まれる。だから村のほとんどが双子の人間であった。

後に実も知ったが、海外にも似たような双子村があるらしい。違うのは、こちらの集落のように双子を〈忌《い》み子《ご》〉と呼び、差別しないことだろうか。

忌み子とは、望まれない子供、不浄の子として忌避される存在を意味する。集落の住民のほとんどが双子であるのだから、忌み子と称するのはおかしな話だが、遙《はる》か昔からそういうことになっていたので、誰も疑問に思わなかった。

また、双子を産んだ女性は〈畜生腹〉〈畜生孕《ばら》み〉と蔑《さげす》まれた。

獣が一度の出産で沢山の仔《こ》を出産することから取られたようだ。特に男女の双子を産んだ女性は忌み嫌われた。なぜなら、その双子は前世で心中をした業の深い男女の生まれ変わりである、とされていたからだ。言わば、この世に生を受けた時点で曰《いわ》くが付いているようなもので、社会から排除されるべき存在であった。

ただし、集落にいた経産婦のほとんどは、畜生腹・畜生孕みであったから、〝畜生腹、畜生孕みは犬の糞《ふん》。そこら中に転がっとる〟などと揶揄《やゆ》される。

どちらにせよ、集落の人間同士が畜生腹だの畜生孕みだのと言い争い、差別し合うのは滑稽だった。反対に双子同士の婚姻で一度にひとりしか子が産まれない方が驚きであり、異常なことだと思われていたことからも、集落全体の感覚が特殊であったことが分かる。

そこまで行ききはなかったが、周辺の集落からは〝忌み子だらけの畜生集落〟と陰口を叩《たた》かれていたことは言うまでもない。

この忌み子たちは、片方を普通の子として育て、もう片方を〈牛の仔〉とした。牛の仔にされた子は、数えの七つになるまでこの世の者ではないと認識される。数えの七つになる前は人ではなく、まだ神のうち、神の子であるからだ。

この牛の仔とその片割れの子は、〈牛頭《ぎゅうとう》の神〉の元へ送り出す祀《まつ》りに参加させる。俗に言う、牛頭の神・牛頭天王の祀りである。ただし、これは形骸化した神である。いや、神ですらないのかもしれない。元々は土地の因習にまつわる存在でしかなく、牛頭天王の名を借りているだけに過ぎない。便宜上、神の祀り、としているのだろう。

この祀りは集落の神社で宮司を中心に、年に一度だけ盛大に執り行われる。祀りの時期は決まっている。

双子が数えの七つになる、旧正月を迎える前だ。

祀りの当日、該当する双子は〈現世に残る白装束の子〉と〈神の国へ渡る、蝶《ちょう》柄の衣装の子〉に分けられる。選ぶのは親で、理由は様々であった。大半の親は、基本的に出来の良さそうな子を残し、そうでない子は手放した。残酷だが、集落では当たり前の話になっていた。

この際着せる衣装にも意味がある。白装束は、苦界である現世で人に成るための死出の衣装。蝶柄は、牛の仔が神の子と成るための衣装である。蝶は常世《とこよ》へ道案内してくれる虫だからだろうと宮司が話すのを聞いたことがある。

衣装を身に着けさせられ、分けられた子供たちは神社中央に設《あつら》えられた一段高い台へ並ばされる。前に蝶柄の衣装の子、後ろに白装束の子と分けるのが通例だった。蝶柄を着た子を、所謂《いわゆる》神霊を降ろす〈依代《よりしろ》・尸童《よりまし》〉とするのである。ただし、本当に神霊が降りるのかは分からない。これもまた名目だけが先立った言葉なのかもしれない。

いくつかの神事を行った後、牛頭天王の掛け軸や神像とされる物や、双子の子供たちを表す人頭・牛頭のこけし、集落独特の護符や卒塔婆《そとば》を用意し、皆で拝む。

そして夜になったら、子供たちとその両親は集落中央にある集会所と言われる大きな建物へ入り、宴会が行われる。

宴会が終わると、宮司がやってきてお祓《はら》いをし、出ていく。

残された両親と双子は集会所に泊まる。夜が更け、寝る前に、蝶柄の衣装を着た子に印をつける。神様が間違えて白装束の子を連れていかないように、だ。

その印とは牛の頭である。

蝶柄の衣装を着けた子の頭に、牛の頭から剝いだ皮を被《かぶ》せるのだ。

元来、産業・経済動物である牛は角を切って育てる。しかし、この集落では牛の仔に被せるためだけに、専用の牛を育てた。角が生え揃《そろ》ったらすぐ屠《ほふ》り、防腐処理を含め剝製のように細工する。子供が被りやすくするための処置である。頭の皮と角部分以外は、不浄の物として、食べたりせずに棄《す》てた。

牛の頭を被せられた子は、夜中に集落の男の手で、集落の外へ連れていかれる。

途中、二体の地蔵が納められた小さな石の祠《ほこら》があるが、そこが現世である集落と、神の国との境界とされていた。

祠から向こうは、案内人である集落の男たちだけで送ることになる。

森の奥にある大きな祠の中が目的地だ。祠の中は洞窟のような横穴に繋《つな》がっており、一番奥には深い縦穴があった。

そこまで連れてこられた子供たちは、縦穴の底へ突き落とす。

高さがあるため、余程のことがない限り子供は落命する。ただし、先に落ちた子供が緩衝材になったり、落ち方を失敗したりすれば、死にきれない。そんなときは子供とは思えない叫び声や唸《うな》り声、助けを求めて泣く声が延々と下から這《は》い上ってくる。

助けることは御法度なので、そのまま祠の扉を閉じて、集落に戻る。助けを求める声など聞かなかった、知らなかった、で終わりにするのだ。穴に落ちた子はすでに神の国に渡ったのだ、と。もし死に損なってても七日も過ぎれば飢えて死ぬだろうから、祀りの後に好き好んで穴まで確認に行く者はほとんどいなかった——。

——実の長い話は終わった。

「何、それ」

奏音は呻《うめ》いた。両親は目を伏せ、黙り込んでいる。

孫娘を見つめながら、実は吐き捨てるように言った。

「お前が見たのは、俺らがおった集落や。元々ちゃ、祀りは昔、集落で起こった飢饉《ききん》が始まりだ。その頃から双子ばっかり産まれとったさかい、口減らしするしかなかったんだ。そしてその後も、それが祀りとして残った……」

さも仕方がなかったと言わんばかりの祖父の口調に、奏音の怒りが爆発する。

「それ、おかしいよ。神様を勝手に利用しているだけじゃない！」

正論をぶつけられても祖父は動じない。静かに答えた。

「昔はあちこちで飢饉が起こっとった。皆、飢えとった。そうなると、どうなると思う？」

奏音は何も言えなかった。学校の教師の余談を覚えていたからだ。

「……人間、喰《く》うものがなくなると、互いに喰うか喰われっかになる。生きていくのも地獄やった。やさかい、せめてもの手向《たむ》けとして、あっちへ行く者らに神の元へ行くと聞かせてやるんだ。それが贖罪《しょくざい》やったんだ」

押し黙る奏音に、祖父が微笑んだ。寂しげな笑みだった。だが、奏音は訊《き》かずにはいられなかった。

「……でも、どうして子供たちに牛の首を？　印の意味だけ？」

「子供の顔をまともにゃ見れんさかいさ……。神に返すったって、殺生《せっしょう》に変わりゃせん」

部屋の中が水を打ったようにしんと静まりかえった。

奏音にはまだ引っかかることがあった。

「お祖父ちゃん」

「……何だ？」

「大勢の子が亡くなったんでしょ？　でも、その子たちじゃなくて……」

皆まで言うなと言わんばかりに、祖父が口を開く。

「幻と奇子のことやろ？　なんで、お前が奇子に関する幻と奇子自身を見たか」

頷く奏音に、祖父は孫の肩に手を置いた。何事か、言い出しかねている様子だ。そこへ父親が会話に加わってきた。

「……四歳のお前が戻ってきたとき、唯一覚えていたのが〝アヤコ〟という名前だ」

後を継ぐように、母親が続ける。

「奏音が戻ってきたとき、その手を握りながら詩音が言うたが」

――遊んでいたんだって、アヤちゃんと。

アヤちゃん。アヤコ。奇子。奏音の頭の中で渦巻く疑念が形となっていく。動揺する娘に、母親が決定的なひと言を投げかけた。

「そうしたら、奏音も『アヤちゃん、アヤコちゃん』って、怯《おび》えて」

朧気《おぼろげ》だった記憶が、徐々に鮮明さを増してくる。

蝶々の墓を作った森で、人ではない形をした角の生えた女に手を引かれた。逆の手を、自分にそっくりな幼子が引っ張りながら、叫んでいた。

『だめ！　いっちゃ、だめ！』

そうだ。あの日、私の左腕を摑《つか》んだのは詩音だ。思い出したように腕の傷が疼《うず》いた。

傍らにある妙子と奇子の幼き日の写真と、成長した妙子の写真を見比べる。

自分が詩音のベッドで見た女の顔が、若い頃の祖母の顔に重なった。今の今まで繫がらなかった線が繫がっていく。

祀りで穴へ落とされたのも、ベッドに現れたのも、やはり——。

思いついたことを、奏音は口に出す。

「あの日、奇子さんが、私たちを……ううん、私を連れ去ろうと……」

母親が言葉を遮る。

「あなたを失いたくなかった。お祖母ちゃんが言ったの」

——この子ちゃ、奇子が目を付けた。富山に置いとけん。縁を切って、逃がさんにゃ。

父親が苦渋を滲《にじ》ませつつ、ポツリと漏らした。

「それで、父さんがお前を連れて……」

なぜ、両親が離婚したのか。母親を死んだと教えられたのか。妹の存在を隠されたのか。東京と富山に分かれたのか。詩音の行方が分からないのに、どうして一応警察に届けたと言ったのか。すべて、合点がいく。

(すべてを知っていたからだ)

奏音はもう一度、妙子と奇子の写真を見た。

そして、ベッドに横たわる、祖母の顔を確かめる。

——詩音は、やはり。

第二十一章　追憶　――三澄 実

孫のひとりと娘夫婦がいなくなった妻の部屋は、再び静けさを取り戻した。

実は写真を額に戻す。

(奇子、か)

ベッドの周りにある牛頭の神やこけしたちを一瞥《いちべつ》し、禿頭《はげあたま》を撫《な》でる。

眠っている妻は、穏やかな寝息を立てていた。

(もしかしたら、俺らは間違っていたのか)

孫たちの一件を含め、何かが動き出していることを肌で感じる。

実は、妻の枕元に膝を突き、寝顔を見つめながら己の人生を顧みた。


――あの集落に実が産まれたのは、富山県上平村《とやまけんかみたいらむら》、今の南砺市《なんとし》で泡雪崩《ほうなだれ》が起き、二十一人が亡くなった年だった。まだ戦争が終わっていない時期だ。

自身も双子で、妹がいた。

妙子と奇子が産まれたのは三年後。その年には、魚津市で大きな火事があった。

後に終戦を迎えたが、いつも腹を減らしていたような気がする。

集落でも貧富の差はあった。実の家はそこまで豊かではなかった。男女の双子ということで他の住民から余計に蔑《さげす》まされていたことも一因だったはずだ。

戦後の混乱期、集落では男たちが外へ働きに出ることが増えた。金沢《かなざわ》などで六日仕事をし、休みの一日だけ集落へ戻るような生活だ。実の父親も同じく外で金を稼ぐようになった。このお陰で、人並みの生活ができるようになったと思う。

ただ、集落内ではあの忌むべき神事〈牛頭の神の祀《まつ》り〉がひっそりと続いていた。

戦前、戦中、戦後問わず、集落には双子が産まれ続けていたからだ。

戦中は物資不足に絡めて〈口減らし〉と言う大義名分を掲げ、戦後は戦後で〈集落の発展を願って、神に子を供物《くもつ》として捧《ささ》げる〉意味を持たせたのである。

どちらにせよ、祀りをやめるつもりなどなかったのだろう。

だから、実と妹も牛頭の祀りへ参加させられた。

数えの七つを迎える、旧正月の数日前のことだった。

実は白装束に、妹は蝶《ちょう》柄の衣装を身に着け、さらに化粧をさせられた。その額に目立つ赤い目のような模様が描かれていたのを今も覚えている。

祀りの日は集落中が賑《にぎ》やかで、華やかだった。

集落に建てられた集会所のような建物に、実ら一家の他に三組の家族が集められた。ご馳走《ちそう》を食べていると、集落の大人が「特別だぞ」と御神酒《おみき》を飲ませてくれた。苦くて美味《おい》しくなかったが、なぜかその後、急に眠くなり――そこで記憶が途切れた。

目を覚ますと朝で、妹も両親もいない。

部屋に布団が四組あったから、多分、ここに全員が寝ていたはずだ。慌てて廊下へ出てみれば、自分と同じような白装束の子供が泣きべそをかきながらうろうろとしている。

他の双子も蝶柄の衣装を着た方が姿を消していた。

外へ出ると微《かす》かに祀りの空気が残っていたが、ほぼ日常へ戻っていた。

三々五々に神事に参加した子らの親が集まってくる。

実は妹の行方を訊《き》いたが、誰も答えない。親も首を振るだけで説明はしてくれなかった。

そして三年後、妙子と奇子が数えの七つになる年を迎えた。

実はこの二人の姉妹と仲が良かった。いなくなった妹の分まで可愛がろうと無意識に思っていたからかもしれない。

とても寒い日、祀りが始まることを告げられた。

祀りの当日、蝶柄の衣装を着ていたのは妙子だった。

ああ、そうか、いなくなるのは妙子か、妙子が牛の仔《こ》、神の子になったのだと察した。

何となく祀りの正体が分かってきた年頃だったからこそだ。

だが、実際にいなくなったのは奇子だった。他の双子は蝶柄の衣装の方が消えていたから、何かの間違いが起こったのだと実でも理解できた。

この後から、妙子の家は心なしか腫《は》れ物扱いになった。〝神事を穢《けが》した〟〝神の子ではない方を差し出した〟からだ。当然〝集落に災いが起きたらお前らのせいだ〟と怒りも買っている。これは昭和の時代になっても祀りが重要視されていた証左とも言えた。

実が数えの十七を迎える年、いつものように〈牛頭の神の祀り〉の準備が始まった。違っていたのは、実にも裏方で参加しろという命令が下ったことだ。

言われるままに集会所に集められたのは、数えの十七歳以上の男たちだけだった。

牛頭の神の祀りに関する言い伝えや習わしをここで初めて聞かされた。

神主曰《いわ》く、祀りの起源は過去に起こった、疫病の流行や異常気象による飢饉《ききん》による口減らしであったというが、それは詭弁《きべん》に過ぎないと感じてしまう。

憮然《ぶぜん》としながら聞いている最中、含み笑いのようなものが後ろから聞こえた。振り返ると、過去に参加した人間たちが何やら厭《いや》な顔で嗤《わら》っている。なぜそんな表情を浮かべているのか分からないまま、場はお開きになった。

ところが祀りの前日、実はひどい風邪に倒れた。まだ寒い時期だったこともあり、見る見る悪化していく。結果、参加することは出来なかった。

健康を取り戻して外へ出ると、牛の仔になった子供の姿が消えている。

いや、それ以外にも見知った顔がいくつか減っていた。多くは自分と同じ歳の男衆で、祀りの裏方に初めて参加した連中だ。後は何人かの男女が行方をくらませている。

考えてみれば、祀りの度に集落を出ていく者がいた記憶がある。それは単独で、家族で、親族一同でなど、様々であった。

その後、半年を待たずに実は福岡県《ふくおか》に働きへ出た。

中学卒業後は集落内で働いていたが、一念発起して外へ仕事を求めたのだ。

手に職を付けるべく集落へ帰らずに頑張った。

寒い時期、仕事の最中に、ふと妙子のことを思い出した。

どうしているだろうか。多分数えで十七になったはずだ。無事に暮らせているだろうか。

旧正月は過ぎている。祀りも終わっている時期だから、一度集落へ戻り、様子を見てやろうと決め、里帰りをした。

集落はほとんど変わっていなかった。変化といえば実の両親がどこかへ出ていって、行方知れずとなっていたことだ。振り返ってみれば、福岡へ出て以来、手紙すら送っていないし、家族からの連絡もなかった。こうなってしまうと後を追うことも出来なかった。

肩を落としながら、妙子の家を訪ねた。

驚いた。面影は残っていたが、すっかり大人びていたからだ。

中学を卒業後、街で働いていると聞いた。この集落出身だと知られると〈畜生腹の集落〉等、おかしな噂《うわさ》を立てられ虐《いじ》められるから、富山に住む遠い親戚の住所を使わせてもらっているらしい。

最初こそぎこちなかった会話が、自然と子供の頃のように変わっていった。昔を懐かしむうち、実は妙子をこの集落から連れ出すことを決めた。ここにいても、彼女のためにならない気がしただけの話だった。

それから半年ほどして、実は妙子と結婚を決めた。

ただし、集落を去る際、妙子から条件が付けられた。

それは富山県内に住むことだった。

仕方なく魚津市に仕事を見つけ、そこで二人は暮らし始めた。

魚津の生活の中、妙子は時折泣いた。

「本当なら奇子がこうしとったかもしれん」と。

本当なら、祀りでいなくなっていたのは自分だった、間違えられて妹の奇子は連れていかれたのだと、自分を責めた。

二人の住まいに飾ったスナップ写真は、実が撮影した妙子のものだったが、額の中に妙子と奇子の幼い頃の写真が隠されていたのを知ったのは、いつだっただろうか。隠したのは妙子で、集落を出るとき密《ひそ》かに持ってきたのだという。街でわざわざ撮影してもらったモノクロームのもので、数えの七つになる直前のものだ。妙子と奇子の両親は、この後の祀りについて知っていたはずだから、何か意図を持って写真にしたのかもしれなかった。

富山に住むこと、写真を持つことは、奇子への贖罪《しょくざい》だと妙子は強い口調で言った。

「私だけ自由に遠くへ行くのは赦《ゆる》されん。写真を持っといて、常に奇子、妹のことを忘れたらだちかん」

ただし結婚後、二人は一度も集落に戻らなかった。

妙子の両親が一度だけ訪ねてきたことがあったが、そのとき「自分たちも集落を出る。富士山が見える県へ行くから、これが今生の別れだ」ときっぱりと言った。それ以来連絡が途絶え、今も消息は不明だ。本当に今生の別れになってしまった。


結婚するときに二人で決めたことがある。

〝絶対に子供を作らない〟ことだ。

互いに双子で産まれており、あの集落の出身でもある。産まれてくるのは双子だろうと予想がついていた。祀りに参加させる気は元よりないが、それでも集落の因果に含まれそうで怖かったのだ。

ところが、実が三十六歳のときだった。

妙子が暗い顔で告白した。腹に子がいる、と。

気をつけていたはずだ。堕《お》ろすことも考えたが、なぜか実は産んでもらうと決めた。どうしてそんな風に思ったのか、今も分からない。

実が三十七歳、妙子が三十四歳のとき、難産の末、子は産まれた。

やはり双子だった。

どちらも女の子で、名前は、初歌、風歌と名付けた。ういか、ふうか、である。

産まれた娘たちの顔を見ると、堕ろさせなくて良かったと思った。目に入れても痛くないほど、愛しい存在になったのだ。

初歌、風歌はすくすくと育った。妙子に似て、器量の良い子たちだった。実の顔の造作を一切受け継いでいないのが良かったと、誰もがからかってきたものだ。実本人もその通りだと自嘲することがままあった。もし自分に似たところがあれば、嫁に行くとき困ったことになると思ったからだ。


初歌、風歌が数えの七つになる年。ある日、初歌がいなくなった。旧正月の前日だった。

集落を出ているし、宗教儀礼的な祀りに参加をしないのだから、何も恐れるものはなかった――はずだった。

必死に探し回るが、見つからない。警察も手がかりすらないと困惑している。八方塞がりの状況だった。

ところが、数日後に突然、風歌がこんな話を始めた。

――ういかちゃんとうらであそんどったら、しらんおねえちゃんがきた。

——おねえちゃんはおかあさんに、にてた。

——あやこっていっとった。あやこちゃん。

——あやこちゃんは、つのがはえとった。

——ういかちゃんは、あやこちゃんにつれられて、どっかいった。

——たまにういかちゃんのこえがきこえる。ないてる。

言うと怒られると思って、言えなかったと風歌は泣いた。

風歌の話の後、妙子は一時、気が触れたようになった。仕事も辞め、日がな一日風歌の手を引き、街中を歩き回る。「初歌、初歌、どこへ行った」と繰り返しながら。

その度に迎えに行くのが辛《つら》かった。手を引っ張ると、泣き叫びながら抵抗する。そして「奇子、かんにん。私が代わりになるさかい、初歌を返して」と叫んだ。

以前の状態に戻り始めたのは初歌がいなくなって二年が過ぎた頃だった。ほぼ同時期に、風歌は初歌のことを何も言わなくなった。声が聞こえなくなったらしい。

初歌はついに戻ってこなかった。


残された風歌は大学を卒業後、地元に誘致された大企業に入社した。

それから数年後、東京からきたという男が家を訪ねてきた。雨宮直樹、と名乗った。風歌の会社の上司だと言う。背が高く、細身の、真面目そうな男だ。

この上司が「娘さんを下さい」と、長い手足を窮屈そうにして、畳に額を擦《こす》り付けた。音楽が好きな風歌とのCDの貸し借りが付き合うきっかけになったようだ。

たったひとりになってしまった大切な娘だ。それにあの集落絡みで不安もあった。直樹が集落に関係ない血筋か、双子ではないかを調べた。大阪出身で、中流家庭のひとり息子だと聞いて安心し、結婚を了承した。とにかく風歌を幸せにしてくれればそれで良かった。

結婚後、娘夫妻は実と妙子の住む家に同居することになった。

その後、風歌が二十七歳になった頃、懐妊を報告された。

双子だと判明したとき、妙子は卒倒せんばかりに顔を青ざめさせた。

十月十日を少し過ぎ、孫娘が二人産まれた。

娘婿と風歌はこの子らを、奏音、詩音と名付けた。

風歌の名に含まれる〝歌〟からの発想が多分に含まれていた。歌の音読みである〝か〟は奏音へ。歌の訓読み〝うた〟から詩の字に変え、音読みにしたのだ。

産まれてみると、孫はこの世の者と思えないほど可愛かった。妙子も同じようで、孫らにはとにかく甘かったように思える。ペンで窓に落書きをしても、叱りもせずに褒めちぎっていたくらいなのだから。

――しかし、孫二人が四歳になったときだ。

奏音が行方不明になった。

後に戻ってきたが奏音と詩音から〝あやちゃん、あやこちゃん〟の名を聞いて、妙子は寝込んだ。初歌のことを思い出したのか、常に悪夢にうなされるようになった。

「このままでは、奏音がまたおらんくなってまう。奇子がくる」

奏音が戻ってきた後、風歌と直樹に、集落や奇子のこと、このままではまた奏音がいなくなるかもしれないことを噛《か》んで含めるように説明した。

「この子ちゃ、奇子が目を付けた。富山に置いとけん。縁を切って、逃がさんにゃ」

「奏音ちゃん、奇子に執着されとる。やさかい富山から遠う、縁の無いところで生活をさせんならん。少のうとも、大人になるまでは」

最初こそ信じなかった直樹だったが、次第に事情を飲み込んだようだ。

風歌と離婚し、東京と富山で分かれて暮らすことを決め、会社に転勤願いを出してくれた。素早い行動だったと思う。

分かれて暮らす間、奏音には事情を説明しないと彼は約束した。幸いなことに、奏音には記憶の欠如と混濁があった。上手《うま》く隠し通せるはずです、と彼は言った。

代わりに富山に残った詩音にはそれとなく話しておいた。狙いが奏音であるなら詩音はまだ安全だろうが、注意するに越したことがないと考えたからだ。

それから長い時間が過ぎた。

そして、今度は詩音が消えた――坪野鉱泉で。

もう大丈夫かもしれないと思った矢先の出来事だった。

どうして注意していなかったのか、実は悔やんだ。どうにかして取り戻せないかと思案しているとき、奏音が現れた。事情すら知らないはずなのに、何かに導かれるようにして。

奇子が仕組んでいる。そうとしか思えない。言い方は悪いが、詩音を餌にして、奏音をおびき寄せているのではないか。

だから、言葉を選んで奏音には説明をした。出来れば、このまま東京へ帰って欲しい。

しかし奏音の表情には、詩音を探して連れ帰るのだという決意が浮かんでいた。


（どうしたら、奏音と詩音を護《まも》れるのか）

実は、ベッドの妙子を眺める。

少女のような穏やかな顔に、ふとあの日のことを思い出す。


――奏音が直樹と東京へ旅立った日だ。

夜中、トイレに立った妙子が戻ってこなかった。まさか倒れているのではと見に行けば、家の中にいない。玄関が開いていた。外に出ると、庭の隅に寝間着の白い色が、闇夜に浮かんでいた。妙子だった。

声を掛けるが、反応がない。顔を上げさせると、虚《うつ》ろな目で何かブツブツ呟《つぶや》いている。耳を寄せれば、同じ言葉を繰り返していた。

「ああ、そうやったんだ。ああ。そうやったんだ。ああ、そうやったんだ。ああ、そうやったんだ……」

この日を境に、妙子は寝たり起きたりを繰り返すようになった。たまに我に返って以前のように話すこともあった。そのとき、この介護ベッドのある部屋に、牛頭の神の掛け軸やこけしを祀り、香を焚《た》くことなどを頼まれた。断ると静かに泣き続けるので、聞かないわけにはいかなかった。

そして三年ほど前から完全に寝たきりとなった。

時折覚醒するが、それ以外は眠っているか、歌っているかだ。

歌は、あの集落の神事にまつわる童歌《わらべうた》だった。二度と聞きたくない歌だった。

だが、妙子の歌声は実の耳朶《じだ》を打つように届く。

歌詞の一部が変化しているのは、集落を離れて久しいからだろうか。変わらぬのは旋律だけだ。何も知らない者が聞けば、何と言うこともない童歌だろう。思い返せば妙子は孫らにも聞かせていた。忌むべき筈の歌なのに。

寝たきりになる前、妙子からもうひとつ頼まれたことがあった。何とか約束を果たせたが、どうなるのか分からない。

実は庭の方へ目をやる。室内から見えないが、離れのある方角だった。
ベッドの妙子に視線を落とし、深いため息を吐く。
(あそこから遠ざかっても、縁ちゃ切れんのか)
詩音、奏音。孫たちのことを想いながら、実は部屋の照明を消した。
部屋の扉を閉めた途端、中から歌が聞こえ始めた。

――むっつかぞえのななつまえ　ゆんべのあのこは　どこへやら……。

切なくなるような、弱々しい妙子の声に、実は顔を伏せた。
あの集落に生まれたことが、業なのか、罪なのか。
孫らを襲う因果がいつか切れてくれるように、と祈るしか出来なかった。

第二十二章　不慮　――香月 蓮

蓮は椅子の背もたれに寄りかかり、大あくびをした。

朝だというのにまだ眠い。

涙でぼやけた視線の先に、透明のエレベーターシャフトのチューブがあった。

山崎の事務所があるビル、その一階ホールである。蓮が座るテーブルには、奏音と将太がいた。奏音だけでいいと言ったのに、勝手に将太もついてきたのだ。

周囲には商業施設利用者や勤め人、清掃スタッフらしき人々が行ききしている。

それら人々から視線を外し、窓に目を向ける。すでに白くなり始めた日差しの眩《まぶ》しさに、今日も暑くなることを予感した。

二度目のあくびに、隣に座る奏音が咎《とが》めるような口調で話しかけてくる。

「何？　昨日遅かったの？」

そういう彼女も寝不足の顔をしていた。ここにくるバスの中で、昨日、母屋で何かあったのかと訊《たず》ねたが、別にと答えられた。明らかに何かを隠している。

「ああ、昨日、俺と話し込んでしもたさかい」

将太が助け船を出しつつ、蓮と奏音を交互に眺めては、何やら頷《うなず》いている。その場の雰囲気を変えなくてはならない気がしたので、蓮は話題を変えた。

「……しっかし山崎さん、遅いな。着いた、って送ったの見てねぇのかな」

昨日、山崎からきた連絡のうち、ひとつは『明日、朝十時までに事務所までこられっけ？』だった。迎えに行きたいが、朝一で用事があるので自力で移動して欲しいと言う。何でも、詩音に関する何かを見つけたらしい。

『お前たちの探しとる姉ちゃん、坪野鉱泉で消えたんやろ？　その坪野のことで分かったことがあるが、ちょっこし信憑《しんぴょう》性が低い。裏取りをしとく。多分、明日の朝まで掛かりそうだ』

どういうことか訊《き》いたが、それ以上詳しく教えてくれなかった。情報の確認ができるまでは言えない。お前らをぬか喜びさせるかもしれないから、と誤魔化された。

（分かったことって、何だろな？）

腕組みする蓮に、将太が訊ねる。

「で、山崎さん、なんて？」

「坪野鉱泉の何かが分かった、とか言ってたけどよ」

「え？　何の話やちゃ？」

「わかんねぇ。何か手がかり見つけたんじゃねぇの？　ジャの道はヘヴィとか言ってた」

「それ、蛇《じゃ》の道は蛇《へび》、だろ。……お前、いい加減だなぁ」

呆《あき》れる将太を無視して、蓮はスマートフォンの画面を見る。午前十時を大きく回っていた。約束の時間はとうに過ぎている。

「遅っせぇな山崎さん……何してんだろ？」

スマートフォンを握ったまま、席を立った。

エレベーターの前に立ったとき、ふと後ろを振り向くと、将太が奏音の顔の前で手を振っていた。考え事をしているせいか、彼女はまったく気づかない。

（……嘘が下手だっつの）

何か不安なことがあるなら、自分に吐き出してくれたらいいのにと、蓮は思う。

（独りで抱え込むのが奏音の悪い癖だ）

同時に、頼りにされない自分自身にため息を吐きながら、蓮は階数ボタンを押した。


スムーズにエレベーターは上がっていく。

蓮はスマートフォンをタップし、山崎に電話を掛けた。五階に着いたとき、扉の向こうで着信音が鳴った。

開く扉の向こうに、今まさに電話を取ろうとしている山崎の姿があった。なぜかその顔は険しい。いや、何かに怯《おび》えていた。

「あ。おはようございます」

蓮は通話を切る。着信音が止まった。

「遅いから上がってきちゃいましたよ」

山崎もスマートフォンをしまいながら、片手を立てて謝る。

「悪い悪い」

しかし、その口調は何か含むところがあった。何かあったのだろうか。ここは追求すべきか悩むところだが、今はやめておくことにした。

「まったく。あ、昨日の話なンすけど……」

違和感のある態度に気付かぬふりをして、蓮はスマートフォンの通話アプリを起動し直す。下にいる奏音たちを呼ぶためだ。幾度か画面をタップしながら、エレベーターを降りた。それと入れ違いに山崎が籠に乗り込む。やはり、表情は硬いままだ。

「事務所じゃのうて、車で話してやる」

閉じかける扉を手で押さえる山崎の目が、下を向いた。乗り口に敷かれた艶のある大理石の床石を凝視している。

丁度そこを踏んでいた蓮は、何かあるのかと後ろに下がった。見れば、山崎の顔が床に鮮明に映り込んでいる。

床石の中の山崎が、戸惑った顔に変わった。

「あん？　お？　おいおい……何や、これ？」

視線を上げると、彼は自分の顔を両手で確かめるような動きをしていた。手の動きは次第に激しくなっていく。まるで、顔に被《かぶ》せられた何かを無理矢理剝がそうとしているかのようだ。

「やま、ざき、さん？」

言葉が届いていないのか、山崎は何かに慄《おのの》くように、籠の中へ後退《あとずさ》っていく。壁に背中をぶつけながら、片手を前に出し、もう片方の手で顔を擦《こす》っている。

「ちょっ、山崎さん！」

「くるなッ！」

落ち着かせようとエレベーターに乗り込んだ蓮を、山崎が突き飛ばす。強い衝撃が走り、たたらを踏みながら籠から外に出た。

籠の中の山崎の目は、すでに蓮を見ていない。自らの顔に両手の爪を立て、掻きむしっている。抉《えぐ》れるように表皮が破れ、幾本も深い傷ができる。そこからジワジワ血が滲《にじ》み出した。周囲の空気が鉄っぽさを孕《はら》んでいく。

異様な光景に、蓮は一瞬呆気《あっけ》にとられた。

（奏音に見せてはいけない）

咄嗟《とっさ》の判断で、エレベーターの外側のボタンを押し続けた。これで扉が閉まることはないはずだ。少なくともこの籠だけは。

山崎は唸《うな》りながら床に蹲《うずくま》る。

「山崎さん！」

精一杯片手を伸ばし、彼の肩に触れたときだった。

相手が素早く顔を上げた。バネ仕掛けのような動きだった。

蓮の喉の奥から隙間風のような音が鳴った。

山崎の顔が、牛になっていた。

左右に張り出した角。密集した短く茶色い毛。だらしなく開いた口。目は、洞《うろ》のようだ。その穴の奥に、血走った人間の目があった。

牛の頭の皮を被っているのか。しかし、今までそんな物はなかったはずだ。

両足から急速に力が抜け、蓮はその場に座り込んでしまう。

エレベーターの扉が閉じ、蓮の身体に当たった。閉じるのを邪魔された扉は自動に開く。固まったように身体が自由にならない。扉は開閉を繰り返した。

目の前で、牛のマスクを被った山崎が大きく呻《うめ》き声を上げた。

彼は這《は》うようにして蓮に迫ってくる。

縋《すが》りつかれそうになった途端、背中に強い怖気《おじけ》が走った。嫌だ。尻餅をついたまま片足を突き出すと、山崎の、いや、牛の顔に当たった。足裏に厭《いや》な堅さの感触が走る。それでも向こうはこちらに躙《にじ》り寄ってくる。まるで助けを求めるが如《ごと》くだ。それを無視して幾度も蹴り付けた。その反動で、蓮の身体は外へ滑り出ていく。

全身が籠から出たとき、左右から扉が閉じ始めた。

その隙間を掻い潜《くぐ》るように、山崎が四つん這いで飛び出してくる。彼の上半身が乗り口の枠から出たそのとき、頭上で巨大な風船が破裂するような異音が轟《とどろ》いた。

鼓膜を破かんばかりの金属音と共に、エレベーターの籠が落ちた。

ぽお、ごお——奇妙な音とも声ともいえないようなものが聞こえた。

完全に開いたスライド扉の向こうに、巻上機が見えた。

籠の天井が山崎の腰辺りにのし掛かっている。

彼は、落下した籠と床に挟まれていた。

すべての重さが、力が、山崎の胴体の一点に掛かっている。そのお陰か、籠本体はそこで止まっていた。が、全体が軋《きし》みながらジワリジワリと下がっていく。

いつの間にか、牛のマスクはなくなっていた。山崎は両手の爪を床に立て、必死に脱出しようともがいている。しかし、どこにも引っ掛かりがない。掌《てのひら》は表面を滑る。

どこからともなく、複数の甲高い声が響いた。子供の声だった。その姿はどこにもない。

子供たちの声は「タスケテ」「イタイヨ」「ドウシテ」「イヤダ」と繰り返す。

いやだ、いや、こんな、おい、いや、血塗れの顔で短い言葉を繰り返しながら、山崎は床を拭くように腕を左右に動かした。

ガクンと音を立て、籠が少し下がった。山崎の腰の辺りから、何十本も束ねた太いゴム紐《ひも》をカッターナイフでジワジワと切るような音が聞こえた。

「やま、ざ、き、さん」

掠《かす》れた呼びかけに、山崎は顔を上げた。顔全体が赤黒く膨らみ、眼球が零《こぼ》れてしまうのではないかというくらい、目を見開いていた。両の黒目が蓮を捉える。

ぽん、と何かが破裂するような高い音がして、異臭が漂い出す。糞尿《ふんにょう》の悪臭と溝《どぶ》の汚臭と、鉄の臭いが混じり合っていた。

山崎は蓮を指さすと、大きく口を開けた。そして、一回だけ深く息を吐いた。

それが合図になったように、籠が落ちた。

落雷のような大音響が響き渡る。蓮は無意識に両手で耳を覆った。僅《わず》かに間を置き、悪臭を帯びた風が顔を打つ。一瞬だけ閉じた目を、慌てて開いた。

目の前には、上半身だけになって動かなくなった山崎と、赤く染まった透明チューブの壁面があった。

そこに蓮は見た——無数の白い小さな手が、踊り狂うように蠢《うごめ》いているのを。

第二十三章　無念　――香月 蓮

富山の空は、午後から大荒れになった。

まだ日も暮れていないというのに、辺りは薄暗くなっている。

豪雨の中、雲の隙間を縫うように横走りする雷を蓮は見上げた。雷鳴が轟《とどろ》く度に、エレベーターの落下音と、山崎の最期を思い出す。

魚津駅ホームのベンチに蓮、奏音、将太の三人は座っていた。屋根のお陰で辛《かろ》うじて雨を避けられている。

蓮と奏音の手には、山崎のところから回収した荷物が提げられていた。

時折吹く強い風で巻き上げられた雨が、三人を濡《ぬ》らす。皆、黙りこくっていた。

「……あのさ」

沈黙に耐えられなくなったかのように、将太が口を開く。目を向けると、彼は蓮から顔を逸《そ》らしつつ、続けた。

「詩音がおらんくなった後、一緒におった子たちが死んでんだ」

青天の霹靂《へきれき》とはこのことだ。昨日の時点で、将太はひと言も教えてくれなかった。

蓮は訊《き》き返した。

「え、あの動画の？」

将太が頷《うなず》く。

「なんで今までそんな大事なこと、黙ってたんだよ」

「皆、気味悪がって……。その話、しようとせんがや。俺らのクラスメートも、大人も。都合悪いことだから、なかったみたいに」

「は？　どうしてだ？」

当然の疑問に、将太は絞り出すような声で答えた。

「ミツキは詩音が消えた翌日、牛首トンネル出口で車に跳ねられた。その後、アキナも飛び降りた——坪野鉱泉から」

ミツキの死はローカルニュースで、〈全身を強く打ち死亡。状況から自殺の可能性もある〉と報道された。

アキナの方は、たまたま坪野へ物見遊山でやってきたオカルトマニアが発見したという。噂《うわさ》では、頭部が原形を留めないほど潰れていたらしい。

蓮は、宮島隧道——牛首トンネルでの出来事と、山崎の見た、繰り返し飛び降りる女子高生のことを思い出した。

「なあ、何でソイツら死んだんだよ」

将太は首を振った。

「分からない」

「分からねぇのかよ」

「ああ。分からない。しかし、こんな噂がある」

将太曰《いわ》く、アキナとミツキは自宅からかなり離れた場所で死んだが、そこまでどうやって移動したのか、未《いま》だ不明である。通学の足にしていた原付バイクは学校横の空《あ》き地で発見されており、鍵が差しっぱなしだった。

また、アキナは動画配信の後から連絡が取れなくなっていた。だが、何人かの目撃情報があった。繁華街にいた、蜃気楼《しんきろう》が見える場所に佇《たたず》んでいた。坪野鉱泉へ繋《つな》がる道の叢《くさむら》でボンヤリ俯《うつむ》いて立っていた——等だ。時期的に、すべて自殺後のタイミングだったらしい。

また、発見された坪野鉱泉の現場では、落下後のアキナがその場から動いていた形跡があったため、即死ではなかったのではないかと推測されている。加えて、落下地点が建物から僅《わず》かに離れており、激しく突き飛ばされたか、投げ落とされたかしたのではないか、他殺ではないかという疑いも持たれていた。

「何だよ、それ」

「だから、噂だよ」

蓮と将太の会話に、奏音も加わってくる。

「今んとこミツキは事故か自殺、アキナは自殺や、って。けど状況が状況だろ？ でも、アイツらを事故と自殺にするため、都合の悪いことから口を噤《つぐ》んでしまった。何か面倒くさいみたいや」

「警察はなんて？」

将太が蓮を見つめた。少し戸惑うように、口を開く。

「なあ。今朝、お前も見ただろう？ 山崎さんの……」

厭《いや》なことを思い出させられる。山崎の異常な行動と、突然に現れたあの牛のマスク。子供の声。そして、胴体がエレベーターで切断された後、透明なチューブ状のエレベーターシャフトの向こうに──。思わず身震いをしてしまう。

「全部、偶然って言えるか？」

将太の指摘を、蓮は否定出来ない。富山県にきてから、いや、それ以前から説明しがたい異様な出来事が頻発している。それもこの話に関わった人間に、だ。

再び沈黙が訪れた。強い雨音と風の音、遠い雷鳴しか聞こえない。

消え入りそうな声で、将太が弱音を吐く。

「……もしかしたら、もう、詩音も」

「そんなこと、ない！ どうしてそんなこと言うの！」

激昂《げっこう》する奏音に、将太も強い口調で言い返す。

「俺だって考えたくないけど！」

二人のやりとりを耳にしながら、蓮はある答えに行き着いていた。

「……違うよ」

蓮の声に、二人が同時に振り向く。

「詩音だ」

言葉の意味を察したのか、奏音が目を剝《む》いた。こんな反応になるのは分かっていたが、もう止められない。

「みんな、彼女の……詩音の呪いで」

将太が蓮の胸倉を摑《つか》み、怒鳴りつける。奏音も叫んだ。

「やめろ！」

「違う！　詩音じゃない！」

空が光った。激しい落雷の音が空気を震わせる。だが、誰も反応しない。三人の間に生じた葛藤を、雷如《ごと》きが止められようはずもなかった。

「……詩音じゃ、ない」

絞り出すような奏音の否定が心に痛い。だが、言わなければならない。蓮は胸ぐらを摑まれたまま反論を口にした。

「だって、お前ら言ってたじゃないか」

蓮が山崎の断末魔を目《ま》の当たりにしている頃、一階ホールでも異変が起こっていた。

ひとつは、奏音のスマートフォンの音声アシスタントが勝手に起動し、〈ヨリシロ〉について大音量で流れ始めた、と聞いた。

もうひとつは、山崎から噴き出した血が透明のエレベーターシャフト内に広がったとき、その近くの空中に牛のマスクを被《かぶ》った女が立っていたのを、奏音は目撃している。

以前にも起きた音声アシスタントの話や白い腕についても奏音から聞いている。牛のマスクの女の話も、だ。そして動画配信をした二人と山崎は死んでいる。

加えて、未だ詩音だけが行方不明のままだ。

すべての禍々《まがまが》しい出来事はこの詩音を中心に起こっているとしか思えない。

「それは……」

奏音は口籠《くちご》もり、目を伏せる。何か言いたげに口を動かしては、すぐに止めてしまう。

「それは？　言いたいことがあるなら言えよ」

蓮は追及の手を緩めなかった。

「……もう、やめろよ」

心底情けないと言った表情で、将太は蓮から手を離した。奏音は奏音で、項垂《うなだ》れたまま黙っている。

「——奏音。もう、東京帰ろうぜ」

蓮の申し出に奏音は顔を上げた。その目は、信じられないものを見るようだ。

「このままじゃ、ヤバいって！　俺らも」

奏音も将太も何も応《こた》えない。また、雷が鳴った。

「関わんねぇほうがいいんだって。そりゃ、奏音に似ているとかで動画を見せたのは俺だけどさ……。な？」

将太に同意を求めたが、相手は視線を逸らし何も言わない。

「将太には悪いけど……。行こうぜ、奏音」

歩き出しながら、スマートフォンで高速バスの時刻表と路線を調べる。

「ほら、ここから高岡《たかおか》駅行って、高速バス乗って。時間的にもバッチリだからさ。ま、乗り換えあるっぽいから面倒だけど。奏音の親たちには、後で連絡してさ」

振り向くと、奏音は背を向けたまま首を振った。将太もまた、奏音の傍《そば》から離れない。

「……そっか」

蓮はスマートフォンをしまい、そこから離れた。

雨を巻き上げながら、蓮と二人の間を風が吹き抜ける。雷の音が遠くで鳴った。

ホームに電車到着のアナウンスが流れた。

高速バスは、とうに消灯時間を過ぎていた。

さっきまで続いていた強い雨はやみ、タイヤは乾いた音に変わっている。

カーテン越しにいくつもの寝息が響く。

先頭に近い窓際の席で蓮は眠ることが出来ずにいた。気が昂《たかぶ》っているせいだ。

朝のエレベーター事故の一件について警察で事情を訊かれた。防犯カメラの映像に山崎の顔面を蓮が何度も蹴り付けるところが映っていたからだ。映像の山崎は普通の顔のままで、牛のマスクはどこにも映っていなかった。だから、どう見てもただの喧嘩《けんか》、いや暴行のワンシーンでしかない。牛のマスクと白い手の群れにはまったく触れず、後は言い訳に終始した。待ち合わせをしていた相手の山崎が突然摑み掛かってきたため、驚いて尻餅をついた。それでも何かされそうだったから、逃げようとして、足をばたつかせたら当たった、と。

結果、お咎《とが》めなしとなった。その理由のひとつに、山崎の正体が関係していた。警察からすれば、東京からきた学生の方を、信用に足る無辜《むこ》の人間だと判断したのだ。

（いい人だと思ったんだけど）

山崎がどんな職種の人間だったかは、奏音たちには黙っておいた。このことは自分の胸にしまっておくのが一番いい。これ以上、彼女たちの心労の種を増やすべきではないだろう。幸い、奏音と将太は蓮の同行者程度の扱いであり、警察の目は向かなかった。

(……奏音)

ふとスマートフォンを確認する。午前零時を大きく回っていた。奏音から連絡はない。

(アイツ、震えてたな)

スマートフォンをポケットに戻しながら、蓮は思い出す。

帰ろうと言ったとき、こちらに向いた奏音の背中が、小刻みに揺れていた。彼女もこの事件から降りたかったのかもしれない。それでも、妹の生存を信じて困難に立ち向かおうとしている。

(何が、相手が幸せならいい、だ)

自己嫌悪に陥る。好きな女すら護《まも》れず、逃げ帰る自分は口だけで無価値な人間だ。だから、誰かに断罪してもらいたい。

(殺してくれねぇかな)

蓮は心の中で呟《つぶや》いた。が、しかし、とも思う。

奏音には母親がいた。妹だって生きているかもしれない。母親が死に、父親からの情も受けられない自分とは違う。勘違いから勝手に奏音にシンパシーを感じ、そして惹《ひ》かれた。

そうなのだ。奏音と自分は根本的に違う。ならば、こうして離れて関係を絶ってやるのが正しいのではないか。それが、彼女にとって幸せに繋がるのではないか。

（どっちにしろ、俺は要《い》らねぇ奴だ。――やっぱ誰か殺してくれねぇかな）

苦笑いを浮かべつつ、蓮は自身の死を願う。

（今、俺が死んだって、奏音のことだから泣かないんだろうな。アイツ、ポーカーフェイスを気取るとこ、あるから）

でも、その後は、蓮の死を延々と引きずって生きていくだろう。そういうタイプだ。だが、それは本意ではない。彼女の人生から退場を決めたのなら、死んだらいけない。ただの同級生になり、徐々にフェードアウトするのがいい。無関係な人間同士になるために。

自嘲しながら、蓮は窓のカーテンを半分開ける。

息が止まりそうになった。

自分の顔をまさぐる。ちゃんと普通の皮膚の感触だった。ほっと息を吐く。

暗い窓硝子《ガラス》に映った自分の顔が、一瞬牛になったように見えたのだ。死ぬ直前の山崎のように。しかし、単なる見間違えだったようだ。

山崎の最期を目の当たりにしたことが原因かもしれない。情けない自分に笑いが漏れそうになり、次に目頭が熱くなった。

「……奏音」

囁《ささや》くようにその名が口から零《こぼ》れる。未練が勝っているのか。やはり、自分から連絡をしてみるべきかもしれない。

（これが最後の連絡だ。これで駄目なら――）

もう一度スマートフォンを取り出そうとポケットに手を突っ込んだとき、全身の産毛が逆立った。

視線だ。それも強烈な。背もたれの向こうから、明らかに誰かがこちらを見ている。それもきわめて悪意がこもっている。

先手必勝とばかりに立ち上がり、振り返った。

後ろのシートは空席だった。

考えてみれば、乗り込んでから今まで、この席に座った乗客はいない。

（何だよ、気のせいかよ）

ほっと息を吐き、座面に腰を下ろす。額に脂汗が滲《にじ》んでいた。手の甲で拭っていると、やけに車内が静かなことに気がついた。寝息どころか、衣擦《きぬず》れひとつ聞こえない。

恐る恐る立ち上がり、もう一度後ろを振り返った。

ぐっと喉が鳴った。

薄暗い車内の、すべての座席カーテンが開いていた。

二人がけのシートのほとんどが埋まっている。そして、その全員が立っていた。

ボンヤリと佇むその顔は、隣同士、同じ顔をしていた。双子だらけだった。

連中に表情はない。無感情な目で、蓮を見つめている。

（あり得ねぇ）

バスに乗り込むとき、乗車してくる客を何気なく眺めた。

若い男や女、親子連れ、男女のグループだけで、双子なんていなかった。当然、途中乗車してきた連中にも、だ。

双子たちは薄暗がりに青白く浮き上がり、微動だにしない。

叫び出したい。だが、声を漏らしたら、こいつらが襲いかかってくるのではないか。

瞬《まばた》きも身動きも出来ず、ただ立ち尽くす。

双子たちの視線は、蓮を捉えて離さない。

冷たい汗が流れ、次第に足から力が抜けていく。

駄目だ、立て、堪《こら》えろ、蓮は自身を叱咤《しった》するが、無駄な抵抗だった。

膝から崩れ落ちるように、自分のシートと前の席の背もたれの隙間へ挟まるようにへたり込んだ。

顔を上げると、今まで座っていたシートの二つ並んだ背もたれその真ん中の継ぎ目から、白く細い何かがヌルリと出てくるところだった。

最初、大きな昆虫の幼虫かと思った。だが、すぐに違うと分かった。

虫ではなく、指だ。

ほっそりした指は蠕動《ぜんどう》を繰り返しながら、徐々にこちらへ向けて伸びてくる。何本あるのか。少なくとも、六本以上出てきている。指の次は掌《てのひら》全体が二つ現れた。五本指すべて揃《そろ》っている。その次は手首まで、手首の次は——。

姿を現した病的に細い二本の腕。それが蠢《うごめ》く様は、歓喜に踊り狂っているようだ。

皮膚のところどころに赤いものが散っている。血か。

その両手が、身動きの出来ない蓮の頬を愛《いと》おしそうに触れる。

厭な冷たさの指先と掌が、体温を奪っていく。鼻先に、獣臭と溝川《どぶがわ》の腐臭、鉄の臭いが綯《な》い交《ま》ぜになったような悪臭が漂った。

気がつくと、背もたれの上から何かが覗《のぞ》き込んでいた。

腕はそれから生えていた。

それは伸び上がるようにシートを越えて、蓮の鼻先まで迫ってくる。片方の手を首筋に、もう片方を蓮の胸元に差し入れてきた。さらに体温が奪われていく。

（こいつ——は）

牛のマスクをしていた。前のはだけた蝶《ちょう》柄の着物から覗く身体は、女のものだった。

マスクに開いた穴から覗く目が、弓のように細くなっていく。

なりふり構わず助けを呼ぼうとしたそのとき、白く小さな無数の手が波のように周囲から押し寄せた。蓮の頭、顔、喉、肩、腕、身体、足……すべてが容赦なく押し潰されていく。

誰かが自分を呼ぶ声が聞こえたような気がした。幼い少女のような響きがあった。だが、その正体は分からない。

大切な人の顔が脳裏に浮かんだ。

「――か、の」

最後の部分が、声にならない。必死に手を伸ばす。何かが掌に触れた。堅い物だった。

蓮のすべては、縋《すが》るように蠢く手の渦に飲まれていった。

第二十四章　連絡　――雨宮 奏音

煌々《こうこう》と明かりが灯《とも》っていても、独りの部屋にはうら寂しさがある。
奏音は見るともなく周りに視線を巡らせた。
詩音の部屋は居心地が良い。でも、どこか落ち着かない。
ベッドに座り直し、スマートフォンの画面を見る。午前零時を大きく回っていた。
数度タップし、さっき録音した祖母の歌を再生する。

どこのこ　かのこ　くだんのこ
むっつかぞえの　ななつまえ
ゆんべの　あのこは　どこへやら
まっくらやみの　どですかでん
おもかげ　ふたつ　かげほうし

どこのこ　かのこ　くだんのこ

　むっつかぞえの　ななつまえ
　ゆんべの　あのこは　いずこやら
　まっくらやみの　どですかでん
　わいのせ　おもうて　かなうまい

　どこのこ　かのこ　くだんのこ
　まいど　かぞえは　おなじとし
　いまも　あのこは　むねがうち……

　祖母に歌ってもらったものを録《と》った。

　蓮を見送り、将太と別れた後だから、夕方に近い時間だ。

　祖父に見咎《とが》められそうで、こっそり祖母の部屋に忍び込んだ。

　もちろん都合良く歌ってくれるはずもなく、考えた末、奏音が鼻歌でメロディを歌うと、祖母は反応した。続けるとフルコーラスで歌ってくれる。だから、この録音データは二テイク目以降のものになる。

　哀愁を帯びたメロディに頭《こうべ》を垂れ、目を閉じる。瞼《まぶた》の裏に軽い痛みが広がった。

（……蓮）

自分も東京へ帰りたかった。普通の生活に戻りたかった。

でも、自分は知ってしまった。もう後戻りは出来ない。だから、何も打ち明けずに見送った。それが彼にとって最善だと思ったからだ。奇子のことを聞かせたら、そこに縁が生じ、きっと彼にも累が及ぶ。でも――。

再生が終わった。目を開け、スマートフォンの画面を見つめるが、着信はない。

「連絡くらいしろよ、馬鹿……」

いつもはしつこいくらい連絡してくるのに、あれからメッセージひとつも送ってこない。

奏音は通信アプリを立ち上げた。入力欄に〈れんらく〉の〈れん〉と入れると、予測変換の五番目くらいに〈蓮〉と出た。その文字を目にした瞬間、アプリを消す。やはり彼はこの件に関わったらいけない。そう思った。

ベッドに横になる。蛍光灯の光が目に染みるような気がした。避けるように、左へ寝返りを打つ。あの日の牛のマスクを被《かぶ》った女――多分、奇子――のことを思い出した。あのときは背中側に寄り添うように現れた。

奏音はそっと右手を背の方へ伸ばした。もちろん、何もいない。手は空を摑《つか》むばかりだ。

身体を起こし、振り返る。ベッドの上には自分以外誰もいない。

何気なく机の上の時計に目を向ける。

(今頃、バスで眠ってるんだろうな)

富山へくるときの、彼の寝顔を思い出した。

ゲーム機をまた落としかけているのではないか。周りの客に迷惑を掛けているのではないか。苦笑いを浮かべたとき、突然、胸騒ぎがした。訳が分からないが、厭《いや》な予感が膨らんでくる。

奏音はスマートフォンをぎゅっと握りしめた。

第二十五章　暗闇　――或る少女

――目を開けているのか、閉じているのか分からない。

地面に座っているはずだが、もしかしたら横に倒れているのかもしれない。僅《わず》かな光もない真の闇は、平衡感覚を根こそぎ奪っていく。

少女は指先や掌《てのひら》、足で地面を確かめる。瞼《まぶた》は開いている。それでも何も見えない。地面はちゃんとお尻の下にある。きちんと座れている。

ここは穴の底だ。

気がつくとこんな場所に倒れていた。当然、光源など無く、自分の手足すら見えない。

スマートフォンの存在を思い出し、身体を探る。馴染《なじ》みの堅い感触があった。必死に取り出し、確認すると圏外になっていた。電話もメールも不可能な現実を突きつけられる。

そのとき、液晶の光に何かが浮かび上がった。周りに何かある。ライトを起動し、周囲を照らしてみた。まず目に入ったのは牛の頭が載った恐ろしげな仏像の姿だ。周囲の岩肌には正体不明の御札が乱雑に貼られていた。

光を下に向けると、太い筍《たけのこ》のような石が何本もそそり立っている。

石筍《せきじゅん》、だろうか。洞窟などで上から垂れた水分が積み重なってできる、一種の鍾乳石《しょうにゅうせき》だ。腰の高さくらいまで育っている。

その合間に数えきれないほどの草履《ぞうり》と着物が散乱していた。どれもサイズが小さい。ボロボロで柄の分からない物と、蝶《ちょう》柄の新しい物が混在している。

着物の下には白骨と、骨になりきれていない肉の残った残骸が無数にあった。動物のものだと思いたかったが、どう見ても頭蓋骨は人間のものだった。それも、多分、子供。

惨《むご》たらしい遺骸の上を、数々の虫が蠢《うごめ》いている。蛆《うじ》。百足《むかで》。見知らぬ長い身体のもの。

全身が震えた。本当に恐ろしいときは、声すら出ない。思わず乾いた嗤《わら》いが漏れる。感情と行動の乖離《かいり》だ。視界から遺骸を消そうとライトを上へ向けた。

かなり上方に何かがボンヤリ見える。

目を凝らすと、ドラム缶よりひと回りか二回り大きい円形の穴が開いていた、
これで縦穴になった洞窟の底に自分がいることが分かった。いや、洞窟というより、鍾乳洞の底にいると言った方が良いだろう。

脱出出来ないか調べて見たが、横穴のような物はどこにもない。出入りは上にある穴からしか出来ないようだ。当然梯子《はしご》の類いも存在せず、壁面にも手がかり、足がかりになるようなものは見当たらない。脱出する方法は皆無と言えた。

大声を上げてみた。誰からも応《こた》えはなかった。

（落ち着かっしゃい。絶対、諦めん。きっと何とかなる）

　少女はライトを消した。この先、通信が可能となり、自分を探す誰かから着信があるかもしれない。先ほど確認したところ、バッテリーの残量はあと僅かだった。だから、無駄遣いはできない。スマートフォンをポケットに大事にしまった。

　しかし、暗がりに居続けると、スマートフォンの画面の光ですら目を刺す刺激になる。眼球の奥に痛みすら感じるほどだ。それに、消した後は余計に闇を濃く感じた。

　時折、水滴が落ちる音や、下を這《は》い回る何かの音を聞いた。耳の感覚が通常より鋭くなっているようだ。代わりに鼻は鈍くなっている。最初こそ獣臭と生ゴミ臭、アンモニアのような臭気が混じり合った悪臭のせいで、鼻がもげそうだと思ったが、今はあまり気にならない。人間の五感のうち、鼻は真っ先に慣れるのだと初めて理解した。

　それより怖いのは有毒物が発生していないかと言うことだ。鶏処理場で、鶏の頭部や内臓や骨など廃棄部分が入ったタンク内に硫化水素が発生し、作業員が中毒死した事例をニュースで見たことがある。

　ここはその条件が揃《そろ》っていた。遺体と縦穴、だ。

　現状、それらしき症状は出ていないので、もしかするとある程度空気の流れが生じているのか。

（あれから、何日も経《た》っちゃってる）

スマートフォンの日付で分かる。

長い時間、独りでいると碌《ろく》でもないことしか頭に浮かばない。思考がネガティヴな方向へ偏《かたよ》ってしまう。

家族のことを想う。友人たちのことも思い出す。誰もこない。連絡も来ない。携帯の圏外は続き、助けを呼ぶ手立てもない。考えてみれば、食事も水も摂《と》っていなかった。ポケットにあった僅かなキャンディとガムはすでに食べ尽くした。それでも手足は動く。

ふと気づく。こんな異常な環境でまともな思考が出来ていることなどあり得ない。もしかしたら心が麻痺《まひ》しているのか。それとも、もうとっくに自分は壊れているのだろうか。

自問自答してみるが、答えは見つからない。

そのとき、小枝を踏み折るような音が聞こえた。

（また、きた）

真っ暗闇に薄青い光が浮かぶ。

ぼんやり発光する女が立っている。

蝶柄の着物を身に着けているが、サイズが合っていない。細身の帯で無理矢理合わせているので、胸元やほっそりとした腕と足の大半が丸見えになっていた。だから、性別が分かる。顔は、泥か何かでドロドロに汚れた長い黒髪で隠れている。

女はこちらに目もくれず、しゃがみ込み、地面を漁った。

何かを持ち上げ、口に運ぶ。その度にキャンディを噛《か》みくだくような音が繰り返された。同時に生ゴミやアンモニアの臭いが強くなり、慣れたはずの嗅覚を責め苛《さいな》む。鼻全体に、ドッジボールが直撃したような痛みすら感じた。

（また食べてる）

子供の骨を、肉の残骸を貪っているのだ。旨《うま》そうに喉と舌を鳴らしながら、執拗にしゃぶり尽くすように。

見たくも聞きたくもない。目を固く閉じ、両耳を塞ぎ、蹲《うずくま》る。

女は幾度かこの穴の底へ現れた。その度にこちらを無視して骨と肉を食《は》んだ。その間、一度もこちらを向くことはない。そして食べ終えると消える。

だからその度にやり過ごせば良かった。だが、今回は違った。

周囲を歩き回る気配があった。

（いる）

あの女が周囲を歩き回っている。骨を踏み折る音や、何かを爪先で蹴り飛ばしているような音が、微《かす》かに伝わってくる。

突然、目から熱いものが流れ始めた。それが涙だと分かるまで、少しだけ時間がかかった。殺していたはずの感情が、ここにきて動き出した。

（厭《いや》だ。厭だ。いやだ。いやだ……）

声に出さず、延々繰り返す。

拒絶の空気が伝わったのか、気配がやんだ。いつものように消えたのか。

そっと顔を上げる。暗闇が戻ってきている。

ほうと息を吐いたとき、襟元が下へ向かって引かれた感触があった。

視線を下へ向けた。

青白く仄《ほの》かに光る両腕があった。腕はこちらの身体を後ろから抱きしめるように、前に回されていた。

その指先が、襟に通されたリボンタイの端を摘まみ、ジワジワと下へ引っ張っている。

結び目が解《ほど》けた。するりと抜かれたタイは、腕と共に後ろへ消えていく。

振り向けない。

今度は、両方の肩口の後ろから腕が出てくる。

慈しむように肩や首筋をひとしきり撫《な》で回した後、再び音も立てずに引っ込んだ。

そして、左の耳元で何ごとか囁《ささや》かれた。

咄嗟《とっさ》にそちらを見てしまう。

長い黒髪の、女の顔がそこにあった。

洞《うろ》のような暗い目が、弓のように細くなった。

第二十六章　蓮華　――雨宮 奏音

白い部屋に線香の煙が揺れた。

線香の香りは消毒液の匂いと混じり合って、現実味を薄れさせている。

部屋の奥に、白い布が掛けられた安置台が置いてあった。

奏音はボンヤリと目の前の光景を眺めている。

今、富山県警が指定した病院の遺体安置室にいる。傍《そば》に将太が付き添っており、物憂げな目を白いシーツの掛かった人型のものに向けていた。

朝早くに富山県警から連絡が入った。

蓮の死を告げるものだった。

彼は、高岡駅近くのグラウンドの叢《くさむら》に倒れていたところを、午前二時過ぎに発見された。すでに息が止まっていたが、外傷はなかった。

高速バスの乗車を予定していたが、結局乗っていなかったらしい。遺体発見現場のグラウンドは高速バス乗り場から僅《わず》かに離れた場所だった。

警察曰《いわ》く――。

「香月蓮さんの自宅へ連絡を取ってみたが、父親からはすぐにこられないと返答があった」

「彼の荷物から富山県内で起きたエレベーター事故の関係者と断定した」

「香月蓮さんの旅行同行者である雨宮奏音さん、あなたの名もそこにあった。彼のスマートフォンに連絡先があったので、失礼だが電話をさせてもらった」

　連絡の目的は「遺体が香月蓮本人か、確認して欲しい」だったが、彼の死に奏音が関わっているのではないかという疑念を抱いているのは明白だった。

　疑い云々《うんぬん》より、遺体の確認を友人にさせる場合もあるのか、と奏音は驚いた。どこか他人事のように考えてしまっていた。これは現実ではないと心が拒否しているようだ。

（東京、帰ったんじゃなかったの？）

　安置台に奏音は近づいていく。

　蓮。どういうことなのだろう。どうしてこんなことになったのだろう。

　白いシーツに手を掛けた。左右から誰かに取り押さえられる。監察医、と名乗った白衣の男性と将太だった。

「もうやめっしゃい！　さっき、見たろ！」

　捲《めく》れたシーツの下から、蓮の上半身が覗《のぞ》く。

　血の気のない白い肌のせいか、いつもとは別人に見えた。

　でも、やっぱり蓮だった。何度見ても、変わり果てた姿の彼がそこに横たわっている。

ところどころに千切れた草がへばり付いていた。夜露なのか、それとも昨日の豪雨のせいなのか、服もぐっしょり濡《ぬ》れている。へばり付く汚泥が、臭いを放っていた。

（泥）

初めて会った頃、蓮はこんな自己紹介をしていた。

『俺、蓮って言うんだ、ハス……いや、蓮華《れんげ》の蓮』

軽薄そうな見た目と違って、綺麗《きれい》な名前だと思った。同時にある諺《ことわざ》も思い出した。

泥中《でいちゅう》の蓮《はす》。汚れた環境にいても、それに染まらず清く正しく生きること。

蓮はそんな人だったような気がする。不真面目だけど、いつも明るくて、人を笑顔にさせて。

でも、それが本質だったのか。本当の顔だったのか。

彼が立てる音は、どこか落ち着かない。乱れたビートのまま、不躾《ぶしつけ》にこちらのテリトリーへ踏み込んできて、あっという間に居座ってきそうな——。

考えてみれば、自分は蓮のことは何も知らない。知ろうとしなかった。

冷たい床の上に、膝から崩れ落ちた。自分のものとは思えない嘆きの声が周囲に満ちていく。奏音の肩を抱きながら、将太が監察医に訊《き》いた。

「あの、何があったんですか？　死因は？」

監察医は首を振った。

「まだ分かりません。検死もまだです。事件性の有無などもこれからです。多分、御遺体をお返しするのには時間が掛かります」

奏音は安置台を見上げた。溢《あふ》れる涙で歪《ゆが》む視界に何かが映る。

蓮の左手に何かが握られていた。さっき見たときはなかったものだ。監察医たちの目を盗み、そっとそれに手を伸ばす。

奏音の指先が蓮の手に触れたとき、するりと中身が転がった。まるで『お前にこれを渡すよ』と言わんばかりだった。慌てて摑《つか》むと、石のような感触がある。咄嗟《とっさ》に服で隠した。

「申し訳ないが、一旦出てもらえますか？」

監察医が奏音たちに退出を促した。彼は何も気づいていないようだった。


病院の外に出ると、薄曇りの空の下で父親が待っている。

「一度、三澄の家に戻ろう。将太君も」

奏音はレンタカーの後部座席へ座る。隣には将太が乗り込んだが、ずっと窓の外へ顔を向けていた。病院が見えなくなったところで、蓮の手から零《こぼ》れ落ちた物をそっと取り出す。

周りから見えないようにして、それが何かを密《ひそ》かに確かめる。

最初、丸い石に少し幅広い紐《ひも》が巻かれているだけの物に見えた。視線を感じて顔を上げると、ルームミラー越しに運転席の父親と目が合う。訝《いぶか》しげな目に思わず石を隠した。

家の近くにきたとき、奏音は父親に車を止めてもらった。少し気持ちの整理をしたい、歩きたいと頼んだのだ。

案じるような父親に気づいた将太が、自分も一緒にいます、きちんと家まで送り届けます、と約束した。父親は小さく安堵《あんど》の表情を浮かべ、二人を送り出してくれた。

木々の間を走り去る車を見送り、奏音は将太を振り返る。

「丁度良かった」

「え？　どうして？」

例の石を取り出す。

外の光で見て分かった。小さなお地蔵様の首だった。ただし、左右に角が彫り込まれている。奏音には見覚えがあった。

見せられた情景の中で、奇子が持っていた物だ。

だが、この紐は無かったように思う。赤い色のリボンのようで、無造作に巻いてある。見ようによっては何かを封じているようでもあった。

首を傾《かし》げている将太の鼻先に、奏音は改めて石を突き出す。

「これ、蓮が持ってた」

将太は眉根を寄せた。

「さっき、取ってきた」

「……え？ 持ってきてしもたんかい？」

事態を飲み込み狼狽《うろた》えている将太に石を手渡す。彼は矯《た》めつ眇《すが》めつ眺めだした。途中、はっと何かに気づいたような表情に変わる。

「……これ、詩音のだ」

「え？ 何が？」

「ほら」

将太は石に巻かれた紐の端を差し出す。そこには小さなタグが付けられていた。音符と蝶《ちょう》の意匠が入っている。

「制服のリボンタイなんやけどさ、詩音はこっそりカスタマイズしとったんだ」

奇子の持っていた地蔵の首。それに巻かれた詩音のリボンタイ。その二つが命を落とした蓮の手にあった。

奏音の中で、何かが繋《つな》がろうとしている。だが、上手《うま》く考えがまとまらない。

奇子が祀《まつ》りで取り違えられたのは、今から七十年ほど前だ。そのとき、落ちたお地蔵様の首は奇子が持ったままになった。そして首に詩音のリボンタイが巻かれた物を、不審な死を遂げた蓮が所持しており、それを奏音が持ち出してきた。

では、この首はどこの地蔵のものか。いや、どの地蔵のものか。

（だとすれば）

奏音は将太を見据えた。

「将太君。これから話すこと、ちょっと聞いてくれる？」

奏音の真剣な面持《おもも》ちに、彼は黙って頷《うなず》いた。


「奇子さん。穴に棄《す》てられたって……？」

「うん。今話したように、全部が繋がっていると思う」

奏音は将太に、三澄家のこと、集落のこと、富山にくる前から今に至るまで自身が体験したこと、坪野鉱泉の出来事を包み隠さず打ち明けた。最初はあまり信じていない顔を浮かべていたが、最終的には彼の顔から血の気が引いていた。強い衝撃を受けたことが伝わってくる。

「きっと蓮は奇子さんに……」

本当はこんな言葉を口にしたくない。だが、これ以外説明する言葉が見つからない。

「殺されたんだと思う。山崎さんも」

詩音の仕業ではない。奏音はもう一度、将太に地蔵の首を突き出した。

「蓮は奇子さんの持っていたお地蔵様の首を持っていた。そして、そこに詩音のリボンタイが巻かれていた。山崎さんが亡くなったとき、私は空中に牛のマスクをした人を見ている。それは詩音ではない……」

将太は黙っている。肯定とも否定とも取れない表情だ。

「詩音は、奇子さんと一緒にいるのかも。奇子さん自身、生きた存在か、違う存在か分からないけれど」

短絡的な想像で、支離滅裂な話だと自分でも思う。

しかし、これまでの事を思い返せば、すべては奇子に集約していく。

将太は自嘲気味に呟《つぶや》く。

「いや、まさか」

奏音は一歩も引かない。もう、決めたのだ。これから何をするのかを。

「前、将太君も言ってたよね。クラスメートも、大人も、都合悪いことだからなかったみたいにした、って。なら、分かるよね?」

将太は詩音のリボンタイを握りしめた。

第二十七章　石首　――雨宮 奏音

三澄の家の玄関は、薄暗く、いやにひんやりしていた。

「……これを、どこで？」

地蔵の首を手にした祖父が唸《うな》る。やはり何かある。すかさず奏音は追求していく。

「知ってるんだ……？」

祖父は少し口籠もった後、諦めたように口を開いた。

「集落の峠にあった……地蔵のやろう。どうしてこんなものが」

「他に似た場所はないの？」

「ない。少のうとも俺が知る限り、俺らがおった集落の峠でしか見たことはない」

集落。すべての始まりの地。祖父の言葉に、奏音は改めて確信を持つに至った。

問題の場所は坪野鉱泉近くだ。

だが一方で、疑問も残る。初めて坪野鉱泉へ足を運んだときに見た祠《ほこら》の地蔵の首は、両方揃《そろ》っていた。さらに記憶を辿《たど》ると、ベッドに出た女も手にしていた。今ここにある首を含め、すべてが同じ物だとすると辻褄《つじつま》が合わない。時空を飛び越えて複数が同時に存在することになる。

だが、考えていても仕方がない。

「……お祖母ちゃんにも見せてみる」

奏音の発言に将太が驚いた声を上げる。祖父は苦い顔を浮かべた。

「お祖母ちゃん、私がくるのを知ってるみたいだった。今度は、私が探してあげる番だ、って」

四歳の頃、詩音に見つけられて、この家に戻ってきた。――奇子の元から。

祖母はそれを踏まえて、そんなことを言ったに違いない。いや、何か核心に迫る事情を知っているのだろう。この首を見せたら、きっと詩音を助けるための策を教えてくれるはずだ。

「ねぇ、お祖父ちゃん」

祖父は観念したように地蔵の首を奏音へ手渡すと、とにかく二人とも上がれ、と背を向けた。


先に立って廊下を進む祖父が、背中越しに語り始める。

「……結婚を決めた後、夜だったな。こんな時間にわざわざ行かんでええやろうって言うたのに、妙子がどうしても一緒に地蔵へ挨拶に行きたいって言うんや。仕方なしに付き合った。で、俺は先に戻った」

「え？　どうして？　そんな時間にお祖母ちゃんを独り残したの？」

当然とも言うべき奏音の言葉に、祖父は低い声で答える。

「おお、あんときはどうしても俺に外せん用事があった。やさかい、明日の朝で良いやろうて言うたんだが、妙子が今日地蔵のとこ行くと、首を縦に振らなんだ。訳ちゃ知らん」

一呼吸置いて、祖父が続ける。

「俺ちゃ先に集落へ戻った。もちろんその話ちゃ、妙子にしとった。それから、えらい時間が過ぎてからアイツが帰ってきた。どうしたのか訊《き》いたが、何でもない、って繰り返す。その後、妙子が急に村を出る、て言い出してな。俺たちは駆け落ちするように村を出た。地蔵を見たのは、あれが最後や」

俺が二十歳の頃だから、もう六十年以上見ていない、と祖父が木戸を開けた。

介護ベッドで祖母が眠っている。その横に奏音は膝を突いた。

見せると言ってきたはいいが、どうすればいいのか皆目見当が付かない。目覚めさせたところでまともな反応が返ってくるのだろうか。しかし、祖母を頼りにする他ない。

（そうだ）

奏音は祖母の左手を布団から出し、自分の両手で包み込んだ。小さく薄い手だった。

そして、あの曲を歌う。祖父と将太は神妙な態度で見守っていた。

「どこのこ　かのこ……」

少し前、あのメロディを口ずさむと祖母は瞼《まぶた》を開け、一緒に歌ってくれた。もしかしたら歌が祖母を目覚めさせるキーになるのではないか。

奏音はできるだけ優しい声で歌い続ける。終わると最初に戻って、何度も繰り返した。

──いつかの　あのこは　いずこやら……。

微《かす》かな声で、祖母が歌い出す。

（やっぱり）

地蔵の首を祖母に握らせ、その上からもう一度手を重ねた。これがさらなる祖母の覚醒を促してくれないだろうか。

奏音は歌い続ける。

──まいど　かぞえは　おなじとし　いまも　あのこは……。

「まいど　かぞえは　おなじとし　いまも　あのこは……」

今度は祖母の歌声に歌を重ねていく。微かな音程のズレがうねりを伴って響く。祖母の旋律に合わせなくてはならない。修正をしながら、歌い続けた。次第に祖母と奏音の歌は一体化していく。ユニゾンに近くなっていく。

何度、同じ歌を繰り返しているだろう。しかし歌うことをやめられない。心地よさや高揚感ではない。何かに引っ張られる、引きずり込まれるような状態だ。

傍《そば》で祖父と将太がたじろぐようにして見つめているのは分かる。でも、それすら遠い場所から眺められている程度にしか思えない。

——かぞえも　とうに　わすれはて　くびはどこへぞ　なれのはて……。

「かぞえも　とうに　わすれはて　くびはどこへぞ　なれのはて……」

——もどしゃ　あえるし　まっとんしゃい。

「もどしゃ　あえるし　まっとんしゃい」

祖母の右手が伸びてきた。その手は奏音の手を上から摑《つか》む。

上半身は起きていない。顔は天井を向いたままだ。ただ、腕だけを動かしている。

同時に、祖母と奏音の全身が瘧《おこり》を起こしたように震え出す。

自身の意志を無視して痙攣《けいれん》と歌は続く。二人の歌声は細波のように広がっていく。いつしか唸るような低音と透き通った高音が混じり合っていた。どちらも奏音の、いや祖母の口からも同時に発せられている。

カルテット。四重唱のようだ。

（こ、れ、まるで、ホーミー）

飛びそうな意識の中で、奏音は思った。モンゴルの伝統歌唱法――高い音と低い音を同時に発する歌で、正しく歌わないと身体に悪影響を及ぼす喉歌《のどうた》だ。

まるで四人で歌っているようなうねりが続く。どうしてもこの歌を途切れさせられない。続けないといけない。止めたら、駄目なのだと心のどこかが叫んでいる。

――もどしゃ　あえるし　まっとんしゃい。

「もどしゃ　あえるし　まっとんしゃい」

暗い世界に意識が落ちかけたとき、強い力で腕を引かれた。

将太だった。

頭の中に白い閃光《せんこう》が走る。光の中に、あの坪野鉱泉で見た地蔵の祠と、それを拝む若い男女の姿が見えた。そして、穴の底で蹲《うずくま》る奇子も。

思わず言葉にして漏らしてしまう。

「奇子さん、穴の中に……若いお祖母ちゃんと同じくらいの格好で」

怒鳴るように祖父が否定する。

「馬鹿なッ。奇子は七つのときに」


――もどしゃ　あえるし　まっとんしゃい。


歌いながら祖母が起き上がる。そして、間髪入れずに奏音と将太の腕を強く引いた。寝たきりだった老女とは思えない力だった。咄嗟《とっさ》に、将太が奏音を祖母から引き剝がした。

二人は地蔵の首と共に後ろへ転がる――が、畳の感触も、何の抵抗もなかった。

周囲が暗転し、視界が遮られる。

後は真っ暗な空間を下方へ落ちていく感覚だけがあった。

「妙子ッ！」

遠く上の方で、祖父の声が聞こえた気がした。奏音は行く当てもなく落下していく。

厭《いや》だ。空中へ手を伸ばした。何かを掴んだが、落ちる感覚は止まらない。

第二十八章　神事　――浦田 修平

暗い峠道を、浦田修平《うらたしゅうへい》は歩いている。

懐中電灯は重く、光は頼りない。思わずため息を吐く。

(妙子ちゃ、嫁に行くか)

十七になったアイツを、実が嫁にすると聞いたのは昨日のことだ。

先頭を行く竹内博《たけうちひろし》の手には燃料式の手提げランプがあった。光量はこの電灯より多い。

竹内はすでに六十を越えた年齢のはずなのに、足下はしっかりしている。その横には高沢《たかさわ》正《ただし》が並んで歩いている。高沢は四十半ばだが、体力は若者に負けていない。

竹内が振り返って、浦田に向けて怒鳴った。

「おい、本当におかしな声がするがけ?」

黙って頷《うなず》く。最近、峠辺りで正体不明の声や歌が聞こえるらしい。

「嘘なら嘘で、後がおとろしいなぁ」

嗤《わら》い声混じりに、高沢が肩をすくめる。竹内の癇癪《かんしゃく》と報復のことを言っているのだろう。

正味の話、腹に据えかねる連中なのだが、浦田はぐっと我慢する。

（俺ちゃ三十になるまで後何年もねえ。なのに、今も嫁の来手がないのは誰のせいや？）

それもこれも竹内と高沢、この二人のせいだ。

集落の若者はどんどん外へ出ていっている。若い女は減る一方。十七になった妙子にちょっかいを掛けたが、手ひどく断られた。外に出ていた実が手を付けていたからだ。いや、それを言ったら「手など付けとらん」と否定をしていたが、本当かどうか。

しかし、嫁が欲しい。前から何度も他県へ働きに出て、そこで相手を見つけようと画策した。だが、竹内と高沢の二人に気取られて、やめさせられてばかりだ。

「村に残っている、お前の親がどうなってもいいがけ？　あと、あれをバラすぞ」と。

竹内と高沢は、集落の神事に深く関わっている。それだけ業が深い。ただ、そのお陰もあって、集落内での地位は高い。だから彼らが行う少々の非道に皆は目を瞑《つむ》る。

なぜ二人が自分を手放したくないかと言えば、答えは単純だ。便利な子分を逃したくない。ただそれだけだろう。しかし時折、彼らは口にする。

「ここの神事の後を継げるのは、修平。お前しかおらん。やさかい、出ていくな」

神事。数えの七つになる前の双子の片割れを、神に返すという名目で穴に落とし、殺す祀《まつ》り。

どこが神事なのか分からない。この昭和の時代、もし公になればきっと官憲が動く。そうなったら、この集落から何人の人間が縄に繋《つな》がれるだろうか。ところが誰も告発しない。

どうしてか？　ずっと以前に外部へ訴え出ようとした人間が家族ごといなくなった。噂《うわさ》だが、竹内や高沢が絡んでおり、見せしめとして殺したと聞いた。彼らには富山の地回りが後ろに付いているのだ。だから集落の人間は見ない振りをし、お手上げ状態だった。

否、そもそも集落のほぼ全員が、神事で残された双子の片割れだ。もちろん浦田も同じで、兄がいた。神事を経て生きているということは、誰しも同じ業を、罪を背負っているのと同義だ。考えてみると、神主も世襲であり、元は双子の生き残りである。祭祀《さいし》を取り仕切る神職ですらそうなのだから、始末に負えない。

それに今も双子は産まれ続け、それぞれが〝畜生腹〟だの〝畜生孕《ばら》み〟だの指を差し合っているのも変わらない。

双子を産み、片割れを殺し、互いを忌避し合う。そんなことが当たり前だと思っているこの集落全体こそが異常なのだ。

こんなことが厭《いや》で、集落を出ていく若い者が増えていることは明らかだ。老人やその親の中には「自分たちを見捨てるのか」と言う輩《やから》もいれば、「気にせず逃げろ」と言う人間もいる。自分の親は後者だった。だからこそ、父母を見捨てられなかった。

そういえば、竹内と高沢はそれぞれ娘に逃げられている。十五になった辺りで、外の男と駆け落ちされたのだ。消息は今も分からないらしい。

集落を出た人間は外で子を成し、真っ当な暮らしを送っているはずだ。誰からも後ろ指を指されない生活を、神事などから遠く離れて。

浦田は羨ましく思いながら、竹内と高沢の背中を交互に睨《にら》んだ。相手はそれに気づかず、声高に会話を楽しんでいる。

「けど、神事の御利益ちゃ戦争のときも灼《あらた》かやった」

「ああ、そうだそうだ。うちの集落ちゃ護《まも》られとる」

彼らが言っているのは、空襲と赤紙のことだ。

戦時中、富山市はひどい空襲に遭《あ》った。それでも集落はまったく爆撃を受けなかった。

それだけではなく、集落の男たちに赤紙——召集令状が届かなかった。

集落の人間に戸籍がない訳ではないのだから、おかしな話ではある。とは言え、まったくこなかったわけではない。まれに届く赤紙で徴兵検査に進む者もいたが、ほとんどが丙《へい》種《しゅ》以下になる。身体は頑健なのに、なぜか兵役区分の判断はいつも戦争に取られない〝国民兵役なら適する〟以下の評価だった。

このことを指して「うちの集落ちゃ護られとる」なのだろう。だが、それも少し違うような気がしていた。どちらかと言えばこれは、集落の人間を外に出さない、あるいは集落の人間を減らさず、神事を続けさせるための呪いではないのか。

浦田の想像も露知らず、竹内たちは暢気《のんき》に話を続けていた。

「けど、もう二年け」

「そうだな。長いな」

二年いう言葉で思い出した。最後の神事からすでに二年が過ぎていた。その間、たまま数えの七つになる子供がいなかったのだ。多分、来年辺りはまた三組ほどの双子が神事に参加させられる。

そのとき、数えの十七になった男衆も集められるのだろう。自分のように。

十一年前だ。浦田を含む数えの十七になった男たちは神社へ集められた。

近づいてきた集落の神事についての集まりだった。

「皆やっとる。集落のことはお前らも知っとるやろう？」

周りを見れば、納得だ。――そう。全員がずっと以前、白装束を着た側で神事の当事者だった奴らだ。

神事の参加は集落の習わし、祝い事や葬式の手伝いみたいなものだと全員が諦めていた。

浦田もそうだった。

ところが、自分だけが竹内と高沢の下に付けられ、いろいろな手伝いをやらされた。他の者より数倍は働いたと思う。

今に思うと、気弱な性格を見抜かれていたのだ。少し脅せば逆らわない下僕として見初められていたのだろう。

様々な準備を終え、神事の――祀りの当日がやってきた。

日中は華やかな祀りが行われた。

化粧をし、蝶《ちょう》柄の着物で着飾った双子の片方と、白装束の双子の片方が揃《そろ》って稚児《ちご》のように扱われ、賑々《にぎにぎ》しく進んでいく。

神事の要所要所で双子は〈くだんの歌〉を歌う。

くだんの歌は〈ふたごうた〉ともいう。集落に伝わった童歌《わらべうた》であるが、神事に深く関わったものだった。

歌の題名や文句は時代ごとに変わってきているが、旋律は変わらない。この旋律だけは変えてはならない。そんなしきたりがあった。だから、集落の人間は刷り込みに近い状態で歌を覚える。きっと老人になっても忘れないはずだ。

この歌の元になっているのは外《と》つ国《くに》の呪歌《じゅか》であるらしい。本当かどうかは知らない。

昼間の神事が終わると、そのまま祝いの席になだれ込む。集落の集会所を中心とし、飲めや歌えやの大宴会だ。

――が、その後の夜が、竹内たちの神事の始まりだった。

夜が更けると、竹内らは神主を伴い、村の集会所の周りへ集まる。

集会所は襖《ふすま》などを嵌《は》めればいくつかの部屋に分けられる造りだ。子供と家族のための部屋と祝い膳を整える台所、便所が設《しつら》えられていた。出入り口は内外から施錠が可能である。しかも外から鍵を掛けると内側から開けられない。神の子を大事に護るための意味がある、という名目の仕掛けだ。

誰かが言っていたが、集会所の地下中央に埋められた物があるらしい。それこそ外つ国の牛頭《ごず》の神を象《かたど》った何らかの貴い物であると言う。

集会所の外で鍵を開けて待っていると、子供らの親が出てくる。神主が榊《さかき》を振るい、祓《はら》いをしてやる。

入れ替わるように中へ入れば、薬で眠らせた双子の子供たちが残されていた。薬は食べ物や御神酒《おみき》に混ぜられていたが、アルコールと一緒に摂《と》れば深い眠りに誘う効果があると聞く。元々は呪術的秘薬だったらしいが、昭和の今は使っていない。

牛の頭の皮を被《かぶ》せられた方だけを選び、外に出す。

ぐったりしたままの子供を箱神輿《はこみこし》――上方が開いた箱状の堂になった神輿――に乗せ、集落内の中央部を練り歩き、そのまま峠へ向かう。先頭は杖《つえ》を突いた神主である。

峠には集落が代々大事にしていた、小さな石の祠《ほこら》があった。中には地蔵が二体祀られている。

その名を〈くだん地蔵〉あるいは〈くたん地蔵〉という。

片方が人頭で、もう片方が角の生えた頭だから、にんべんにうし、で件《くだん》だ。角が生えた方も人と牛が交ざり合った存在である事にも起因する。

この角が生えた方は異国から流れてきたもので簑田神《みのたしん》とも言われ、養蚕に関するとも、田植えに関するとも伝えられているが、本当がどうか定かではない。

そう言えば、〝件〟という存在が元来あるのだと神主から聞いたことがある。

幕末辺りに流布した説では〈件は牛頭に人間の身体で、牛と人間の特徴を併せ持つ。産まれて数日で死ぬが、その間に重要な予言を行う。この件は戦争や厄災が起こる荒れた時代に現れる。それは双子の女児としてこの世に生まれ落ちるのが常だ。もう片方は人の頭を持ち、普通の人間として育つ〉らしい。

牛と人間の特徴を併せ持つと言えば、江戸時代末期の越中、今で言うこの富山県に〈くたべ〉と言うものが産まれた、と聞いたこともある。くたべは人の顔に牛の身体で産まれ、やはり疫病などの予言を行う。ただ、このくたべの札は疫病や厄災を防ぐ護符となるという。くだん地蔵や神事はこれらの伝承を模したもの、ではない。全く別の集落の口伝えを元にしているはずだ、と神主は教えてくれた。

話を聞いた後、思い出したことがある。

まず牛首神社のことだ。

〈富山市に牛ヶ首神社がある。寛永《かんえい》の時代、用水路を作ろうとしたが難工事となった。工事の責任者の夢枕に神が立ち『牛の首を埋めよ』と言う。これはお告げだと責任者は工事現場に夜中赴き、牛の首を埋めた。翌日の工事中、牛の首は発見され、人夫たちは怯《おび》えたが、責任者は『これこそ牛嶽《うしだけ》大明神の加護である』と言い切った。神が護っているのだと

皆は工事に精を出し、用水路は完成。このことがあり、作られた用水路の守り神として牛ヶ首神社《うしくびじんじゃ》が建立された〉

次に牛首隧道《うしくびずいどう》。

〈富山県小矢部市《おやべし》久利須《くりしゅ》と石川県河北郡津幡町牛首《いしかわけんかほくぐんつばたまちうしくび》の県境にまたがる宮島隧道は、一九二八年に竣工された。この隧道は別名『牛首隧道』と言う。牛首村の守護神である牛頭天王にちなんでおり、隧道にこの神の加護があるように願いが込められている〉

どちらも集落の古老や大人たちに聞かされたものだが、自分たちが住む集落にうっすらと関係しているような気がした。

古老に訊《き》いてみると、嗤いながらこんなことを言った。

「あっちは、ここちゃ関係ない村や。そもそも神事も何も伝わっとらん。代わりに、牛頭さんの信仰だけしとる。あと、牛ヶ首神社ちゃ牛嶽の山信仰の変ったもんやて思う」

本当がどうか分からないが、そういうことなのかとそのときは納得したものだ。

回想に耽《ふけ》る浦田を現実に戻す声が聞こえた。

「けど、早うまた楽しみたいものや」

「だな。来年が待ち遠しい。なあ、修平」

先頭の二人は振り返り、嗤った。明かりで生じた陰影がさらに下衆《げす》さを際立たせる。

（何が楽しみなものか）

反吐《へど》が出そうだ。神事神事と言っているが、あれは神を祀ってなどいない。牛の頭をした何かを神と称し、それを利用しているに過ぎない。

ゲンナリしながら遠くを眺めた。

そのとき、浦田の耳は何かをとらえた。

木々を揺らすような音と、短い悲鳴のような声だった。竹内たちは気づいていない。

懐中電灯を握る手に、少しだけ汗が滲《にじ》んだ。

第二十九章　落下　――雨宮 奏音

背中から堅いところへ落ちた。

奏音は息が止まりそうになる。反動で目を開けると、辺りは真っ暗だった。

風が吹き、木々のざわめきが聞こえる。青い匂いが漂った。身体を起こそうと手を突くと、草の感触があった。次第に目が慣れてくる。

月明かりに照らされたそこは、木々に囲まれた草地だった。

（え？　外？　夜？）

理解が追いつかない。

まだ明るい時間、祖母の部屋にいたはずだ。祖母に地蔵の首を見せようと、歌を歌った。

そしてそれから――。

（落ちる感覚がした。……でも、どうして外に）

足下を見れば靴を履いていない。爪先の向こうに、将太が倒れていた。彼もまた裸足だった。立ち上がると頭がくらくらしている。上手《うま》く歩けない。よろける中、小石か何かを踏んで、足裏が痛んだ。

やっとの思いで将太に辿《たど》り着く。肩や胸を何度も叩《たた》くと、彼は目を覚ました。

「……え。ここは？」

彼は奏音と同じように混乱している。当然、状況について説明出来るはずもない。

二人で顔を見合わせていると、人の声が聞こえた。

茂みの向こうからだ。現状が分かるはずだと喜び勇んで近づいていく。茂みを越えようとしたとき、思わず足が止まった。気づかず先に行こうとする将太を制する。

「おい、どうし……」

「しっ！」

茂みの向こう、懐中電灯を持って山道を歩く女の人がいた。体格の良い男性が、同じく懐中電灯を持って後から付いてくる。

光の照り返しに浮かぶ、ボブカットの女性に見覚えがあった。

「お祖母ちゃん」

祖父が見せてくれたスナップ写真そのものの、若い祖母の姿だった。

若い祖母は手に花を持っている。その辺りで摘んだような控えめで清楚な野花だった。

その花を石造りの小さな祠《ほこら》に供え、しゃがむと手を合わせた。

「あら？」

祠の近くに落ちていた丸い物に、祖母が気づく。

「おい、あれ……」

将太が奏音の顔を見る。角が生えた地蔵の首だ。一緒に落ちてきていたのか。

「おい。妙子。先に行っとるぞ」

祖母の後ろにいた男性が、山道を下っていく。無愛想な口調だ。どこかで聞き覚えがある。どこだったたか。

(まさか、お祖父ちゃん)

だとすると、目の前にいるのは若かりし頃の祖父母ということになる。

確か、今は八十一歳と七十八歳だ。だが、目の前の祖父母はどう見ても二十歳前後である。だとすれば、約六十年前の二人を眺めている事になる。

「はい。先に行っとかれ……。すぐ追いつきます」

祖母は祖父を見送った後、地蔵の首を拾い上げ、訝《いぶか》しげな目で調べている。やはりどう見ても若い。写真のままだ。

(そんな……)

非現実的な言葉が、奏音の頭を掠《かす》めていく。

──時空転移。

(時間と空間を飛び越えて移動するなんて、あり得ない)

フィクションの世界で何度も取り上げられている手垢《てあか》の付いた絵空事だ。しかし、確かに目の前に若い祖父母がいる。見間違えではない。二人が身に着けているのは、昭和レトロ的で粗末な物だ。白い開襟シャツに作業ズボンの祖父。白いブラウスに地味なスカートの祖母。どちらも写真や映像で見る、戦後によくある出で立ちだった。

気がつくと、祖母は祠の中にある身体に地蔵の首を戻そうとしていた。載せては落としを何度も繰り返している。

「あれ、もしかして」

声を潜めた将太の問いに、奏音は頷《うなず》く。

「うん。私が話した祠とお地蔵様」

だとすると、ここから坪野鉱泉は近い。ただ、六十年前にホテル坪野はなかったと記憶している。

(しかし、あの石の首)

首は、幼かった奇子が隠し持ったまま穴に落とされた。そして現代に蓮の手によってもたらされている。その後、祖母の部屋に持ち込んだ。それだけではなく、現代の坪野鉱泉では首が落ちていない状態だった。ベッドに出た女――奇子も持っていた。

改めて振り返ってみても、やはり矛盾しかない。

(なら、あそこにあるあの首はどこからきたの?)

もしかしたら自分たちが転移するとき、一緒にこの時代へ落ちてきたものなのか。

出ない答えに頭を悩ませていると、不意に微《かす》かな歌声が流れてきた。

――どこのこ　かのこ……。


あのメロディだ。若い女の声で歌われている。

風に乗ってきているのだろうか。山側からのような気がする。

祖母も歌に気づいたようだ。立ち上がり、周囲を見回している。不安で硬くなった顔のまま、山の方へ向けて早足で歩き始めた。その手には地蔵の首が握られていた。

「将太君、行こう！」

「お。おお」

奏音と将太は、祖母に見つからないように身を潜めながら後を追った。


「痛ってぇ……」

将太が足裏を気にしながら歩く。確かに痛い。裸足で暗い山道を歩くなど人生で初めてだ。しかし足を止めると祖母を見失いそうになる。真っ暗な山の中、唯一の光源は祖母の持つ懐中電灯だけだ。必死に足を動かし、追うしかない。今、できることは祖母の行方を確かめることだけなのだから。

声を潜め、将太が訊《き》いてきた。

「なあ、ここ、どこなんや？」

「六十年くらい前の、坪野」

「え？」

簡単に説明するが、将太は理解が追いつかないようだ。奏音自身も、自分の言っていることが突飛すぎると再度自覚させられる。

「その……時空転移やとして、俺ら、戻れるのか？」

「……しっ。黙って」

どれほど進んだ頃か、山の斜面が見えてくる。そこへ食い込むように大きな祠が建立されていた。祠には観音開きの格子扉が切られている。

「ここ……！」

詩音の部屋で見た幻の光景の風景が、そこにあった。ただし、祠の周辺にはいろいろな物が置かれ、扉の傷み具合も少し進んでいる。

——まっくらやみの……。

歌は扉の向こうから聞こえていた。何かで反響しているのか、沢山の人間がユニゾンで歌っているように響いている。

祖母は扉を開けようとしたものの、開かない。南京錠と鎖が掛かっていた。厳重な施錠は、余程誰もここへ入れたくないのか。あるいは何かを出させたくないのだろうか。

首を傾《かし》げながら、祖母は錠前に光を当てる。何かが刺さっていた。暗い上に遠目なので断言は出来ないが、鍵のようだ。誰かが施錠した後に忘れていったのか。祖母は周りを警戒しながら解錠し、鎖を地面に落とすと、扉の片方を半分程開く。そして恐る恐る中へ入っていった。

「行くか?」

「うん」

疑念を吹っ切ったように、将太が先に進む。奏音も後を追った。

扉を開けて、中に這入《はい》り込んだ。途端に異臭が漂ってきた。祖母の部屋の臭いに少し似ているような気がする。

中は横穴の洞窟になっていた。先の方で揺れながら懐中電灯の光が遠ざかっていく。祖母から見つからないように、気配を消して進んだ。足下が凸凹しているせいで、とても歩きづらい。

——いまも　あのこは　むねがうち　まっくらやみの……。

歌声の音量が増してくるにつれ、臭いが強くなっていく。手で鼻と口を押さえても、呼吸を繰り返す度、鼻と喉の奥に悪臭が絡み付いた。

光が動かなくなった。行き止まりのようだ。息を殺して物陰から覗《のぞ》く。祖母は懐中電灯を地面に置き、腰を折った。両腕で何かを引く。鉄製の蓋だった。重さのせいか、引きずるようにして開けていく。臭いがひときわ強くなる。蓋を横へ置くと、祖母は、這い蹲《つくば》るように四つん這いになって、下の方を覗き込み始めた。

（ここも）

奏音は記憶にある。見せられた情景の中で、あの男たちが奇子を投げ落とした縦穴だ。

祖母は懐中電灯を手に取ると、下を照らした。

幾度か光を回すようにした後、突然後ろに飛び退《の》き、尻餅をついた。懐中電灯が転がっていく。糸を引くような細い叫び声を上げながら、祖母はその場から駆け出す。拾い忘れた電灯の光が、祖母の顔を一瞬照らした。整った顔が激しく歪んでいる。人はこんな顔をできるものなのだと初めて知った。

洞窟の僅《わず》かな窪《くぼ》みに身を隠した二人に気づかず、きた方へ倒《こ》けつ転《まろ》びつ逃げ去っていく。

祖母の気配が遠ざかった後、将太が口を開いた。

「……どうする？」

「確かめよう」

きっぱりとした奏音の言葉に、彼は無言で穴へ近づき、懐中電灯を手に取った。その光で奏音の足下を照らす。ソックスはすでに真っ黒に汚れていた。穴の傍《そば》には地蔵の首が忘れられている。拾っておくべきか悩んでいると、将太が声を掛けてきた。

「足下、気をつけて」

そう言いながら彼は穴の方へ視線を落とす。臭いのせいか、呻《うめ》いた。

奏音が近付くと、将太が懐中電灯を穴の底へ向ける。探るように回る光の中に、いろいろな物が照らし出された。

濡《ぬ》れた壁面。汚泥。上に伸びたいくつかの岩。その合間を埋めるように散乱する着物らしきものの残骸。角の付いた動物の頭蓋骨。骨。

そして――小さな丸い、頭蓋骨。

将太が言葉を漏らす。

「あれ、人の……」

彼は口元を押さえて何度となく嘔吐《えず》く。

奏音は祖母が向かった出口の方を振り返った。さっきから頭の隅にある厭《いや》な想像が繰り返されて仕方がない。

「あのね」

「……ん？」

将太が奏音の顔を見る。

「多分……多分だけど。やっぱり、奇子さん、今も生きてる……」

将太の顔に疑念が浮かんだ。

「今も？」

「だって、私が見たあの女の人は——今そこにいたお祖母ちゃんそっくりだったんだよ」

そうだ。奇子は今も生きている。自分たちが生きていた時代、現実の世界でも。

ならば、少なくともこの時代には生存していることになる。

七歳でこの穴へ落とされ、それから十年経《た》ったこの時にも。

ただ、説明が付かないことも残る。

四歳の自分を攫《さら》ったとき、腰すら曲がっていない若い姿だった。

そして、詩音のベッドに現れた女の顔は、この時代の祖母に瓜《うり》二つだった。

だとすれば、現代も十七歳の姿から変わっていないということになる。

それが何を意味するのか。奏音は整理するかの如く口に出す。

「奇子さんは小さい頃、ここに棄《す》てられて……」

落とされた他の子の腐肉を食べ、血をすすり、生き延びた。普通なら不可能とも思えるが、自分の身に起こった出来事に対する妄執で、生き延びた。或《あ》いは、それすら超越した何かに変化した。

人知の及ばない、禍々《まがまが》しい存在へ。

将太は首を振る。

「馬鹿な。もし生き残っていたとしても、歳を取らない訳がない。それに、生きた人間が詩音の部屋に現れたり、姿を消したりできるわけがない」

もちろんそうだ。普通そんなことはあり得ない。だが、様々な体験をした奏音は知っている。あり得ないと思うことも、あり得るのだ、と。

奇子はいる。どんな状態だとしても。それを含めて今も生きていると表現したのだ。

「とにかく、奇子さんは生きてるんだよ」

奏音が地蔵の首を拾おうとしたそのとき、入口側から人の声が聞こえた。

男たちの声だった。

第三十章　秘匿　――浦田　修平

「――おい」

高沢がぞんざいな口調で浦田を呼ぶ。

「修平、その話本当け？　本当に声がしたがけ？」

さっき聞いた物音と悲鳴に続き、歌声が聞こえた。女の声で、集落の童歌《わらべうた》の一節だった。

辿《たど》っていくと、ここに着いた。最近噂《うわさ》になっている、峠の声の正体はこれだと思った。

祠《ほこら》。

峠道から脇へ入った森の奥、横穴から通じる奈落のような縦穴がある場所。

浦田は眉根を寄せた。ここに来る度に脳裏に蘇《よみがえ》る。

初めて神事に加わった夜のことが。

――子供たちを乗せた箱神輿《はこみこし》の行列が祠に着く。

件《くだん》について教えてくれた神主はそこで祝詞《のりと》を唱えつつ、地面に棒で線を引く。所謂《いわゆる》、境界の線であり、人の世である現世《うつしょ》と、神の国である常世《とこよ》を分ける意味があるらしい。

山道の途中から脇へ入ると獣道のように細いところに変わった。時々藪《やぶ》を掻《か》き分けて進む必要があった。夜道も相まって、人を惑わせるような、拒むような雰囲気が漂っている。実際そうなのだろう。集落に暮らしていても、知らない道なのだから。

山の斜面が見えてきた。そこに鉄の格子戸のある大きな祠があることに気づく。

箱神輿を降ろし、ひとりが扉の錠前を開け、鎖を外した。重々しく軋《きし》む音と共に扉が開いた。近づくと異様な臭いが漂ってくる。例えるなら、牛小屋と豚小屋に腐肉と肥溜《こえだ》めの臭いを足したような悪臭だ。

竹内と高沢らは神輿の中の子供たちの寝顔を見つめ、数名を指さした。

「こいつら以外ちゃ、棄《す》てていい」

棄てるとは何を指しているのか。言葉の通り、姥捨《うばす》てが如《ごと》くなのか。疑問を抱く中、数名の子供が無造作に神輿から持ち上げられ、祠の奥へ連れていかれる。残された子供を担げ、と竹内は残った人間に命じた。浦田と同じ歳の人間以外は、舌舐《な》めずりしそうな顔で嗤《わら》っている。高沢が祠脇の横道を指さした。指示通り少し進むと小屋があった。木造だが、意外としっかりした造りだった。

高沢が小屋の鍵を開ける。複数の錠前と鎖が使われており、時間が掛かった。

待っている最中、強い視線を感じた。木々の間や小屋の屋根の上、その陰からで、複数あった。しかし、視界の届く範囲で自分たち以外の人の気配はない。時々、小屋の壁を内側から力なく叩《たた》くような音もいくつか聞こえる。誰か中にいるのだろうか。

小屋の引き戸が開けられると同時に、視線と音は消えた。

先頭の人間が天井から吊《つ》るされたランプに火を点《とも》す。

中は無人だった。

一歩足を踏み入れると、異臭が覆い被《かぶ》さってくる。それは屠畜場《とちくじょう》の臭いに似ていた。

右手は台所で、土間の一部がタイル張りの床になっている。

左手は一段上がった座敷だった。

座敷の畳の上に、子供たちが牛の頭を被らされたまま転がされた。五人いたが、誰ひとり起きる様子がなかった。

「おい、お前ら。竈《かまど》に火を入れっしゃい。あと、横の井戸から水を汲《く》んでこい」

命令通りに準備をしていると、祠に行っていた連中が小屋へやってきた。口々に「まだ始めとらんやろうな?」「先にやっとらんやろうな?」と言いながら、笑みを浮かべている。

含み笑いと共に、竹内が小さく頷《うなず》く。

「これからちゃ。今回ちゃ粒ぞろいやさかい、楽しみやった」

そのとき、竹内の目が浦田ら、初参加の男たちへ向いた。

何事かと訝《いぶか》しんでいると、突然、後頭部に強い衝撃を受ける。目の前がチカチカして、たたらを踏んだ。続いてこめかみ辺りに痛みが走る。暗くなる視界の中で、竹内が嗤っていた。

それからどれ程経《た》ったのだろう。

か細い悲鳴で目が覚めた。重い瞼《まぶた》を開ける。一瞬訳が分からなくなる。頭がガンガン痛んだ。天井の灯が放つ、橙色《だいだいいろ》の光が揺れていた。

状況を確かめようとするが、手足が動かない。視線を下げると、腕と足が太い縄で雁字《がんじ》搦《がら》めにされ、土間に転がされていた。

芋虫のようにノロノロと身を捩《よじ》ると、自分と同じ歳の男たちが同じような姿で地べたに放置されているのが目に入る。

再び悲鳴が聞こえた。くぐもったその声の合間から、獣のような叫びが聞こえた。

見上げると、座敷の上では竹内たちが子供たちの蝶《ちょう》柄の着物をたくし上げ、思い思いに嬲《なぶ》り、蹂躙《じゅうりん》している。悲鳴や叫びは子供たちから発されていた。ただし、牛の頭で隠れており、表情は見えない。竹内は白目を剝《む》いた後、陶酔したような顔になり、それから興味を失ったように子供を転がした。捲《まく》れ上がった着物の下から、その子が男の子であることを知った。立ち上がった竹内の股座《またぐら》は血塗《ちまみ》れだった。その目が浦田を捉える。

「おう。起きたか」

裸足のまま土間に飛び降りてくると、目の前にしゃがんだ。鉄と糞《くそ》の臭いがした。座敷の上から、子供を組み伏せた高沢が荒い息の下から、大声を上げた。

「すまんな、俺たちだけ楽しんで。でも、こうでもせんとお前ら逃げよるから」

目の前で行われている所業に、頭がくらくらした。縛られた男の数名は吐いたり、泣いたりしている。中には「俺の弟に」「姉ちゃんの子に」など叫ぶ者もいた。だが、竹内らに棒で数回殴りつけられて口を閉ざした。

竹内は煙草を咥《くわ》え、火を点《つ》ける。美味《うま》そうに煙を吸いながら座敷に戻るや、他の子供に覆い被さる。そして「こうしたら、中が動いて、好《よ》うなるんだ」と煙草の火を、子供の肌に押しつけた。

他の人間は口々に「裂けちまった」「足、ブランブランや」「折れた」「クソッ」「臭え」と文句を重ねては、次から次に相手を変えていく。

高沢が土間に降り、水筒を摑《つか》む。喉を鳴らして水を飲むと、浦田たちに微笑んだ。

「餓鬼共ちゃ一度汚さんにゃ、神様の子に出来んさかいな。俺らがやってやらんと。これも仕方ないことや。——ああ、穴に落としたのは、そのときに汚れるさけ、いいんや」

渇きを潤した高沢は、また座敷へ戻っていった。

獣どもが満足するまでどれ程時間を要したか。子供たちはもう何も言わない。反応も、動きもない。ただされるがままだった。

高沢が飽きたような顔で下に降り、分厚い大きな板を取り出し、土間に敷いた。板の表面には沢山の傷や、黒っぽく大きな染みが残っていた。続いて出刃包丁を数丁持ってくる。

手入れの行き届いた刃先は鋭く、ランプの光を鈍く反射している。

「さて、そろそろやろうか」

まさか。目を見開くと、竹内が子供のひとりを裸にして、板の上に仰向けに寝かせた。牛の被り物はそのままだった。股座から真っ赤な血を流している。

浦田たちの怯《おび》えた目に気づいた高沢が、ほくそ笑みつつ、口を開く。

「こいつらは人間でない。牛ちゃ。可愛い仔牛《こうし》」

そう言うが早いか、牛頭の皮の下、首筋へ刃を当て、軽く引いた。その身体が一度大きく跳ねる。続けて、紅く、熱い雨が周りに降り注いだ。

次に両手首、両足首の順に刃先を入れ、天井の梁《はり》から伸びた縄で逆さ吊りにする。牛の頭が落ちないように、細引きの紐《ひも》で固定をした。首と手首から、心臓の鼓動に似た速さで血が吹き出す。血は、床のタイルを伝って一カ所へ集まり、細い溝へ流れていった。似た造りを見た覚えがある。確か、集落の外にある屠畜場だったか。

顎を撫《な》でながらその様子を眺めていた竹内が、誰に聞かせているのか分からない調子で説明を加えた。

「兎《うさぎ》とか鹿、猪《いのしし》とおんなじ。こうやって血抜きせんと。本当ならこの後、肉を冷やし、ちょっこし置いた方がいいのだが」

血は外の大きな樽《たる》に溜まるから後から棄てろ、場所を教えると言いながら、高沢は血抜きが済んだ子供を再び仰向けに板へ載せた。そして喉下辺りに出刃を立てると、そのまま下腹へ向けて真っ直ぐ断ち割っていく。猪の腹を開けたときに似た、ムッとした臭気と共に、腹の中から様々な色合いをした内臓が飛び出してきた。

「餓鬼は皮が薄うて剝ぎにくいのが難点や」

「そうやな」

高沢と竹内が頷き合っている。牛の頭を被せたまま、子供の首辺りに刃先が喰《く》い込む。堅いものを抉《えぐ》るような音がして、頭が外された。

「頭は喰わん。ここは牛のままやけ、神さんのものや」

高沢もまた誰に聞かせるでもない口調で呟《つぶや》きながら、皮を剝がすための切れ目を入れていく。皮を剝いだら、続いて足の付け根に刃先が入れられた。てこの原理のように包丁の柄が動かされると、ポクンと音を立てて関節が外れる。やけに手慣れた様子だった。

あっという間に子供ひとりが解体され、皮、内臓、肋肉《あばらにく》、枝肉などに分けられる。所々に黄色い脂肪が付いていた。

竹内が「餓鬼の肉は、猿のと見た目が似とるのよ」と歯を見せた。

小屋に入れられた五人の子供たちは、全員同じように解体《バラ》される。

肋肉が七輪の網に載せられた。一瞬、爪や髪を焼くような臭いがして、すぐに焼いた肉の香りに変わった。内臓は中身を扱《しご》き取ってからよく洗う。

竹内が、灰色がかった薄桃の管を持ち上げる。

「たまに〝うどんむし〟がおるんだ。今日も、ほら」

管に指を突っ込み、何かを摘まみ出した。

白く、饂飩《うどん》に似た長い虫がゾロリと姿を現す。

虫を取り去った内臓はぶつ切りにして、竈《かまど》の鍋で味噌《みそ》と酒、砂糖で煮込まれる。腕肉などは別の鉄鍋で煎《い》り焼きにされ、酒と醤油《しょうゆ》、水を注がれた。煮汁が沸くと、灰色の灰汁《あく》が山のように盛り上がる。腿肉《ももにく》は脂がないからと、薄切りにした後、脂肪の塊と一緒に鉄鍋で焼き付けられた。

調理された子供たちの肉は、出来上がる度に座敷へ運ばれ、奥に置いてあった酒と共に竹内たちの胃の腑《ふ》に収まっていった。

「いつも思うが、まだ喰うのに早い。肉が固い」

「いやいや、今日中にやらんにゃ。神事やさかい」

「お。あの家の子ちゃ脂が乗っとる」

「この餓鬼ちゃ臭いな。これまでの食うた物が良うなかったんだな」

舌鼓を打つ鬼どもの所業に怒る間もなく、浦田たち土間にいる若者たちは繰り返し吐いた。それしか出来なかった。吐く物すらなくなり、荒い息を繰り返していると、竹内が木製の薄汚い椀を片手に近づいてくる。

「おい。修平」

竹内の手が、顎を掴む。血と汚物の臭いが鼻を突く。指先に力が込められた。どうやっているのか分からないが、顎の関節が動き、抵抗とは無関係に口が開いていった。いつの間にやってきたのか、高沢が竹内の手から椀を受け取る。その中から小さく細い骨付き肉を摘み出した。白い軟骨らしきものと、黄色い脂肪、灰褐色の肉が見える。

「指だな、これ。骨際の肉ちゃ香りが強うて、癖になる。慣れたら旨《うま》いぞ」

骨からむしられた肉を、無理矢理口の中へねじ込まれた。ざらついた高沢の指と、汁気を含んだ肉の感触が唇と舌先に触れる。吐き出そうとするが、何度も押し込まれる。

肉を詰め込まれた後、鼻と口を塞がれた。息が出来ない。気が遠くなりそうだ。空気を求めるせいか、意思に反して肉を飲み下してしまう。手を離された瞬間、鼻と喉の奥に醤油で煮た肉の匂いが広がった。肉独特のコクを舌の奥に感じる。が、次にやってきたのは牛でも豚でもない臭みだ。喉の奥から鼻の奥を塞ぐように、例えようのない悪臭が満ちてくる。嘔吐感が襲ってきた。しかし吐き出せない。再び口を開かれ、今度は煮汁を流し込まれた。鼻の奥に逆流する。咳《せ》き込みながら背中を丸めていると、竹内が頭を踏みつけてきた。

「いいな。これでお前らも喰うた。俺たちとおんなじだ。もし誰かにこのことをばらせば、お前らもおんなじ責を負うぞ」

横目で見れば、数えの十七の男全員が子供の肉を喰わされた後、縄を解かれていた。そして牛を被った頭や骨、皮などの残骸を箱神輿に入れさせられる。

あまりの惨状にまた吐いた。子供たちの遺体を集める作業は遅々として進まない。その様子に焦《じ》れた高沢が怒鳴った。

「この餓鬼どもは人間ではない！ だから何をしてもいいのだ」

この言葉を継いで、竹内がしたり顔で説明を始める。

「元々、ここらでは疫病や不作で飢饉《ききん》になると、人を喰うとった」

口減らしの意味もあったが、それでも人喰いである。忌避する心を抑え込むため、人を食べてもよい理由を付けた。獣の皮を被せれば、それは人間ではない。ただの獲物で、獣になる。だから、安心して殺し、食べても良い。喰われた者を生きる人間の血肉にするのが供養でもある。もちろん、猟師がやるように縁起を担ぐため、集落の神に祈る。それがいつしか今の神事の原型になった、と高説を垂れ流した。

「もうひとつ、こんな話もある」

いつから双子しか産まれないようになったのか、分からない。時々他の集落から迷い込んできた男や女を捕まえて子を成したが、どうしても畜生腹になった。産む度に人が増える。食い扶持《ぶち》が増えると、集落が飢《かつ》える。だから口減らしをしなくてはならない。そこで、数えの七つになる前の子を神の子として、常世へ戻す名目にして間引いた。

あるとき、神主がある提案を行った。

「間引くより、集落の外に里子へ出してはどうか？」

それは良い案だいうことになり、それ以後は神事をやめ、双子の片方を子が欲しい人々の元へ里子に出した。

「けど、神事と人肉食をやめると、今度ちゃ集落を疫病や災害が襲うてきた。神事を復活させて少しでも子供を喰うと、疫病やら災害やら収まった。こう言うた事実があったさかい、仕方のうて、俺たちが神事の本来の形を行っとるのだ」

そこまで話すと、竹内は胸を張った。すべて本当なのか判断は付かない。すべてが嘘の可能性もある。どちらにせよ、自分が子供の肉を食べた事実は覆らない。

竹内たちが命令するまま、皆で子供たちの残りが入った箱神輿を祠へ持っていく。

中は洞窟になっていた。進んでいくと、地面に鉄の蓋が被せてある。命じられるままに開けると、下は縦穴になっていた。鼻が潰れそうな悪臭に、浦田は穴の中に吐いてしまった。微《かす》かな胃液しか出なかった。

高沢が手提げランプを吊るし、穴の中を照らす。かなり下の方に、無数の白骨や着物の切れ端などの上に、牛の頭を被った子供たちが倒れていた。選別され、先に遺棄された子のようだ。首や手足が出鱈目《でたらめ》な方向へ曲がっている。どう見ても生きてはいなかった。

「棄てろ」

箱神輿の中身を、穴にばらまいた。それらは子供たちの遺体の上に積み重なり、汚していく。浦田は口の中で、ごめん、済まない、ごめんと繰り返した。

この神事の直後、浦田と同じ年齢の男たちは集落を逃げ出した。残された家族は、竹内たちの報復を恐れ、夜逃げや一家心中に及んだところもあった――。

(あれから何年も経ったちゃ)

浦田は逃げなかった。親や親族が大事だった……いや、実際は竹内たちに刃向かう気概がなかっただけなのだ。

今も神事がある度に、竹内たちに下僕のように扱われる。

さすがに初参加の翌年からあの小屋へ入ることはなかった。入れ、やれ、殺せ、喰えといくら殴りつけられようと、拒否を貫いた。小屋の外で待っていると、子供たちの叫びが続く。静かになって少し経つと、煮炊きの煙が立ち上り、周辺に膠《にかわ》を煮るような悪臭が立つ。そのうち、甘辛いような、香ばしいような料理の臭いへ変わった。中で何が行われているのか、手に取るように分かった。吐きそうになりながら立っていると、あの最初のときのように視線や壁を叩く音を聞いた。誰の姿もないのもまた、そのときと同じだった。

(思い出してみれば俺が二年目のとき、その年ちゃ珍しゅう竹内らが失敗をしたな)

ある家の双子を取り違え、間違えた方を連れてきてしまった。

「こいつは神事にそぐわない存在だ。だが、神主がいいと言った。だから、穴へ落とすだけにする。他はいつも通りにやる」

そんなことを口にして、竹内はその双子の片割れ、妙子の妹である奇子を投げ捨てた。

浦田が満年齢で十七歳になる年だった。


「――おい、修平」

また、高沢が呼ぶ。竹内が、顎で扉を指し示した。

先に行って開けろ、という無言の命令だ。

頷きながら、走っていく。格子戸の様子がおかしい。半開きになっている。錠前を見た。

なぜか、鍵が開けられ放置されていた。

遅れてやってきた竹内に、錠前を指差して訴える。

「開いてます！」

「なぜや？　誰が開けた？」

そんなことなど知らない。こちらが訊《き》きたいくらいだ。

「いいさかい、全部開けろ」

高沢が命じた。

微かに身震いをし、浦田は扉に手を掛けた。

第三十一章　奈落　――雨宮 奏音

洞窟内に、男たちの声が響く。

「太一もこの辺りで聞いたってちゃ……。気味の悪い声」

「その話、本当か？　嘘じゃねぇのか」

「とにかく確かめるしかねんやろ」

誰かやってくる。穴の奥を覗《のぞ》いていた将太が起き上がろうとして、手を滑らせた。奏音は慌てて腰のベルトと足を摑《つか》んだが、抵抗の甲斐《かい》無く二人は穴へ滑り落ちる。

危うく飛び出た岩にぶつかりそうになったが、何とか避けられた。加えて、異臭を放つ泥状の物に埋もれたお陰か、怪我《けが》はなかった。

とはいえ衝撃が強く、すぐには起き上がれない。

「竹内さん、今、音、せなんだか？」

頭上から男の声が響いた。

「おかしいな、なして蓋が開いとるんだ？　修平よ」

上から紐《ひも》に結わえられた手提《てさ》げランプが降ろされた。安定せず、数字の八の字を描くように光が尾を引いている。

「伏せて……」

将太の咄嗟《とっさ》の判断で、這《は》い蹲《つくば》るように近くの岩陰へ身を隠した。よく見れば岩は筍《たけのこ》のような形で下から盛り上がっている。石筍《せきじゅん》だった。

息を潜めて周りに目をやる。ここは鍾乳洞《しょうにゅうどう》みたいだ。ただ、出入り口は上にしか見当たらない。さりとて、登るための道具すらない状況だった。

「ひどい臭いだ。肥溜《こえだ》めの方がマシや」

若い男の言葉に顔を上げる。穴の縁から三つの人影がこちらを見下ろしていた。続いて、嗄《しゃが》れた男の声が戒める。

「だらぶつ、神さんに捧《ささ》げられた場所や。修平、バチがあたんぞ」

ランプの炎が穴の内部を照らす。突き出す骨や牛の角、干からびた肉のこびりついた頭蓋骨や骨、劣化し千切れた着物の残骸がヘドロのような堆積物の上を覆い尽くしている。

その中を蛆《うじ》や百足《むかで》、蚯蚓《みみず》のような虫共が思うがまま這いずっていた。

上から見たのでは分からなかった無残な遺体の残滓《ざんし》を目の当たりにし、奏音《かのん》は叫び出しそうになる。怖気《おじけ》、怒り、悲しみが混じり合った感情を必死に抑えた。

「何もおらんが。だらくさい」

声の主を確かめようと見上げてみるが、影になっていて顔はよく分からない。ただ、若者と初老になりかけの者、老人がいるようだ。

嗄れた声が疑問を呈する。

「ここの蓋、最後に開けたのは、二年前や」

低い声が応《こた》える。

「それから開けとらんはずやろう?」

「けど、入り口も開いとったちゃ」

若い声が聞こえた後、突然ランプが落ちてきた。持っていた人間が手を滑らせたようだった。

ランプのホヤが割れた。燃料が漏れたのか、周囲に火が燃え広がる。遺体から出たガスか何かに引火したのかもしれない。

奏音と将太が狼狽《うろた》えていると、緑と紫を混ぜ合わせたような、なんとも言えない色の炎が周囲を照らした。熱気が渦を上げて上っていく。

その炎の中で、黒い何かが蠢《うごめ》いた。

最初、四足歩行の獣に見えた。

すぐに違うと分かった。四つん這《ば》いだが、人の姿をしている。だが、光の加減で男女の区別すらつかない。

それは、奏音たちをじっと見つめたまま動く素振りを見せなかった。

　そのとき、上から野球ボール大の何かが落ちてきた。奏音からは少し離れた場所に埋まったようだが、相手から目を離せない。

「おい！　今、何か動いた！」

　怯《おび》えた若い男の声だ。嗄れた声や他の男の声も続く。

「何や、あら」

「やっぱ、何かおる」

　上では言い合いが始まっていた。穴の底で得体の知れない人間と対峙《たいじ》している奏音と将太には、ただの雑音でしかない。

　それが顔を上げた。しかし顔は見えない。顕になった胸元で女だと分かる。

　女は獣の唸《うな》り声のような声を発していたかと思えば、今度は金切り声のような高周波の声を上げた。まるでホーミーの高音のようだ。

　鼓膜を直接震えさせるような振動に、思わず顔を顰《しか》め、耳を塞ぐ。なぜか、相手が怯えているように感じた。

（何なの？　何に怯えているの？）

　奏音が疑問を抱いている横で、将太の目が何かを捉えた。

　視線の先を辿《たど》れば、穴の隅に誰かが倒れている。全身汚物にまみれていた。

　将太が転ばんばかりの勢いで駆け寄った。抱き起こすと、制服姿の女子高生だ。揺らぐ炎に照らされた顔は汚れている。

将太が叫んだ。

「詩音！」

しかし、その声に反応がない。

本当に詩音――妹なのか。奏音は目の前に立つ異様な姿の女を迂回《うかい》するように、将太たちの元へ走ろうとした。それと同時に、上から縄梯子《なわばしご》が落ちてくる。

見上げると、不安定に揺れながら、ひとりの男が降りてくるところだった。

穴の中ほどで上から棒切れを手渡される。男は邪魔っけだな、とボヤいた。

それに反応したように女が動いた。梯子の真下で蹲《うずくま》るようにして待ち受けている。その隙に、奏音は将太の横へ走り込んだ。

梯子の男は女の動きにも奏音たちにも気づかず、途中で飛び降りた。穴底で体勢を立て直したとき、ようやくすぐ傍《そば》にいる女の存在に気づいたようだ。咄嗟に棒切れを構えた。

女はしゃくるように顎を上げた。汚物で濡《ぬ》れた髪の毛が重みで左右に分かれ、顔が露《あら》わになる。

若い男はギョッと目を剝《む》いた後、心なしか顔を緩めた。

「妙子。おい、妙子じゃねぇか。お前、どうしてこんな所に」

親しげに語りかけながら、棒切れを降ろして近づいていく。

不意に祖母の名を聞いた奏音は、女の顔を確かめる。もしや、と身構えた。

「妙子、俺だ。修平だ……。なんだお前、そんなに汚れて」

若い男は中腰になりながら、女に近寄っていく。奏音たちのことは目に入らないようだ。

妙子と呼ばれた女が、素早く動いた。そして、男の太股《ふともも》に喰《く》らい付いた。男は絶叫し、やみくもに棒切れを振るった。嚙《か》まれた周囲の布地が黒く濡れていく。女を引き剝がそうとするが、深く歯が食い込んでいるのかびくともしない。

男は必死に梯子に縋《すが》り付く。しかし、女は離れない。やけを起こしたような動きで男が暴れると、ようやく女が下に転がった。男の太股から大量の血が滴っている。

苦痛に呻《うめ》きながら、男は棒切れを振り上げた。間髪入れずに、女を叩《たた》き据える。

「畜生！　何しやがるんだ。このアマ！」

駄目、と奏音は短く叫んだ。しかし男は気づかない。いつまでも殴り続ける。

女は動かなくなった。男は一度だけ相手を強く蹴り付けた後、縄梯子を上っていく。やはり、奏音たちに気づいた様子はなかった。ただ、必死にここから逃げ出そうとしている。

上に辿り着いた途端、他の二人の慌てふためく声が聞こえた。

「おい。ありゃ、妙子でないやろう！」

「え？　でも妙子とおんなじ顔をして」

「まさか」

若い男の声がひときわ大きく轟《とどろ》いた。

「あれは、奇子だッ！」

女——奇子が不器用に立ち上がる。

ドロドロに汚れた子供の着物を身に着けていることが、そこで分かった。

奇子は梯子に飛びつくが、上手《うま》く手足が動かせないのか落ちてしまい、仰向けに倒れる。

中年らしき男が、若い男の手から棒切れを取り上げた。そのまま叩き折ると、折れて尖《とが》った先端を穴の底で立ち上がった奇子へ向け、投げ付ける。

思うよりも呆気《あっけ》なく、棒はその胸に突き立った。

奇子の口から絶叫が漏れ、全身が痙攣《けいれん》する。立っていられなくなったのか、どうと後ろに倒れた。棒は奇子を貫いたまま汚泥に刺さる。奇子は手足を乱暴に動かすが、その場から動けない。中空に浮いたその姿は、まるで昆虫の標本のようだ。

「まだ、生きとる！」

穴の上の男たちは怯えた声を上げ、逃げ去っていく。唖然《あぜん》として見送る奏音の肩を、将太が激しく叩いた。その横には、朦朧《もうろう》としたままの女子高生が立っている。顔が汚れていて、詩音なのか判別が付かない。

「今のうちに逃げるぞ！」

将太は女子高生の腕を取り、先に梯子を摑ませる。奏音は奇子を振り返った。のたうち回るその姿に、呆然《ぼうぜん》と立ち尽くす。将太が駆け寄ってきて、怒鳴った。

「早う上がるんだ！」

将太に促され、奏音は縄梯子を踏んでいく。固定されていない分、なかなか上れない。火で熱された空気が身体を舐《な》めるように吹き上がってくる。

底の方へ視線を送ると、奇子が大の字のまま動かなくなっていた。

将太が怒鳴った。

「見るなッ！　早く！」

やっとの思いで穴の縁へ辿り着く。すでに登り終えていた女子高生は、地面にへたり込んでいる。その目が、奏音を不思議そうに見つめている。

ようやく、その顔の造作をまともに見ることができた。

眉、目、鼻、口、輪郭。自分とそっくりな顔がそこにあった。

詩音。私の妹。その妹の視線が奏音から外れ、唇が動いた。

「将太……！」

這い上がってくる将太を詩音と二人で必死に引きずり上げる。

穴の縁で三人は背中を丸め、荒い息を整える。詩音が先に顔を上げた。

「……将太」

「……詩音」

詩音と将太が固く抱き合う。

「将太、どうやって……？」

詩音の問いに、彼は答えられない。もちろん、奏音も同じだ。ここまでの出来事は悪夢のようで、信じられないことの連続だった。

詩音から身体を離し、将太は奏音の方へ視線を向け、小さく頷いた。

「詩音、詩音ね？ 私、奏音」

妹は微《かす》かに首を傾《かし》げた。

「か、のん」

かのん。ああ、と詩音は微笑む。奏音の口元も緩んだ。

二人は同時に同じ言葉を口にする。

「やっと会えた」

そうだ。やっと会えたのだ。妹に。姉に。互いに言葉にせずとも想いが伝わってくる。双子のテレパシー、シンパシーなのだろうか。

奏音はポケットからハンカチを取り出し、詩音の顔を拭う。

二人の様子を眺めて微笑む将太の顔が、さっと強《こわ》ばった。

振り向くと、縦穴の縁に垂らされた縄梯子の付け根が左右に動いている。

そして、細く、長く、赤黒く染まった白い腕がぬるりと現れた。

「逃げるぞ！　早く！」

奏音と詩音の手を取り、将太は駆け出す。だが、妹の足がもつれ、その場で転んだ。

その足を、白い腕が絡み付くように掴む。

「詩音！」

将太は力一杯恋人の腕を引っ張った。しかし、びくともしない。

腕に続いて、穴の縁から奇子の頭が現れた。次に肩、胴体が這い上ってくる。

俯《うつぶ》せになった詩音の身体を嬲《なぶ》るように、奇子は乗りかかっていった。

妹の悲鳴が段々と細くなり、掠《かす》れていく。

将太はその腕を全力で引っ張りながら、奇子の身体を蹴り付けた。

詩音と奇子が離れる。奏音は咄嗟に詩音の空《あ》いている方の腕を掴む。

三人は、出口に向けて必死に走った。

第三十二章　姉妹　――雨宮 奏音

祠《ほこら》の格子戸を抜ける。遠くの空が明るくなってきている。

対して周辺は暗く、霧が分厚く白く湧き上がっていた。

強烈な怖気《おぞけ》が奏音の背中を這《は》い上る。

扉の方を振り返り、洞窟の中に目を凝らした。

獣の如き足音が反響している。弱い光が差し込む横穴の中を、四つん這《ば》いのまま奇子が駆けてくる。

「閉めろ！」

将太が叫びながら扉の片方を力一杯閉じる。奏音も全身でもう片方の扉を押した。耳を打つ鉄の音とは別に、内側から何かが激しくぶつかる音がした。

奇子はもうそこまできていた。

格子の間から、汚れた白い手が突き出される。何かを捉えようとするその度に身体が当たるのか、激しい衝突音が繰り返された。その勢いで扉が開きそうになる。

将太と二人で鎖を掛け、錠前でロックする。のたうつ蛇のような両腕は勢いをなくし、怒号のような打撃音は次第に弱まっていく。そして、最後は無音となった。

奏音と詩音はその場に膝を突いた。しかし、奇子がいなくなったわけではない。格子の向こうに力なく横たわる姿が覗《のぞ》いている。

将太は姉妹を立ち上がらせた。

「ここにおったら駄目だ。早う離れよう」


霧が少しだけ薄れてきていた。

深い緑に囲まれた下りの獣道を、三人は注意深く降りていく。似たような景色の中、迷いながら、それでも前に進んだ。

靴を履いていないせいで足裏が痛み、自然と歩みが遅くなった。隣の詩音はローファーを履いているが、足が動いていない。長い時間、飲まず食わずのまま暗闇に囚《とら》われていたのだ。足が衰えていても不思議ではない。ただ、あれほどの状況なのに、詩音は思ったより元気だった。普通なら倒れ伏し、一歩も歩けなくてもおかしくはないのだから。

ただ、目が辛《つら》いようだ。暗い場所から出てきたばかりで、光の刺激が強いと目を細めている。朝であることと、霧で光が弱まっているお陰でまだ何とかなっているらしい。

必死に足を進める妹の顔を見て、奏音の目頭が熱くなる。思わずその手を取り、肩を貸した。詩音は小さく、ありがとう、お姉ちゃん、と呟《つぶや》いた。

祠からどれ程遠ざかっただろうか。

森を抜けると、少しだけ広い峠道になる。

あの石の小さな祠が見えてきた。中のお地蔵様は、片方の首がなかった。考えてみれば、首はどこへ行ったのだろうか。途中までしか覚えていない。

何とはなしにきた方を振り返る。霧の中から何かが出てきそうな気がして、体が震えた。

三人はさらに下っていく。

霧の一部が風で飛ばされ、思わず足を止めた。

木々の隙間から、小さな集落が眼下に覗く。

田畑の合間に、黒いブロック玩具のような家々が点々と置いてあるように見える。

中央から少し外れた、一段低い場所に神社らしきものがあった。下《くだ》り宮《みや》、だろうか。やや離れた所に大きな建物もあった。学校か何かに見えた。

「ここは……」

独り言のような将太の声に、詩音が答えた。

「――牛首村」


下りきったところが集落、いや、牛首村の入り口だった。

日が昇ってきているはずなのに、やけに辺りが薄暗い。再び薄く霧が出てきたからだろうか。空も鼠色《ねずみいろ》をしている。

田畑の畦道《あぜみち》を進みながら、将太が奏音を振り返る。

「なあ、村なら靴くらいあるんでないけ？　それ、借りないか？」

奏音は賛成する。足裏はもう限界だった。少し立ち止まったとき、詩音に訊《たず》ねる。

「ねぇ、牛首村って、富山と石川の県境でしょ？　ここじゃないと思うんだけど」

口にしながら、山崎に連れていかれたトンネルを思い出す。確かあそこが元牛首村だ。

それに、坪野鉱泉をネットで調べたときに、周辺地名に牛首なんてひとつも出てこなかった。坪野《つぼの》城址《じょうし》の近くにホテル坪野跡、坪野鉱泉があるのだが、過去から現在の地名を調べても牛首なんて言葉は記録されていない。

妹は力なく首を振る。

「ここは、その牛首村でないちゃ――」

奏音は目を丸くする。

「どういうこと?」

「……元々、ここ辺りは〝うさこべ〟やった。うさは、憂うのうにさで、憂さ。〝辛《つら》い〟ちゅう古語。〝こべ〟は、わらしに部族のぶで、童部。古語からの変形で、子部。これは子供たちを指す」

「憂子部? 辛い子供たち、という集落名……?」

詩音は頷《うなず》く。

「そんな名やったけど、いつしか読みが〝うしこべ〟へ変わった。そこから牛の頭《こうべ》で、うしこべになり、次に〈牛首〉になった……」

「なぜ、そんなこと知って――」

「おい、長話ちゃ後にしよう」

話の途中で、将太が先へ進むことを促した。押し黙った詩音がノロノロ足を動かす。奏音はその後を追った。

最初にあった家の大きな踏み石に、スニーカーのようなものが数足立てかけられているのを見つける。古いデザインだ。帆布《はんぷ》で作った靴だろう。昔の人がズックと呼んでいた物に違いない。干していて取り込み忘れたのだろうか。奏音は将太とその靴を謝りながらこっそり拝借する。

少しサイズが合っていないが、さっきよりマシだ。靴の素晴らしさを思い知る。安堵《あんど》しつつ、村の中を見て回ることにした。どちらにせよ、これからどうしていいのか三人とも分からないのだ。

まだ本調子ではない詩音に、将太が肩を貸す。そこには奏音が知り得ない親密さが漂っている。

（ホントに二人、付き合ってるんだ）

こんな状況なのに、つい想像してしまう。もしかすると、異様なことばかり起こっているせいで、こんな状況さえも日常のように思い込もうとしているのかもしれない。正常化バイアスだ。

良くない兆候だと自覚しつつ、奏音は周りに視線を巡らせる。

周囲が山のせいか、斜面に逆らうように段々畑が作られていた。平らな場所は水田になっており、その合間を縫うように水路が走る。田畑の傍《そば》には平屋の家屋が数軒ずつ固まるように建っていた。遠くには牛舎や豚小屋のような物もチラホラ見える。

下り坂の途中、脇の方に鳥居が見えてきた。その先、さらに下った場所に古びた小さな神社が鎮座している。木製鳥居に掛けられた額には〈牛首神社〉と彫り込まれていた。おそらく、牛の頭をした神様が祀《まつ》られているのだろう。

峠から眺めるだけでなく、やはり歩いてみないと分からないことも多い。

（でも、見覚えがあるところばかりだ）

以前垣間見た幻の風景が、奏音の目の前に広がっていると言っても過言ではない。

気になるのは、人の気配がないことだ。

全身の感覚を研ぎ澄ませても、物音ひとつ、人の息づかいひとつ感じない。焦《じ》れた将太が詩音の肩を抱きつつ、声を上げる。

「あの！　誰かおりませんかッ？」

返事はない。それどころか鳥の声すら聞こえなかった。

昭和の風景をした村は静まりかえっている。

不意に奏音の腕が粟立《あわだ》った。

「ねぇ、ちょっと待って」

空気がおかしい。先ほどと違い、強烈な視線を感じる。それも複数だ。だが振り返っても霧に霞《かす》んだ無人の風景だけで、視線の主はどこにもいない。

将太も気づいていた。彼と手分けして窓や格子の隙間から家の中も確かめるが、誰の姿もなかった。

「どうなっとるんだ」

将太の言うことも分かる。少なくとも洞窟にきた男三人は先に逃げた。だとしたら、村に戻っていてもおかしくない。それなのに、それらしき人物はどこにも見えなかった。

横に視線を移すと、詩音が項垂《うなだ》れたまま立ち尽くしている。

「詩音、大丈夫?」

「うん……。ありがとう」

しかし言葉とは裏腹に妹はよろけた。将太と奏音が身体を支えるが、真っ直ぐ立つのも辛くなってきているようだ。

詩音を元気づけているとき、奏音は再び刺すような視線を感じた。四方八方、あらゆる方向からだ。

「ねぇ、やっぱ、誰か見てるよね?」

将太に小声で教える。

「うん」

人の姿は見えないが、複数の視線に晒《さら》されている。

異様な空気の中、詩音の顔を覗き込むと血の気が失《う》せていた。ベットリと脂汗が額に滲《にじ》んでいる。何度も目を瞬かせては、辛そうな息を繰り返していた。

体力の消耗がピークを迎えている。それに、暗い中に長い時間いたとすれば、この霧に遮られた朝日でも目には相当な刺激だろう。外光に徐々に慣らしてやらないと、眼球を痛めてしまうとどこかで聞いた話を今更ながらに思い出す。

どこかで休ませるべきか悩んでいると、将太が短い叫び声を漏らす。

咄嗟《とっさ》に顔を上げた。

渦巻くような霧の中に、音もなく沢山の人間が立っていた。

十数人はいるだろうか。

老若男女。いや、幼い子供の姿はない。老人から高校生くらいの男女がズラッと並んでいる。服は昭和を思わせる簡素なものばかりだ。

誰もが感情のない顔で、じっと奏音たちを見つめていた。

動けずにたじろいでいると、今度は建物や木々の影から次々と人の姿が現れる。

気づかないうちに、前後左右を取り囲まれていた。

その中に、先ほど洞窟内で見た顔が三つあった。

初老を大きく過ぎた男、初老になりかけの中年男、若い男。

全員が、死んだ魚のような目をこちらに向けている。


――きゃははははははははははははははははははははははははははは……。


遙《はる》か後方から耳障りな笑い声が響く。

沢山の幼子の声が重なり合い、うねるように空気を揺らす。

奏音たちが降りてきた峠の方からだ。

遠い霧の中を、何かの一団が腸壁のように上下に波打ちながらやってくる。

奏音の喉がヒッ、と鳴った。

霧のカーテンの中からじわりと、その集団が姿を現す。

牛の頭を被《かぶ》った、子供たちだった。

蝶《ちょう》柄の着物を着たその子たちは、笑いを止めることなくひとりひとりに分かれると、立ち尽くす村の人間らに次から次に纏《まと》わり付いていく。まるで甘えるかのように背後に回り、その姿を隠した。それでも誰ひとり反応しない。無表情で身動きひとつせず、佇《たたず》んでいる。

すべての子供が隠れた後、急に笑い声が止まった。

奏音と将太は、詩音を庇《かば》いながら身構える。

村人たちの後ろから、横へスライドするように人が出てきた。

隣り合ったそれぞれが同じ顔、同じ背丈である。

双子だ。

ただ、後ろから姿を現した方は、小さな蝶柄の着物を無理矢理着ていた。手足は丈が合わず、前の合わせはほぼ意味を成していない。胸や下腹部が転び出ている。

村人は二人一組になって、緩慢な動きで奏音たちに迫ってくる。

どの人も、顔の筋肉が弛緩《しかん》したように表情がない。

「おい」

将太が目で合図する。奏音は頷いた。

村人たちがじわじわ迫る。あと数歩でその手がこちらに届きそうだ。

残り、一歩。その瞬間、将太の身体が素早く動いた。

詩音の身体を抱きながら、鋭い呼気と共に爪先を前方へ突き出す。空手の前蹴りだ。

無防備な村人ひとりが吹き飛び、近くにいた数名を巻き込んで倒れた。

一瞬、囲みに隙間ができる。

「行けッ！」

将太の合図で、三人は飛び出す。詩音を護《まも》るように両脇で支えながら、村人の環《わ》を突破した。しかし立つのもやっとの詩音をフォローしながらだと、スピードは上がらない。

逃げ込もうとした神社の石段を駆け上がってくる双子がいた。

ひとりは宮司の常装、もうひとりは蝶柄の小さな着物を着ている。

諦めて、他の方向へ進む。土が剝《む》き出しの農道へ入り、抜け道がないか探すが、見通しの良い畦道くらいしかない。

三人は行く先を失い、村を彷徨《さまよ》う他なかった。

第三十三章　応報　――浦田　修平

全身から力が抜け、呆気《あっけ》なく浦田は無造作に地面に倒れた。

仰向けの視界の端に、他の連中がバタバタと倒れ伏すのが映る。

頭上には、鼠色《ねずみいろ》の空が広がっていた。

自分が何をしていたのか、よく分からなくなっている。

確か、おかしな声が、歌が聞こえると聞いて、それで竹内たちと夜中に洞窟まで調べに行った。そこで妙子に会って――違う、妙子ではなかった。あれは。

その後、逃げ出して、夜が明けたくらいに知らない若い男女、三人組がいて――。

記憶が鮮明になっていくのに、身体は動かない。

少し離れたところで、高沢が立っていた。

何かを見下ろしている。なぜか、蝶《ちょう》柄でつんつるてんの着物を着ていた。

高沢は感情のない顔でしゃがみ込み、誰かの首を絞め始めた。その指が食い込んでいる
相手の顔もまた、高沢だった。

その向こうでは、三軒隣の昭子《あきこ》が手に長い縄のような物を持っている。灰色がかった薄

桃色をしていた。その縄を天に向かって捧《ささ》げ持っている。目を凝らせば、縄は人間のものと思《おぼ》しき臓物だった。彼女もまた蝶柄の小さな着物を着ていた。

少し離れたところで太一《たいち》の声が聞こえた気がした。気の触れたような嗤《わら》い声だった。

他には、口の周りを真っ赤に染めた女や男、血塗《ちまみ》れの拳を倒れた誰かに何度も叩《たた》きつける男がいる。やはり全員、寸法の合わない蝶柄の着物姿だった。

嗚呼《ああ》、そうか。浦田はすべて理解した。

そして、観念したように目を閉じた。

村は終わりだ。牛首村は、おしまいだ。

喰《く》ってきた子供たちが、俺たちを喰いにきた。

一体何が悪かったのか。忌むべき神事さえ続けていれば、集落は護《まも》られるのではなかったか。ケチの付き始めは、どこだったのか。

嗚呼、そうだ。浦田は気づいた。

妙子と奇子を取り違えたことではないか。なぜなら、あの、子供を棄《す》て続けた穴で俺は奇子と出会った。死んだと思っていたあいつは十《とお》ほど成長した姿でそこにいた。

そう。きっかけは奇子の存在だ。

捧げ物の子を間違え、祀《まつ》りの仕組みを壊したことで、積み重なった業がすべて返ってきた。

いや、それだけではない。

神事にかこつけて人道を無視した連中と、村の忌むべき掟《おきて》に立ち向かうことをしなかった無責任な村民全員への報いがここにきて爆発したのだ。

それが牛首村のすべてを現世から常世へ連れていく。

おそらく、この村の地に連なる者、あるいは関わった者すべてに、厄災は平等に降り注ぐだろう。

全員を死に絶えさせるまで、あいつは、奇子は延々と祟《たた》り続ける。

きっと、時すら越えて。

後悔と恐れの中、身体に跨《また》がる何者かの気配がする。

瞼《まぶた》を開けると、自分と同じ顔がそこにあった。その顔には何の感情もない。

横を見れば、いつしか沢山の子供たちに囲まれている。全員、身体に合った蝶柄の着物を身に着けていた。牛の被《かぶ》りものはしていない。双子の片割れであった、神の子とされていた子供たちは天を仰ぎ、首を振っている。

そっちには、極楽浄土には行けないよ、と言うが如《ごと》く。

顔を戻すと、自分と同じ顔が覗《のぞ》き込むように、すぐ傍《そば》に迫っている。

ムッとした獣臭が、鼻先を掠《かす》めた。

相手は両手をこちらへ伸ばしてくる。

左右の親指が両の眼すれすれに、そっと置かれた。

浦田は思わず、す、と息を吸う。

次の瞬間、両眼に焼火箸《やけひばし》を突っ込まれたような激痛が走った。


——公平《こうへい》。


浦田は、牛の仔《こ》にされた兄の名を呼んだ。

腹の辺りに何かが触れた。聞いたこともないような鈍い音が耳に伝ってくる。腹回りに熱い何かが広がった。それが自分の血と中身であると悟った瞬間、熱さは耐えがたい痛みに変わる。四肢が勝手に縮こまり、気が遠くなりかけた。

だが、今度は下腹に激痛が走り、気絶をさせてくれない。

永遠に続くのではないかという苦しみの中で悟る。

神事で祀っていたのは、やはり神ではない。

牛首の神の名を語っているだけの、忌むべき存在だ。

そんなものを祀り上げた村の連中は、今、ここから呪詛《じゅそ》の一部となる。

村に関わった人間を祟る、呪う存在に。

嗚呼。分かっている。周りのやつらだけではない。
自分もまた、同じだ。
渦巻く呪いの一部に転じ、永遠に苦界を彷徨《さまよ》うのだ。
すべてが腑《ふ》に落ちていく中、浦田は耳にした。
牛首村に充ち満ちる、子供たちの、細く長い、耳障りな嗤い声を。

第三十四章　此岸　――雨宮 奏音

畦道《あぜみち》からまた農道へ戻る。

ふと見れば、あの峠の方へ向かう道があった。

幸いなことに、誰もいない。将太に教えると、分かったと詩音を背負う。

今は、進むしかない。奏音は自分を奮い立たせた。

霧が晴れてきた。坂になった山道を延々上る。息が苦しい。隣に並ぶ将太は荒い呼吸を繰り返している。妹も辛《つら》そうだ。

限界が近くなった頃、突然道幅が狭くなった。左右から藪《やぶ》が張り出し、下は草だらけで人が踏んだ形跡はほとんどない。

この道で良いのか。後ろを見ると、空に黒い煙が数本たなびいている。村で何かあったとしか思えない。絶対に戻ってはいけない、それだけは分かる。

前を向く。進む先は木々の影が濃い。上手《うま》くいけばどこかで隠れ、休めるかもしれない。

急ごう、と口にしようとしたそのときだった。

――きゃはははははははははははははははは……。

あの子供たちの嗤《わら》い声が背後で轟《とどろ》いた。

思わず振り返る。蝶《ちょう》の着物を着た子供たちが群れをなして追いかけてきていた。

子供たちの頭から牛のマスクはなくなっていた。

彼らの顔は微塵《みじん》も笑っていない。だが、神経を逆撫《さかな》でするような嗤い声だけが激しく鼓膜を震わせる。

光のない子供たちの目は、三人を捉えていた。

逃げないと。その一念だけが奏音たちを前へと進めさせた。それ以外の余裕はなかった。

だが、詩音を背負って走る将太の足が動かなくなってきている。上りの獣道は進みづらく、確実に彼の体力を削っていた。

茂みを抜けた途端、足が縺《もつ》れて地面に転がる。将太も、詩音と共に転んだ。

荒い息を吐きながら、奏音は顔を上げた。

見覚えがあった。

「ここ……」

思わず漏らした声に、詩音が反応する。

「……あのときの」

隣にいる妹も、この場所を覚えているようだった。

木々に囲まれた花園。

富山にきて迷い込んだ、いや、四歳の頃、奇子に捕まった——。


——どのこ　かのこ　くだんのこ。


子供たちの声で、森のあちらこちらから、あの歌が響く。

「この歌」

姉妹は同時に反応した。聞こえていないのか、将太は二人の顔を見比べている。が、その目がかっと見開かれた。

「詩音?」

狼狽《うろた》える将太の視線は妹の顔から動かない。

詩音の身体が痙攣《けいれん》していた。

大きく目と口を開き、濁った呻《うめ》き声を上げ始める。

宙を掻《か》きむしる腕。その皮膚の下で何かが動いた。ヒトデや紅葉のような形の突起が、妹の皮膚を突き破らんばかりに蠢《うごめ》いている。

それは子供の掌《てのひら》に見えた。

掌は徐々に増えていく。詩音の薄い皮の内側を、子供たちの手がもがいている。腕から足、首、顔まで――いや、服の表面も呼吸するように膨らんだりしぼんだりを始めた。

その動きは、外に出たい、外に出して、そんな意志すら感じさせる。

いつしか、子供たちの声は赤ん坊の産声に変わった。

耳を聾《ろう》さんばかりの音量で響き渡る泣き声の中、ただ震えるばかりの二人の目の前で、詩音の身体にさらなる変化が訪れた。

内側から膨らむ手と手の合間に、赤子の顔のようなものがいくつも盛り上がっていく。まるでレリーフのようだ。口の窪《くぼ》みが空気の足りない魚のように苦しげに動いている。

内なる異変に堪《こら》えるように詩音が頭を抱え、地面に蹲《うずくま》る。

どうすればいいのか分からず、縋《すが》るように将太を見た。彼もまた、呆然《ぼうぜん》と立ち竦《すく》んでいる。口元がわなわなと震えていた。

産声がやんだ。詩音が頭を上げた。

長い髪の間から覗《のぞ》くその顔を見て、奏音は言葉を失った。

「しおん」

抑揚のない将太の声が、空《むな》しく響く。

詩音の顔は、血や汚物で汚れた奇子のものに変わっていた。

立ち上がった詩音――いや、奇子は二人に向けてじわりじわりと近づいてくる。腫《は》れ上がり、おかしな方向へ曲がった片足を引きずりながら、憎悪の表情で。

詩音に戻さなくてはならないのに、その術《すべ》が見つからない。

逃げ惑う二人を、奇子の顔をした詩音が鈍い足どりで追ってくる。まるで壊れた玩具だ。

木々の傍《そば》まで追い込まれたとき、あの二つの蝶の墓が奏音の目に入った。

自分の蝶を殺してまでも同じ墓を作ってくれた詩音。例え、その行動が大人から見れば常軌を逸したものだとしても、そこには姉に対する優しさがあった。

思い出を護《まも》るようにそこを避け、後退《あとずさ》る。

だが、追っ手の足はその墓を無造作に踏み荒らし、蹴り散らかしていく。

「――詩音じゃない」

奏音の否定に、将太が叫ぶ。

「分かってる！　……でも」

不意に、奇子の顔をしたものが立ち止まった。


――そうよね？　かわいそうよね？


女の声が聞こえた。詩音の声ではなかった。しかし、聞き覚えがある。

フラッシュバックが起こる。

四歳の頃。夕暮れの空。虫網。詩音。蝶の墓、二つ。その向こうに現れた、角のある異形のシルエット。その手が、自分の腕を摑《つか》んだ。そして、その顔は――。

（これだった）

目の前に立つ、この顔だった。改めて思い知る。

何度も思ってきたことへの回答。あれはやはり、奇子だったのだ。

対峙《たいじ》する中、奇子の顔をした詩音ががくりと項垂《うなだ》れた。まるで操り人形の糸がぷつりと切れたような動きだった。

長い髪で顔が隠れる。

「しお……」

呼びかけた瞬間、その髪が根元から膨らむように逆立っていく。

威嚇する動物のような髪の下は、詩音の顔に戻っている。

「だめ、いっちゃだめ」

詩音の口から、幼い声が響く。駄目、行っちゃ駄目だと、何度も繰り返す。あの四歳のときと同じように、必死な声だ。

「詩音」

視界が滲《にじ》む。妹はまた見せられているのだ。あの日、姉が奇子に攫《さら》われる場面を。

「だめ、いっ……」

ぴたりと詩音の声がやむ。顔がジワジワと変形していく。

血の気を感じさせない、奇子の顔になった。

奇子になった詩音は足を引きずりながら、再び二人に迫る。

意を決し、奏音は相手に飛びかかった。一か八かの賭《か》けだった。蛮勇でしかないのは承知の上だ。しかし、これ以外思いつかない。

奇子を組み伏せようとするが、噛《か》み付かれそうになったり、突き飛ばされそうになったりして、上手くいかない。力で勝るはずの将太も、押し負けている。

幾度も転がされ、立ち上がったときだった。

突然、背後から音を立てて風が吹き付けた。

振り返ると、奏音と将太は崖の突端に立っている。

背後は切り立った崖で、遙《はる》か下方に鬱蒼《うっそう》とした木々が広がり、森になっていた。

森の彼方には金色に輝く海が広がっている。溶け合う水平線と空を分かつように、黄金の太陽が沈もうとしていた。

知らぬうちに森から抜け出していた。

いや、違う。周囲の風景が完全に変わっている。あのときのように、時間や空間を捻《ね》じ曲げられたのだろうか。

「詩音！　俺や！　将太や！」

悲鳴のような将太の声に我に返った。

奇子の顔をした詩音が、緩慢な動きでこちらに向けてやってくる。

「詩音！　……奇子さん！　もう止めて！」

二人の悲痛な叫びを拒絶するように、奇子が血を吐かんばかりに絶叫を放つ。

途切れない叫びは周囲に木霊《こだま》し、奏音たちの耳を責め苛んだ。

思うさま声を張り上げ終えると、この世のすべての苦しみを背負ったように奇子が背中を丸め、呻き出す。何かに抗《あらが》っているようにも見えた。

その証左なのか、顔を上げる度に奇子と詩音の顔が入れ替わる。

奇子のときは威嚇する野獣のような歪《ゆが》んだ顔で、詩音のときは人の理性を感じさせる苦しみに満ちた表情を見せた。

幾度目の変貌だったか。

詩音の顔になった瞬間、全身を硬直させながら声を絞り出した。

「しょうた、かのん……おねぇ、ちゃ、ん、に、げ、て！」

「――詩音ッ！」

恋人の名を呼ぶ将太の目に涙が浮かぶ。妹の顔面が歪み始めた。目が吊《つ》り上がり、口が大きく開かれ、徐々に奇子へと近づいていく。それでも必死に言葉を紡ごうと抗っている。

「あ、え、て――よかった」

慈しみに満ちた瞳が将太と奏音に向けられる。その直後、詩音の声は獣の咆哮《ほうこう》へ変わる。妹は完全に奇子と化した。

震える唇を引き締め、奏音はゆっくりと足を踏み出す。その瞳に迷いはない。固く結んでいた唇が緩む。愛《いと》おしむような表情は真っ直ぐに相手へ向けられていた。それは決して哀れみではない。心から溢《あふ》れる情愛の表れだった。

奏音は両手を広げ、奇子となった詩音を迎え入れた。

暴れる奇子の手が顔や身体に当たる。それでも怯《ひる》むことなく、全力で抱きしめる。肌の冷たさが伝わってきた。不意にあの童歌が蘇る。四歳の頃、自分が攫われた先で聞いていた。歌って貰っていた。そう。この人に。

そうだ、この人は——奇子はどれだけ長い間独りで苦しんできたのだろう。

口から自然に思いが零《こぼ》れた。

「だって、独りぼっちじゃ可哀想」

そうだ。独りは可哀想だ。

そうよね。かわいそうよね。

遠い過去、腕の中の人——奇子から問われた言葉が蘇《よみがえ》る。

胸の辺りに熱を感じる。視線を下げれば、奇子が滂沱《ぼうだ》の涙を流し、奏音の顔を見上げている。目に、幼い子供のようなあどけなさが浮かんでいた。

（独りじゃないよ）

奏音は、奇子を掻き抱いたまま、崖の縁へ下がっていく。

おそらく、幼い頃、行方不明になったことも、詩音が坪野で消息不明になったことも、動画を見て自分が富山にやってきたことも、蓮が死んでしまったことも――、すべてがこのためにあったのだ。

「行こう。――私がいるから」

奏音が何をしようとしているのか、気づいた将太が叫ぶ。

「やめろッ！」

その声より一瞬早く、奏音は奇子と共に空中に身を投げ出した。将太が飛びついてくる。

三人は黄金に色づいた空の中を落ちていく。

奏音は心の中で将太に詫《わ》びる。自分たちの血の贖罪《しょくざい》に付き合わせてしまったことを。

やっと会えた詩音にも、謝る。こんな結末を選んだ姉を許して欲しい、と。

父親、母親、祖父、祖母の顔が浮かんだ。詩音と二人同時にいなくなる不幸は言い訳できない。ただ、深く謝る他ない。

そして、胸の中の奇子にも。最後まで一緒だから、その先も一緒だから。

最後に、小さく蓮の名を呼んだ。

抱きしめた胸の中から、幼《いとけな》い声が聞こえた。

――おねえちゃん。

奇子の言葉なのか、詩音の言葉なのか、分からない。

でも、それでいい。私は姉なのだ。

奏音は微笑んで目を閉じ、暖かな金色の光の中を落ちていく。

第三十五章　牛首　――詩音

気がつくと、暗がりにいる。すぐ傍《そば》に誰かの温《ぬく》もりがあった。

視線を上げると自分そっくりな顔が見つめている。

一瞬、訳が分からなくなった後、それが自分の姉――奏音だと気づいた。

姉はこちらを抱きしめたまま、心配げな顔で見つめている。

辺りを見ると将太の姿もある。気を失っているようだ。

周囲は狭く、埃《ほこり》っぽい。それが壊れたエレベーターの籠だと認識するまで少し時間が掛かった。置かれた状況を整理しつつ、自分たちが助かったのだと、ようやく理解する。

（でも、ここって）

見覚えがある。

坪野鉱泉のエレベーター内だった。そうだ。あの日、アキナたちに強引に連れていかれた場所。思えば、あれがすべてのきっかけだったのではないか。牛首村の血を引く、それも奇子の姪孫《てっそん》がきたのだ。それも偶然とは言え、牛のマスクまで被《かぶ》せられて。

まさに寝た子を起こす行為だったのだろう。

あのとき、落下するエレベーターの中で助けを求めた。下からは無数の悪意を持った手が伸びてきて、引きずり落とそうと力を込めてきた。死にたくなかった。上を見ると、白い腕が闇に浮かんでいる。思わず縋《すが》り付いた。きっと助けてくれるものだと思ったから。なぜそんなことを考えたのかと言えば——そうだ。お姉ちゃんの腕だ、と直感したからだ。

富山にいると、姉はまたいなくなるかもしれない。だから、離れて暮らすしかないと聞かされていた。十年離れていても、富山と東京という物理的距離があったとしても、あの暗闇の中にあった腕が姉のものだと断言できたのは、きっと双子だからだろう。

その後、こうして姉が、奏音が目の前にいる。その左腕に残った傷が痛々しい。藁《わら》にも縋る思いであったとしても、自分が傷つけてしまったことに変わりない。労《ねぎ》うように四本の傷を撫《な》でながら、奏音を呼んだ。

「お姉ちゃん」

「……詩音」

姉は今にも泣きそうな顔をしている。

詩音は姉の手を握り、頼みごとを口にする。

「あのね。今、少しだけ話を聞いてくれる？」

奏音は頷《うなず》いた。二人は身体を離し、互いに膝をつき合わせる。

詩音は、動画配信以降の出来事を淡々と姉に聞かせた。

エレベーターが落下したときのこと。助けてと腕を摑《つか》んだこと。奇子に捕らわれていたときのこと。穴の底で将太と奏音がきたときのこと。穴の縁で奇子に這入《はい》られたこと。そのとき〈ヨリシロ　ヨリシロ　ケガレナキ　イモウト　ノ　カラダ〉と聞こえたこと。そして、詩音の身体を乗っ取った奇子の心が手に取るように分かったこと。そこには怒りと恨みが入り乱れ、まるで嵐のように激しく荒れ狂っていたこと。心の奥底に絶望する程の悲しみや寂しさがあったこと。

そして、崖から一緒に飛んだとき、美しい富山の空の中で雪が溶けるように体の中から奇子がいなくなったことを。

「——そっか」

上を向く奏音の目から、一筋の涙が流れた。

この人が姉で、生きていてくれて本当に良かった。そう詩音は思う。

濡れた頰を拭い、奏音が訊いてくる。

「あ。そう言えば、詩音って牛首村に詳しかったね。どうして?」

「……え?　何が?」

「ほら、牛首村は元々ここだった、とか、古語で牛首とは、とか、言ってた」

知らない。そんなことを話した記憶がない。正直に話すと、奏音は少し寂しそうに微笑んだ。

「奇子さんが話していたのかもね」

そうなのだろうか。曖昧に頷いていると、ポケットの中に何かが入っていることに気づく。確か、穴の底で奏音と将太がきたとき拾った物だ。上から落ちてきた物を咄嗟《とっさ》にポケットに入れた。硬い石のようだ。一体何だろう。取り出そうとした時、将太の呻《うめ》く声が聞こえた。

ぎこちなく身体を動かしながら、彼が起き上がる。

「おはよ」

詩音から投げかけられた目覚めの挨拶に、将太の目が大きく見開かれた。そして、泣きながら飛びついてくる。

言葉もなく抱き合う二人を見つめる奏音の目は優しい。

詩音は目を閉じ、恋人の温もりを感じながら、ただいま、と呟いた。


遠くに望む立山連峰はすでに雪化粧を終えている。

白い息を吐きながら、詩音は凍った雪に注意しつつ山道を上がる。少し後ろを母親が付いてきていた。手には、祖母・妙子の遺影があった。

空は深い蒼《あお》に染まり、大きく広がっている。

坪野鉱泉を望む峠道の祠《ほこら》が見えてきた。

「ここだよ」

「ここなんだ？」

息を弾ませながら、母親が祖母の遺影を胸に抱え直した。

詩音はバッグからそっとお地蔵様の首を取り出し、祠へ戻した。あのとき、咄嗟に拾ってポケットに入れていたのは、角の彫り込まれた地蔵の首だった。奏音や将太、両親、祖父に見せたとき、皆がさっと顔を強《こわ》ばらせた。事情は何となく分かる。それに関する奇子の記憶が残っていた。

峠の祠に戻さないといけないと思いつつ、ここまで時間が経《た》ってしまった。

首はピタリと固定された。まるで磁石同士が吸い付くようだ。用意していた接着剤は不要になった。

二人は揃《そろ》って屈《かが》むと、目を閉じ、手を合わせた。


寝たきりだった祖母が亡くなってすでに四十九日以上が過ぎた。

タイミング的に今だろうと、祖母の遺影を伴い、坪野鉱泉再訪を決めた。

本当なら厭《いや》な記憶がある場所になんてきたくもない。それでも、祖母の妹——奇子の供